U0000254

Kneel for
ur queen
秦苒
19歲，身高約175公分。
父母離異，從小由外婆扶養長大。
高三休學失蹤一年，
看似凡事都漫不經心，
其實有不為人知的身分⋯⋯？

Kneel for your queen
程雋
身高：大約185公分
京城名家程家的三少爺。
智商過人，十六歲開始創業，
十七歲研究機器人，十八歲時去當小民警，
二十一歲當主刀醫生，
目前是雲城一中的校醫。

陸照影
身高：大約180公分
京城名家陸家的少爺，
時時跟在程雋身旁，是程雋的左右手。
將秦苒歸類為自己人，
平常在校醫室負責會診。

秦語

18歲，身高大約167公分。
秦苒的妹妹。
父母離異後跟著媽媽寧晴到林家，
從小學習小提琴，學業成績優秀，
在校內排名前十名，是學校的風雲人物。

Contents

Kneel for your queen

第一章　不是左撇子

闖進來？警衛用的這個詞讓林麒十分驚訝。

這個年代還有人會闖進來？怎麼闖進來的？究竟是誰？

林麒不知道為什麼，心底有些不安，他放下筷子，站起來想去外面看看究竟是怎麼回事，大廳的門就被人「砰」地一聲一腳踢開。

一群人魚貫而入，這些人面容凶煞，個個身上幾乎都是嗜血的氣息，腰間還別著武器。靠近門邊的傭人們一個個都不由得往後踉蹌幾步，驚恐地看著這群忽然進來的陌生人！

這些人分成兩排，筆直地站著，從門口到大廳。之後從大門口處，有幾道人影慢慢走過來。走在前面的正是陸照影跟錢隊，身後還跟著程木跟施曆銘兩人。再往後，還跟著似乎是來看熱鬧的江回。

這一幕有些熟悉，林麒看著陸照影，腦子裡電光火石，想起去年陳淑蘭病危時，也出現了這一幕。尤其是陸照影那張臉，林麒記得很清楚。

「這位先生，請問您有什麼事嗎？」他往前走了兩步，臉上掛著一如既往的溫和笑容，但目光在看到走在最後的江回時，更加震驚。

「江……」林麒張了張嘴，不敢怠慢這些人，開口就想要叫江回。

只是一句話還沒說出來，就被江回打斷了，「不用管我，我只是跟過來隨便看看的。」

他擺了擺手，然後挑眉看著陸照影。

陸照影的面色冷冽，完全不見之前的紈褲氣息。他的目光在飯桌上掃了一圈，然後定在孟心然身上，「帶走！」

他一句廢話也沒說，只偏了偏頭，一群保鏢就直接上前抓住搞不清楚狀況的孟心然。

林麒、秦語和寧晴等人都十分震驚，一行人站起來，林麒臉色巨變：「心然犯了什麼罪？你們這是違法！」

孟家特意把孟心然託付給林麒，林麒怎麼能讓她就這樣被人帶走！

陸照影完全沒有理會林麒，這種等級的小嘍囉他都直接略過，一行人把還搞不清楚狀況的孟心然帶走。

「劉隊！」林麒看到跟在最後的一個男人，這是這麼多人之中，他唯一認識的人。

劉隊沒有什麼表情，他的腳步頓了一下，看了林麒一眼，然後壓低聲音，語氣漠然：「林總，我們抓孟小姐完全是合法，至於為什麼……你如果不希望林家偌大的地基沒了，最好不要多問，也不要多管。」

林麒追出去，只看到陸照影那行人的車尾燈。

他眼冒金星，按了一下腦袋，孟心然到底是惹到誰了！

「爸，到底怎麼回事？」秦語也追出來。

林麒搖頭，拿出手機打電話給孟家，眉宇間全是躁鬱：「我不知道，先跟孟家那邊說一下。」

孟家把孟心然託付在林家，卻發生這種事，林麒怎麼樣也不能瞞著孟家。

＊

醫院——

秦苒要留院觀察一天，明天下午才能出院，封樓誠跟潘明月兩人都在。

病房裡，喬聲跟林思然怕秦苒會胡思亂想，一直沒走，程管家也怕這些人不知道輕重，特地帶了家庭醫生來，在一旁照顧秦苒。

縱使是ＶＩＰ病房，比一般病房還空曠，但這麼多人還是有點擠。

「左手？」封樓誠沒坐下，只是翻了一下她的病歷，然後看了一眼她打著石膏的左手，稍微安心了一點，「不幸中的大幸，安心養傷，其他事情不用著急。」

封樓誠垂下眉頭，掩下眸底的戾氣。敢針對秦苒的手，不管對方是誰，他也會讓對方終生被關在牢裡。

喬聲等人不知道封樓誠在想什麼，只是在聽到封樓誠的話時，不由得相互看了一眼。

秦苒傷到了左手，還是不幸中的大幸？她連高考都不能參加了……

潘明月依舊是短髮，她等其他人說完了，思索一下才小聲開口：「你們能出去一下嗎？我有些事情想要單獨跟她說。」

封樓誠看到了秦苒的傷勢，才稍微鬆一口氣，這才有心情管其他事情。他點點頭，拿著手機出去打電話給錢隊。

喬聲等人也出去了。一行人剛出去，林思然關上門，就看到林錦軒從電梯口那邊走來。

「封叔叔。」林錦軒跟封辭關係好，也見過封樓誠幾面。

雖然知道秦苒跟封樓誠認識，可此時在秦苒的病房門口看到封樓誠，林錦軒震驚之餘仍禮貌地開口。

封樓誠拿著手機，看了林錦軒一眼，略微點頭，然後又想起了什麼：「就你一個人？」

林錦軒抿了抿唇，想起飯桌上寧晴的態度，一時之間不知道要說什麼。

若是秦語的手受傷了，寧晴早就趕過來了吧。

聽到他沉默著沒說話，封樓誠也猜到了，眸光很諷刺，「你是來看苒苒的吧？稍微等一下，明月在裡面跟她說話。」

*

一整個下午，林麒都沒能連繫到京城孟家，他找劉隊打聽孟心然的消息也打聽不到。

整個雲城，表面上也幾乎看不到半點風浪，林麒一直很焦躁不安。

直到次日，六月六號早上，他才接到孟家那邊的電話。

孟父的聲音很疲憊：『姊夫，孟家要完了……』

林麒臉色大變：「怎麼可能？難道就因為心然那件事？」

昨天聽劉隊說完，林麒就覺得事情不單純，一直惴惴不安，晚上都沒有睡好。

『我不知道，聽說她涉嫌一樁蓄意謀殺案，在雲城得罪了一個大人物，孟氏在一夜之間遭到查封。我在京城找了無數個人，都不知道她究竟得罪了誰，如果知道，可能還有一線生機……』

對方連面都沒露，就直接把孟家按死了，相關人員連姓氏也不敢透露，孟父都不知道孟心然究竟是得罪了誰！

「蓄……蓄意謀殺？」

林麒瞬間就想到昨天秦苒出車禍的事情，加上陸照影、江回等人都是秦苒認識的人，他腦子裡抓住了一條線，直接站起來，語氣很沉，「如果是這樣的話，我知道她大概是得罪了誰。」

林麒用三言兩語把秦苒的事情解釋了一遍。

「張嫂，妳去把夫人叫下來。」林麒跟孟父說完，掛斷電話。

張嫂上樓去叫寧晴。

寧晴下樓的時候，也剛好接到了孟父的電話。電話裡，孟父的聲音帶了些和善跟討好，讓寧晴覺得恍惚。

實際上，寧晴跟孟家的關係十分尷尬，不過因為秦語的關係，孟家最近這幾個月跟寧晴等人也走得很近。畢竟秦語在京城幾乎孤立無援，大多是靠沈家、孟家的關係。以前，寧晴連聽孟家事情的資格都沒有，哪會想到有一天，孟父跟孟家那些人會卑微地求到自己的頭上。

她十分感慨地接完電話，然後去樓上拿自己的包包下來，看向林麒：「我們走。」

＊

另一邊，孟心然原本以為自己會被盤問，或者遭到嚴刑拷打，在心裡準備好了說辭。然而沒有，什麼都沒有。對方沒逼問，也沒嚴刑拷打，只把她關在一間沒有人的牢房裡。過了一個下午、一個晚上，那些人也只從小鐵窗遞了兩次水、兩碗飯進來。

孟心然身上沒有手機，也沒有手錶，她都不知道時間過了多久，不知道是不是開始考試了，一直十分沉穩的她終於開始沉不住氣，開始瘋狂地拍門叫喊，還揚言要告他們。

喊到最後，她嗓子都嘶啞了，這才有一個人來開門，把她帶到訊問室。

訊問室內只有一張桌子、兩張椅子，兩張椅子面對面放著。

孟心然看到坐在其中一張椅子上的秦苒，「妳怎麼會在這裡？」

她的目光在碰到秦苒左手的時候，不由得閃躲。

這是她被關了這麼久，唯一一件值得高興的事，看來秦苒是真的不能參加高考了。

「這麼費盡心機地針對我的左手，就為了不讓我參加高考？」秦苒用右手轉著筆，靠上椅背挑眉，依舊又冷又酷的模樣。

孟心然沒有說話，她鎮定了一下，坐到秦苒對面，「我不知道妳在說什麼。」

秦苒笑了笑。她沒再說話，當著孟心然的面用右手拿起筆，在記筆錄的本子上寫下一行字。

孟心然僵硬地低頭，震驚地看著秦苒寫的字。

她在一中待了這麼久，聽過秦苒的不少事情。例如她是左撇子，又例如她左手寫字不太好看，可是現在……她看著紙上的字——筆力沉穩、姿態橫生，跟她聽到的傳聞沒有半點相像的地方。

孟心然猛地從椅子上站起來，整個人如石化一般。

秦苒看了她一眼，隨手把筆扔到桌子上，抬頭，姣好的臉上露出一個笑：「不好意思，我不是左撇子啊。」

這句話猶如驚雷，在孟心然腦中炸響。她看著秦苒，只覺得眼前一黑，身體一晃，幾乎要暈了！她苦心設計了這麼多，就是為了讓秦苒明天不能上考場；她被關在這裡那麼久，心裡唯一的安慰就是秦苒左手受傷了，不能參加高考！但她千算萬算，怎麼樣也沒有算到秦苒竟然不是左撇子？那自己千方百計設計的這些算什麼！

五分鐘到了，外面有人進來，把失魂落魄的孟心然帶出去。

走到一半，孟心然終於回過神來，抓著女警的手臂：「我的手機呢？給我手機，我要打電話給我爸！」

女警看了她一眼，也沒說什麼，直接讓人把孟心然的手機拿過來給她。孟心然看了一下時間，已經過了一晚加一個下午，那就是還沒開始高考。她手指顫抖著，打了一通電話給她爸爸。

「爸，我現在在……」電話響了一聲就被接通，孟心然語速很快地跟她父親說現在的情況。在她眼裡，秦苒應該對車禍這件事半點辦法也沒有，可是現在孟心然慌了。

『孟心然，』那頭，孟父的聲音十分蒼老，『我已經讓妳姑丈去求秦苒了，如果她願意，我們還能私了，若不同意……妳就只能坐牢了……』

「私了？求秦苒？」孟心然像是聽到了什麼笑話，嘴角扯了扯，「爸，你是在開什麼玩笑？我們為什麼要求她？她一個孤女，什麼都沒有，連林家、秦語都不幫她啊！」

『孤女？』孟父沉默了一下，他現在只能等林麒的答案，連罵孟心然的力氣都沒有，『一個孤女能讓孟家被查？孟心然，我很久以前就告訴過妳，不要太自負。妳現在只能期待妳姑丈那邊能有點用，不然……我也救不了妳。』

秦苒離開警局，程雋就在門口等她，程木的車子則停在門外。

程雋先打開左邊的車門讓秦苒進去，才繞到右邊。陸照影就坐在副駕駛座上，懶洋洋地靠著車門，手繞過椅背，側身看向後座的秦苒，挑眉：「妳去看孟心然幹嘛？」

程雋轉開保溫杯的蓋子，把保溫杯遞給秦苒。

秦苒接過來喝了一口，才漫不經心地回答，「沒什麼，就送給她一個禮物。」

「好吧。」陸照影勉強接受這個說法，他回過頭又綁好了安全帶，讓程木把車開回到醫院。

秦苒今天早上九點原本要做身體的全面檢查，但她臨時要來見孟心然一面，其他人都順著她，所以一大清早的，程木就把車開來了這裡，現在又要開回去，繼續做全面檢查。

一行四人到了醫院，程雋上去連繫醫生，陸照影跟程木陪秦苒去二十八樓。

此時，程管家正在病房門口跟人說話，聽到電梯聲響起，馬上朝後面看去，聲音顯而易見的高興：「秦小姐，快過來，您媽媽來看您了。」

他往旁邊讓路，身後是寧晴跟林麒兩人。

看到那兩人，陸照影將手插進口袋，似笑非笑地說：「是什麼風把林總跟林夫人吹來了？」

程木站在秦苒身後，只擰了擰眉頭，沒說話。

程管家沒聽程木他們說過秦苒父母的事情，也沒刻意去查過秦苒的身世，所以聽到寧晴是秦苒母親，十分禮遇。此時聽到陸照影的語氣，他才覺得有什麼地方不對，不動聲色地看了一眼寧晴跟林麒。

而寧晴沒有看到程雋，稍稍鬆了一口氣。但聽到陸照影的話，她有些尷尬，不由得伸手攏了攏頭髮，一時間不知道該說什麼。

「苒苒，我跟妳媽媽來看看妳，妳的手……沒事吧？」林麒的目光落在秦苒的手上。她的左手打了石膏，林麒的心沉了沉。

「沒事。」秦苒看了眼兩人，眉頭挑了挑。她倒是沒想到寧晴還會來看她。

「進去吧，別站在外面。」陸照影往前走了一步，然後抬起下巴，示意程管家把門打開。他先帶著秦苒走進去。

門外，寧晴感覺到有些不自在，看了一眼林麒。

林麒眉頭微擰，他看著秦苒的背影若有所思，半晌才輕點點頭，兩人一起跟進去。

程管家跟程木就待在門外。他關上病房的門，沒有立刻進去，走到程木身邊低聲詢問：「秦小姐的媽媽是怎麼回事？我看陸少他……」

「秦小姐她媽媽從來不管她，」程木看了一眼房門，壓低聲音，「昨天林錦軒都得到了消息，來看過秦小姐，她媽媽都沒來。今天卻突然來看秦小姐，肯定不安好心。」

程管家聽完，一雙渾濁的眼睛瞇了瞇，才轉身走進病房。

病房內，寧晴十分侷促地站在中間，一時間不知道該怎麼開口，只蒼白無力地問了幾句秦苒手的問題。

陸照影坐在病房內的沙發上打遊戲，不理會寧晴跟林麒。

程管家笑咪咪地走進來，拿了椅子給寧晴和林麒坐，還幫兩人倒了一杯茶，十分有禮貌。

林麒坐在椅子上，拿著茶杯微微抿了一口，遲疑了一下才開口問：「苒苒，醫生有沒有說妳的手什麼時候會好？」

「半個月到一個月吧。」秦苒坐在桌子的另一邊，指尖漫不經心地敲著桌子。

那是真的不能參加高考了，林麒按了按眉心。

他放下茶杯，然後站起來，朝秦苒彎腰：「苒苒，心然那件事，叔叔也剛剛才知道，叔叔……很羞愧。雖然知道不應該，但叔叔希望妳這一次能放過心然，我會好好教訓她，並把她遣送出國的，這輩子再也不會讓她回國，希望妳能原諒她這一次。」

聽著林麒的話，秦苒往椅背上靠，沒受傷的右手撐著下巴，散漫地笑了笑，絲毫不感意外。

早就猜到了，不然寧晴怎麼會在高考之前，來關心她的手有沒有受傷？

看到她笑了，也沒有以往的任何鋒銳之色，寧晴才鬆了一口氣。

「是啊，苒苒，妳看妳休學了半年，這次高考對妳來說也沒用。今年不考也沒什麼，媽過幾天再幫妳找個好的補習班。」寧晴說到後面，語速就快了起來。

林麒坐在一旁聽著寧晴的話，皺了皺眉，但沒打斷她。

程管家本來笑咪咪地站在一旁，他基本上一直都是這種老好人的表情，對寧晴跟林麒也算得上恭敬，但是聽到這裡，他嘴邊的笑意漸漸斂起。

秦苒依舊手撐著下巴，臉上也還是漫不經心的表情，「還有呢？」

「心然還年輕，她就是一時糊塗，」寧晴深吸了一口氣，「明天就是高考了，如果真的因為這件事讓她留下前科，那她以後怎麼辦？妳有沒有想過會毀了別人的一生……」

寧晴還沒說完，坐在沙發上玩遊戲的陸照影就忍不住了，他猛地扔下手機！

「那妳有沒有想過秦小苒還這麼年輕，她不能參加高考怎麼辦？妳有沒有想過她的手會不會留下什麼後遺症？我還以為妳是真的良心發現，來看秦小苒，看來我還是高估妳了！真的當我們那麼好欺負，沒人罩著是嗎！還好，當初秦小苒沒有住在你們林家，不然會被怎麼欺負都不知道！來求我們放過孟心然？天方夜譚！」陸照影冷笑著朝門外開口，「程木，進來把這兩個人掃出去！」

程木一直在門外，聽到陸照影的聲音就推開房門進來，朝寧晴這邊走過來。

病房的門本來就半掩著，程木的五感很靈敏，寧晴的話他也聽在耳裡，看向寧晴的目光十分冷漠。同時進來的還有兩個黑衣人，直接把寧晴拎起來往外走！簡單又粗暴。

寧晴沒想到秦苒竟然連一句話不說，她不敢置信地看向秦苒，也沒想到秦苒會讓人這樣對待自己：「秦苒，妳就這樣對……」

秦苒伸手接過程管家遞來的一杯水，唇揚了揚，笑咪咪的，「寧女士，聽起來，妳找錯人了。」

她明明笑著，說話的聲音也一如既往的散漫，眸底漆黑一片，看不到盡頭，寧晴卻一瞬間有些毛骨悚然。從陳淑蘭死後，她就感覺到秦苒的不同了，今天感覺更加明顯。

秦苒對待陌生人……大概就是這個態度，敷衍又散漫。具體來說，是什麼時候變成這樣的？

寧晴被保鏢扔到電梯裡，有些狼狽地爬起來。不知道為什麼，忽然感到強烈的不安。

——似乎有什麼正在離她遠去。

林麒倒是沒被扔進電梯，他跟在程木等人身後走進電梯，眉眼垂著，輕嘆一聲，「妳不該這樣對苒苒說話，本來就是心然的錯，苒苒才是受害者……算了，」林麒還想說什麼，最後還是沒說出口，他搖搖頭：「回去吧。」

之後走出電梯，林麒口袋裡的電話響了一聲，是孟父。

他看著手機，半晌之後才接起來。

『怎麼樣？』電話那頭，孟父的聲音十分忐忑。

林麒沒有說話，另一頭的孟父大概就知道結果了。

他苦笑一聲，然後掛斷電話，『我知道了，謝謝你們。』

林麒把手機放回去，他心裡清楚，孟家跟孟心然，再沒以後可言。

兩人都沉默不語地走出醫院大門，林家司機看著兩人的臉色，也不敢多問，只沉默地把車開回去。一路上，寧晴十分忐忑不安，回到林家後也沒去樓上，只是把包包放在桌子上，幫自己倒了一杯冷水。

「媽，你們去哪裡了？」秦語從樓上下來，看到這樣的寧晴，疑惑地開口。

冰冷的水讓寧晴回過神來，抬頭看了一眼秦語。

對方乖乖巧巧的，寧晴不安的心慢慢平靜下來，「語兒，明天要高考了，妳準備好了沒有？」

「應該沒問題。」秦語笑了笑。

寧晴終於露出了一個笑，她緩緩吐出一口氣，把茶杯放在桌子上。

從始至終，秦語都是她手中的王牌，只要秦語沒事，她就放心了。

*

翌日，六月七號，高考第一天。

市中心別墅裡，秦苒很早醒來。

程管家一早起來，他暫時接手了程木的任務，正拿著水壺幫秦苒的花澆水，見到秦苒這麼早下來，不由得抬眸，驚訝地開口：「秦小姐，妳怎麼那麼早起來，不多睡一會兒？」

「不是，」聽到這句話，秦苒挑眉，順著樓梯慢慢往下走，看著程管家禮貌地開口，「今天高考。」

今天高考，程管家當然知道，幾天前他還讓人準備了高考生的補腦食譜。只是最近因為秦苒手受傷的問題，程管家十分嚴厲地警告了別墅裡的人，誰也不能再提高考這件事。

從秦苒昨天回來到現在，誰也沒有提及。程管家看秦苒一直都漫不經心的樣子，還以為秦苒忘記了高考這件事，誰知道她現在竟然自己提起了。

「喔，高考，我知道……」程管家應了一聲，然後小心翼翼地看向秦苒，「所以，秦小姐您要去考試？」

秦苒「嗯」了一聲，然後走到餐桌旁，程雋就拉開身邊的椅子讓她坐下。

程管家去廚房幫秦苒端了早飯出來。

程雋吃完，就去桌子旁幫她拿了筆袋。他把筆都裝進去後半靠在桌上，慢條斯理地削著鉛筆，一邊歪頭看她：「證件都帶了嗎？」

「帶了。」秦苒吃下了最後一口蛋，然後拿出准考證跟身分證。

程雋就接過來，裝進筆袋。

程木跟施曆銘晨跑回來，就看到程雋在認認真真地削鉛筆，兩人腳步頓了頓：「雋爺？」

程雋連頭也沒抬，就扔下一句：「整理一下，我們去雲城一中。」

「喔。」程木也不敢問什麼，迅速洗好澡吃完飯，就開車載秦苒去雲城一中考試。

雲城到處都拉起了橫布條，高考氣氛十分濃郁。尤其是靠近考試時間時，有一排交警在執勤，所有車輛經過的時候都下意識放慢了車速。沒有人鳴笛，一向喧囂的城市只有這幾天格外安靜。

程木他們提前一個小時到了，即便這樣，也有不少人早就已經到了。

雲城一中是一個大考場，程木好不容易才找到一個停車位，將車停好。

車停好後，程雋沒有立刻開門。外面的陽光很大，教室裡還沒有開空調，程雋抬手看了一眼手錶上的時間——八點，距離考試還有一個小時，他就歪頭看了一眼秦苒，「妳要現在進去還是再等一會兒？」

秦苒低頭看了眼手機，想了想，「喬聲跟林思然在外面，我去找他們。」

程雋頷首，他先開門出去，然後繞到另一邊，打開秦苒這邊的車門。

他的身高一百八十八公分，站在人群裡鶴立雞群，一眼就看到了站在校門旁的喬聲等人。

「在那邊。」他伸手把黑色的鴨舌帽扣在她頭上，帶著她往校門旁走。

校門口很多人來來往往，因為是高考，大多數的家長跟學生都有些急躁，只有程雋不急不緩地走著，像是走在水墨丹青畫卷中，眉目在陽光的映照下顯得絕倫。

喬夫人本來在叮囑喬聲，眼角餘光看到往這邊走來的兩人，到嘴邊的話一頓，神情微不可見地變得拘謹起來。

「苒姊，這邊！」喬聲沒注意到他母親神情的變化，大力朝秦苒招手。

程雋跟秦苒走過來，喬聲就興奮地跟喬夫人介紹，「媽，這就是苒姊，我跟妳說過的。」

「我當然記得，」喬母不敢看程雋的方向，直接看向他身後的秦苒，「謝謝妳，這臭小子成績進步得很快……」說到一半，目光看到秦苒打著石膏的左手，喬母就有些說不下去了。

秦苒五科全市第一的成績，喬聲不知道在她耳邊說了多少遍，但喬母也沒在秦苒面前表現出惋惜之色，只是笑道：「以後有事，儘管麻煩這小子，他皮糙肉厚，死不了。」

臨近考試，一行人說不到幾句話，三個考生就去考場了。

高考不同於一般的考試，監考制度非常嚴格，每個考生進考場都要過金屬探測器。秦苒在A棟二〇五考場，她過去時考場的門已經開了，監考老師正在門旁，手裡拿著探測器。

秦苒安全通過了檢測，考場內剩餘的位置不多，基本上每個人都很陌生。

秦苒的准考證號碼最後兩個字是一九，第三排只有一個空位，她就朝那邊走去。

後面有個男生緊跟著她進來，「滴——」警報聲響了，男生一臉呆愣。

監考老師淡定地拿了剪刀出來，讓男生把褲子上的金屬拉鍊剪下來。

男生低頭看了看自己的褲子：「……？？」

七號上午考的是國文。

秦苒拿到考卷，一眼掃過去，就估算了這次考試的難度。很難，估計考完國文就會有人崩潰。

她左手不方便，就用筆袋壓著答案紙，在考卷上慢吞吞地寫著字。她右手寫字不慢，但因為左手無法壓著考卷，速度也沒特別快，一隻手確實不太方便。寫完作文的時候，還差十分鐘才打鐘，而秦苒的考場裡，沒有一個人提早交卷。

如果說上午的國文讓所有人都崩潰，那下午所有考生拿到數學考卷時，腦子裡只有三個字——侯德龍，接著，腦袋裡只有兩個大字在迴盪——完了。

今年的數學題目出奇地變態，還沒考完，就有學生哭著跑出考場。

程管家提著酸梅湯在大門外等著，看著幾位從裡面出來、抱著父母哭的考生，憂慮地看向身側的程雋：「少爺，你說秦小姐考得怎麼樣？剛剛我打聽了一下，那幾個考生都說題目很變態。」

他正說著，就看到秦苒從校門口走出來，左手打著石膏，右手拿著筆袋，表情很輕鬆，沒有半點頹色。程管家沉默了一下，啊，他忘了，秦小姐應該是感覺不到題目的難度吧？

「考得如何？」程雋把酸梅湯遞給她。

秦苒喝了一口，瞇了瞇眼，謙虛地開口：「還可以。」

程管家：「……」

秦小姐現在還這麼會吹牛，程管家覺得他們家秦小姐可能真的沒有因為不能高考而感到一絲絲的難過，真的。

＊

因為七號考的數學太過變態，雖然第二天考的理綜也比以往難，但是考生們遠不像昨天那麼崩潰，至少沒人考到一半就心肌梗塞，去找救護車。

下午考完英語，一直沉寂著的九班群組才猛地活躍起來，一行人都在群組裡瘋狂打字。

何文：解放了@喬聲，怎麼樣？

生物小老師：約起來，約起來！今晚九班一個人都不能少！

夏緋：ＯＫ，約哪裡？

喬聲：稍等，我問問苒姊。

大家都差不多時間考完英語，秦苒因為左手不太方便，塗答案卡的時候特別慢，偏偏英語又很多選擇題。她出來後，喬聲跟林思然也緊跟著她出來。

「苒姊，約一波嗎？」喬聲不敢問秦苒考得怎麼樣。

秦苒沒多想就答應了，程雋也不跟去這些高三畢業生的聚會，不過秦苒的手不能鬆懈，他就讓程管家跟去。至於程木……跟他一起去處理孟家跟孟心然的事情了。

九班訂了兩個超大間的ＫＴＶ包廂，一行人都在樓下等秦苒跟喬聲等人。

程管家以為秦苒的同學都是普通的同學，笑咪咪地跟在秦苒後面，還跟夏緋等人打了個招呼，「你們好。」

直到他看到人群中的徐搖光。

程管家頓了頓，心裡有些驚訝。徐家的事，程管家作為程家的管家自然很清楚，只是他沒有想到，徐老在雲城就算了，他的孫子也在雲城上學？

徐搖光也看到了程管家，他精緻的眉眼動了動，倒也沒有太驚訝。

「等等……」班長本來想拍拍秦大佬的肩膀，晚上要跟她不醉不歸，但一低頭，終於發現了秦苒外套下打著石膏的左手。

班長的臉色變了變：「苒姊，妳的左手怎麼回事？」

「沒事，」秦苒低了低頭，笑了一下，挺無所謂的：「前幾天不小心骨裂了。」

九班嘻嘻鬧鬧的聲音，因為這一句話陷入一片寂靜，連徐搖光都震驚地看向秦苒的方向。

程管家之前也不敢提秦苒左手受傷的事，但他現在想通了，秦苒參不參加高考確實沒差……畢竟她考不考，幾乎沒差別。可是現在，秦小姐的這些同學是怎麼回事？聽到秦苒左手受傷了，一個個反應都這麼大？像丟了一個億一樣？

雲城一中車禍的事情被封鎖了，喬聲之前也沒有跟九班的人提過這件事，因為接近考試期間，這幾個人都不想因為這件事影響到九班人的心情。

秦苒在美洲的期間傳了不少自己整理的資料給九班，九班人現在的團結力不同往日。

「好了，都別站在這裡，我們去包廂再說。」喬聲清了清嗓子，站出來開口。

他走在秦苒前面，用眼神示意九班其他人。

「對，先進去再說。」夏緋笑了笑，也反應過來，收起臉上的表情，「我跟班長訂好了包廂，一二〇二跟一二〇三。」

一行人都說著先進去，依舊嘻嘻鬧鬧的，雖然是笑著，但程管家總覺得氣氛有一點點不對。

他落後秦苒好幾步，然後走在後面的林思然身邊，壓低聲音詢問：「林同學，你們班同學……這是怎麼回事？」

「什麼怎麼回事？」林思然這次高考表現得很好，但依舊心事重重的，沒什麼精神。

「就……你們班上的同學怎麼都是這個表情？」程管家總覺得有什麼地方不對勁，就多嘴問了一句。

其實不只是九班的這些同學，陸照影跟程木幾個人的反應也特別激動。程管家不由得抬頭看著前面，秦苒在班上人緣似乎很好，最重要的是，她似乎比徐搖光還要受歡迎。

徐搖光走在旁邊一點，而秦苒被九班的人簇擁著，現在站的位置就是年輕人說的中心啊！

林思然聽著程管家的話，聲音十分疲倦：「他們都覺得苒姊不能參加考試很可惜啊。」語氣理所當然。

程管家看了眼前面，稍微可惜一下他能理解，但也不用可惜到這種地步吧？連徐搖光的表情都不對勁。

「畢竟苒苒除了物理，其他科都考過全市第一，學校的老師跟同學都在猜苒苒今年能不能超越徐少，考到全校第一，誰知道會發生這種事。我們班導知道了，肯定也會很難受。」林思然嘆了一口氣，繼續開口。

一行人已經走到電梯前，分好幾批人進去。

秦苒那一批人的電梯已經上去了，程管家跟另一批人正在等下一波電梯。

聽著林思然的話，他「嗯」了一聲，半晌才琢磨出不對勁之處。程管家愣著一張老臉，然後僵硬地看向林思然。

叮——電梯到了。

林思然跟九班的其他人一起進去，走了兩步，見到程管家還愣在原地，不由得轉身，「管家爺爺，你怎麼不走？」

「來了。」程管家回過神來，跟著林思然等人一起進電梯。

他的動作僵硬，同手同腳的。

等電梯到了，電梯門打開，所有人都下了電梯，程管家才有些清醒，「林同學，妳剛剛說誰、誰考第一？」

程管家也是見過大風大浪的人，此前雖有所懷疑，但還是被嚇了一跳。

「就苒苒啊，」林思然重複了一遍，「她的數學比徐少還好。」

程管家的腳步頓在原地。

其他人他不知道，但徐家人幾乎天生就是數學家，在數學方面有敏銳的天賦，這在京城的圈子裡不是祕密。而秦小姐的數學比徐搖光還好？

程管家的腦袋有點愣住，訊息量爆炸到他一時間不知道要先哭還是先笑。

「管家爺爺，你不走嗎？」林思然見到程管家又沒跟上來，腳步一頓，看向程管家。

程管家搖頭，「你們年輕人玩，我就不進去了。」

他沒有跟這些年輕人一起去包廂，而是坐在外面等候處的沙發上，拿出手機，看之前他傳給家教老師的幾則訊息，十分嚴肅地一一問他們為什麼要退款，對面回得也不慢。

『……』

『程管家，我完全不知道從何教起。我帶過數學競賽班，她的數學比我們去年在數奧賽上拿到第三的那位同學還要好，我幫她上課上得戰戰兢兢，後面就基本上沒上課了，只在美洲玩……您還是別為難我了。』

第二個老師也回了差不多的內容。

程管家一一看完，然後靠在沙發上半晌，眼睛都沒眨一下。

包廂內，九班一行人的氣氛沒有很好。一開始都還在嘻嘻哈哈地喝酒，徐搖光則坐在角落拿著酒杯，小口抿著，沒有說話，只是偶爾看向秦苒，微微擰眉。

秦苒的手受傷，不能喝酒，她就沒碰酒杯，坐在林思然身邊。

高三畢業，就意味著各奔東西，高考完還能把全班聚在一起，只能說九班是一個神奇的班級。

喝到一半的時候，秦苒看了一下時間就起身準備離開。其他人都不敢攔她，也沒有留她，心裡都認為秦苒在不高興，站起來送她到電梯口。等秦苒離開，一群人才開始說秦苒的事情。

等高洋整理好所有資料，在眾人唱到一半時趕到包廂，一眼就看到了這副情景。

「怎麼，大家都考不好？」高洋看了他們一眼，微胖的臉上依舊笑咪咪的，很是和煦。

「沒有，」班長帶頭站起來，開口，「苒姊去國外前留了不少筆記給我們，我們都考得很好。」

高洋伸手推了一下鼻梁上的眼鏡，坐到眾人幫他留的位子上，「那你們怎麼回事？高考結束，解脫了還不開心？」

一行人聽到高洋的話，沉默了一下，不敢開口說話。

感覺到氣氛有些不對，高洋看向夏緋，笑了笑，「夏緋，妳說，怎麼回事？」

夏緋也喝了酒，臉很紅但腦子還很清楚，她抿了抿唇，哭喪著臉說：「老高，我說出來你別太傷心，苒姊在高考前左手骨裂了。」

「左手骨裂？」高洋愣了一下。

他確實沒聽說這件事，為了不讓學生有壓力，高考前他這個班導師都沒在群組裡說什麼，也沒打電話。

「她沒參加高考？」

夏緋搖頭，「她參加了。」

「喔，」高洋沉思了一下，點點頭，「我大概知道了。」

去年上學期期中考的時候，高洋就知道秦苒不是左撇子，只是她有心結。眼下她左手受傷了，還去參加了高考，也就意味著她解開了心結。

高洋略微鬆了一口氣，畢竟當時秦苒跟他說話的時候，那表情確實令人擔憂。

想了想，高洋還是低頭傳了一條訊息給秦苒：『數學考得怎麼樣？』

對方應該也在看手機，回得很快：『一百五十分。』

十分囂張地幫自己打了個滿分。

高洋有點想打自己這個得意門生，告訴她做人不能這麼囂張，但嘴角忍不住喜意，臉上的笑遮也遮不住。夏緋、班長還有喬聲那行人面面相覷。

「老高不會是被苒姊刺激到發瘋了吧？」喬聲摸了摸腦袋。

他怎麼還笑得出來，還笑得這麼高興？

從秦苒還是個學渣的時候，高洋就對秦苒十分關心，他這個班導師跟大多數的班導師不同。今天別說是秦苒，就算是九班隨便一個學生，高洋都會非常難受，更何況是秦苒這匹黑馬。

林思然拿著酒杯，喃喃開口：「可能？」

高洋坐到椅子上，喜氣洋洋地朝九班人舉杯：「高三結束，就是一段全新的旅程，希望大家都能考上自己心儀的大學……」

平日裡，秦苒有很多事情都沒有遮掩，用右手扣釦子、擰杯蓋，她不是左撇子這件事，只要學過心理學，很容易就能看出來……

高洋看著九班這群擔憂的學生，不由得嘆氣，但不知道為什麼，也學到秦苒的惡趣味，一個字沒說。

＊

司機開著車，程管家坐在副駕駛上，總忍不住歪頭看向後座的秦苒。

直到回到別墅，他還是沒反應過來，一直處於極度崩潰的狀態。

他此時也終於了解了，陸照影跟程木恨不得弄死孟心然的原因。

程管家坐在樓下大廳的沙發上半晌，最終還是沒有忍住，拿起手邊的電話打給京城。

若是不知道還好，可是知道了秦苒這件事，程管家心裡就跨不過這個坎。

而京城程家那邊，電話響了幾聲就被接起來，接電話的是程家的傭人。

「老爺在嗎？」程管家端正地坐在沙發上，聲音嚴肅。

那邊說了一句「稍等」就去找程老爺了。

『程管家，』另一頭，程老爺很快就接起電話，直接開口，『你們什麼時候回京城？』

程管家愣了一下，然後端正神色，「可能要到二十三號以後高考成績出來，還有其他雜七雜八的事情，估計要七月初。」

『七月初……』程老爺瞇了瞇眼，那還有大半個月。

他手指敲著桌子，半晌才道：『雲城的風景好看吧？』

程管家沒反應過來：「您說什麼？」

『應該是好看的，那邊聽說有好多名勝古跡，』程老爺自問自答，『過一段時間，我去雲城看看風景。』

他自說自話，也不等程管家回應，就直接掛斷了電話。

程管家被程老爺的一句「要來雲城玩」嚇到了，瞬間就忘了他一開始找老爺，是為了秦苒的成績。他掛斷電話，坐在沙發上細細思索。半晌之後才抬頭，看向樓梯上，嘴角忍不住抽了一下……

程老爺不會是來看秦小姐的吧？

看風景？雲城雖然有幾處遺址，但基本上沒有被開發過，哪能跟京城比。

最重要的是，程老爺的身體一直不是很好，幾十年來都沒有離開過京城。

程管家正想著，門外，程雋跟陸照影這行人回來了。

「少爺。」程管家立刻站起來。

程雋伸手脫了外套，裡面穿著黑色襯衫，袖子稍微挽起。他接過程管家遞來的茶，走到沙發旁坐下。

陸照影坐到他對面，小心翼翼地看了一眼樓上，然後看向程管家：「秦小苒從高考之後就一直沒下來？」

若是之前，程管家一定不明白陸照影為什麼要這麼小心翼翼，此時他有些了解之後，心情也不太好。他朝陸照影微微頷首，自覺秦苒去樓上是因為太傷心難過了。

「少爺，還有一件事，」程管家想起程老爺剛剛說的話，又立刻開口，「老爺說他過一段時間要來雲城。」

程管家擔心程老爺的身體，還是把這件事告訴了程雋。

程雋伸手拉了拉衣袖，眉頭一擰：「他來雲城湊什麼熱鬧？」跟徐老一起打麻將？

程管家不敢說老爺有可能是來看秦小姐的，就默默低著頭，不參與他們之間的問題。

樓上，秦苒還不知道某位老爺想要特地來看看她。

她坐在電腦前，先打開了電腦。

電腦上很快就彈出了視訊畫面，出現一張寡淡又冷漠的臉，是她的鄰居，陸知行。

今晚九班辦聚會，若是可以，秦苒也想陪九班那群孩子玩，不過雲光財團這邊還有一些事情要處理，她不得不先回來。

「陸叔叔，」秦苒開口，又看了一眼他身後，挑眉，「在京城？」

『嗯。』陸知行那邊也放下放在鍵盤上的手，『EA系列得有我看著才放心，月底會發表。妳今天考完了吧？什麼時候來京城？』

「過一段時間，填完志願吧。」秦苒用右手把她的黑包拿過來，單手拉開拉鍊。

陸知行點點頭，忽然看到鏡頭裡她的手，不由得皺眉：『妳的手是怎麼回事？』

「小人作祟，」秦苒看了一眼右手，不太在意，「放心，沒事。」

『沒事就好。』陸知行也沒問秦苒犯了什麼小人，畢竟她也不是什麼會吃虧的人，『不少人正在查妳，這次發表會，妳會出現嗎？』

「不了，麻煩，按常規來。」秦苒瞇了瞇眼，從黑色的背包裡拿出一份文件。

陸知行對此也贊同。

他看秦苒拿出一份文件，就站起來去拿了一杯茶過來，抿了一口：『還沒簽？』

「來不及。」秦苒又找出一支筆，在第一頁簽幾個字，「待會我讓人寄到京城，你留意一下。」

『好。』陸知行放下茶杯，又跟秦苒討論幾個程式上的問題。

要掛斷電話的時候，陸知行又開口，語氣挺淡：『楊總不知道妳受傷的事情吧？』

「應該不知道，」秦苒靠著椅背，不急不緩地開口，「我這邊的消息都封鎖了。」

『那就好。』陸知行點點頭，『那他也不會去雲城了。』

秦苒又翻了兩頁，繼續簽名，沒回答陸知行的話。

螢幕另一端，看著螢幕上的秦苒低頭不理會他的樣子，陸知行不由得搖搖頭，失笑：『好吧，等妳來京城，我們再詳談。』

「喔。」秦苒伸手，慢吞吞地掛斷了視訊。

她再度拿起筆要簽字時，放在手邊的電話響了，是秦漢秋。秦苒隨手把筆放到一旁，接起來。

『姊，妳今天考得怎麼樣？』電話裡傳來秦陵的聲音，很小聲。

高考前，秦陵就打了兩通電話來。秦苒靠著椅背，眉眼挑著，聽到電話那一邊不是秦漢秋，聲音緩和了不少：「還行。」

『那我暑假能去看妳嗎？』秦陵的聲音有些小心翼翼。

秦苒「啊」了一聲，沒立刻回答。

電話另一頭，秦陵的呼吸聲都幾乎屏住了。

「你別來雲城了，我可能會回去一趟。」秦苒想了想，還是沒徹底拒絕。

她跟秦陵說了一聲就掛斷電話，把手機扔到一邊，之後又拿起筆，在最後一頁簽下了最後一個簽名，字跡潦草，筆勢凌厲。

若此時有人在此，一定會認出她簽下的幾個凌亂字母——正是poppy！

簽好之後，她把文件裝進文件袋，下樓去找程管家。

「寄到京城？」程管家看了一眼文件袋，直接點頭。

現在他對秦苒的態度，比對程雋的態度還要好，秦苒有些不習慣。她咳了一聲，然後說了一個地址：「你寄到那裡就好了。」

程管家溫和地說了一聲：「好的，秦小姐，還有其他事嗎？」

「沒了。」秦苒右手按了一下太陽穴。

等程管家出去幫她處理文件的事，她才低下頭問身邊的程雋，「管家他沒事吧？」

「沒事，」程雋看了一眼她的左手，確定今天沒出什麼大問題，才語氣淡淡地回答，「間歇性精神失常。」

秦苒瞇起眼：「是嗎？」

走到門外的程管家打了個噴嚏，揉了揉鼻子，然後找來別墅內跑腿的人，低聲說了幾句，叫人幫秦苒寄文件。

「京城金融中心？」跑腿的人看了眼地址，一愣，「您這是要幫大小姐寄東西？」

程管家一愣，他還真不知道秦苒給他的那個地址是金融中心的，「不是，這是秦小姐要寄的信件。」

關於秦小姐的事情，跑腿的人只點點頭，沒多問就出門了。

倒是程管家，他覺得有些不對勁，往背後看去，主要是在看二樓秦苒的房間。

他微微擰眉，秦小姐要寄什麼東西去金融中心？她還認識那個地方的人？

另一邊，秦陵掛斷電話後握著手機，一雙眼睛此時亮晶晶的。

「小陵，你是打電話給秦語姊姊？她什麼時候會過來？」秦母正在收桌子上的碗，看向秦陵。

秦陵抿唇，胡亂應了一聲。他年紀小，卻也知道他媽媽非常排斥他爸爸把秦苒帶回來。

他把手機遞給秦漢秋，就回自己的房間去寫作業了。

「這孩子。」秦母皺了皺眉，又看向坐在一旁的秦漢秋，「我記得你二女兒跟我侄子是同年高考，也不知道今年考得怎麼樣……」

秦漢秋默默坐在一旁抽著菸，拿過電話一看，就知道秦陵是打電話給秦苒，也在擔憂秦苒今年高考不知道考得如何。

*

半個多月過得很快，六月二十三號在眨眼間到來，全市高考生都異常緊張。

因為今天，會公布高考成績。

每一年，雲城的各大高中都有這個緊張的時候，一是高考那幾天，二是公布成績的那幾天。

二十三號，高一、高二的學生還沒放假，本來在休假的幾個高三班導師，一大早就來到教務部的樓層。最晚十點才會公布高考成績，但他們也等不到那個時間才來，稍微淡定一點的就在辦公室的座位上坐著，浮躁一點的就端著保溫杯，在辦公室亂晃。

高洋也很早來，他捧著茶杯，一張微胖的臉上一直都笑咪咪的，看起來跟以往沒什麼兩樣。

畢竟是公布高考成績，別說學生了，學校裡的每一位高三老師也緊張又期待，就算是高一、高二的學生也會私下猜測今年高考的情況。衡川一中的老師還就衡川一中的第一名，開了賭局。

基本上就是秦苒、潘明月還有徐搖光。壓徐搖光的人比較多，壓潘明月的人比較少，至於秦苒……她的花招太多，尤其是物理這一塊，還沒有哪位老師看透她的物理成績。

諸位老師在壓她的時候，還有一點點猶豫。

「高老師，你們班的秦苒同學這次到底考得怎麼樣？」現在才八點半，一眾老師都在閒聊，大部分的人都在討論衡川跟雲城一中的幾個優秀學生，「聽說數學跟英語很難，好多學生走出考場都哭了。」

聽到這番話，高洋臉上的表情都沒變，他捧著杯子，依舊笑咪咪的，「一般，正常發揮。」

這句話讓其他老師有種想揍他的衝動。

一群班導師正在聊天，只有李愛蓉坐在一旁抿著唇不說話，一直盯著電腦。

九點，教務系統更新，成績會在高考查詢系統內更新，包括排名。

今年衡川一中的考生有一千人，要將這麼多人的成績從資料庫裡調出來，再排好名次，需要半個小時左右，班導師自然是等不及，幾乎所有老師都不約而同地拿起手機，打電話給自己的得意門生。

高洋想了想，也拿出手機打了一通電話給秦苒，電話響了兩聲才被接通。

『班導？』秦苒從床上爬起來，清了清嗓子開口，『你找我幹嘛？』聲音壓得很低。

程雋有請他的老師寄藥過來。有了他跟醫學組織那邊的藥，她的手恢復得很快，一個星期前就拆掉石膏了。昨天晚上，秦苒就跟陸照影、喬聲他們打遊戲到凌晨四點，直到喬聲上了至尊兩星，那兩個人才意猶未盡地停下來。

高洋一聽她略帶沙啞的聲音，就知道她還沒睡醒，沉默了一下，「……今天公布高考成績，妳知道嗎？」

『今天？』秦苒瞇了瞇眼，又想起今天是二十三號，是公布成績的日子，『我知道了，謝謝班導，我等等就查。』

高洋：「……」妳知道了還不查？

他不知道該說什麼，只默默開口：「……好吧，妳再睡一下。」

他沒叫她睡飽起來，查完成績再告訴他。因為高洋總覺得等秦苒起來，學校裡的成績早就統計出來了。

他放下電話，走向資料輸入人員。

「老高，你們班的學生考得怎麼樣？」其他人也打完了電話，嘴角都笑著，顯然得意門生考得還可以。

高洋就看著電腦頁面，搖頭，「不知道，沒問出來。」

聽到這番話，其他人面面相覷，有點搞不懂高洋這是什麼意思，「為什麼沒問出來？成績被人扣住了，查不到？」

這也是有可能，去年雲城一中的宋律庭就查不到高考成績。宋律庭的班導師急到不得了，直到幾大高中連番打電話給宋律庭，才知道成績被扣住了。

高洋沉默了一下，不敢說秦苒現在還在睡覺，這孩子就是太囂張了。

「我們先看成績。」他伸手指了指資料輸入人員的電腦。

統計到現在，大部分的成績都出來了。名單很長，資料輸入人員直接按照成績排名更新，排在前十名的基本上都是一班的學生，摻雜著一兩個九班的學生。

資料是這樣顯示的。

國文、數學、英語、理綜／文綜、總分、省排名、校排名。

此時排在第一名的，赫然就是潘明月。

一百四十一、一百三十五、一百四十六、兩百七十七，七百一十九，省排名第五，校排名第一。

因為她還有加分政策，最後總分是七百一十九。

這個加分政策是真的可怕，一下子拉開了二十分的差距。

今年的題目很難，一般來說，七百一十九的成績按照難度來分，差不多是省狀元了。

這樣才第五，前面幾名會有多可怕。全省有這麼多高中，能躋身前十名，潘明月的成績可以說是大圓滿了。

李愛蓉看到，終於緩緩鬆了一口氣。往年，衡川一中也很少有擠進省前十名的學生，更別說是第五了，只是她眸底還是有一些陰鬱。以往全校前十名除了徐搖光，其他都是她一班的學生，這一次混入了兩個九班的。

林思然跟向晚舟，第六跟第七。

最重要的是，秦苒跟徐搖光的成績還沒出來，沒有人知道秦苒的物理能考多少，但要進全校前十名肯定沒問題。

「成績還沒查到嗎？」此時，其他高三生的成績都已經輸入了，只有秦苒跟徐搖光的還沒有。

其他老師拿到自己班級的成績單，大致看了一眼自己的得意門生。他們還來不及研究其他人的成績，但也沒有離開辦公室，而是圍在電腦面前，等著看秦苒跟徐搖光的成績。

「還沒。」資料輸入人員縮小表單，回到更新成績的頁面，徐搖光跟秦苒的成績還沒出來。

看到這一幕，其他老師愣了一下，然後看向高洋，「高老師，看來這一次你們班的那兩個學生考得都不錯。」不然，怎麼會到現在成績還沒更新？

高洋淡定地對那個人笑了笑，「可能是系統延遲了。」

表面上淡定，但高洋的手心裡現在也有一些汗。

「看來一時半會是不會更新了。」一個老師又回到座位上，笑咪咪的，「我們坐著等一下吧。」

他們心裡隱隱約約都感覺到，秦苒的物理可能真的不錯，一個個都心不在焉地在辦公室等著。

一班學生的所有成績也都出來了，但李愛蓉也沒離開，她看到一班排在最後一名的孟心然所有成績都是零分，排名更在全省的四十多萬名。她抿了抿唇，不知道該有什麼樣的心情，就捏著這張成績單坐在辦公室的角落，等秦苒跟徐搖光的成績出來。

又等了十分鐘，資料人員照例更新了一下網頁，剛剛顯示「無」的網頁終於顯示出了成績。

「出來了！成績出來了！」資料人員還來不及看就連忙開口。

其他老師一聽，連忙站起來，圍到電腦前。

出來的是徐搖光的成績。

因為是網頁，不是表單，成績顯示的方式有所不同。

國文：一百四十五

數學：一百四十六
英語：一百五十
理綜：兩百九十一
總分：七百三十二
省排名：二

辦公室內靜了一下，連沒忍住，走過來看的李愛蓉都沒有反應過來。

潘明月跟徐搖光的成績一直都有二十分左右的差距，因為加分，潘明月的成績基本上都跟徐搖光差不多，但誰知道徐搖光在高考時，英語會直接拿滿分？

這次英語、數學基本上難度都差不多，很多人連聽力都沒有聽清楚，徐搖光卻考了滿分？

其他老師也傻愣地看了高洋一眼，喃喃開口：「高老師，省榜眼啊，你們班這次……」

高洋不太意外，因為高考完那天晚上去喝酒，徐搖光就估算自己的分數在七百二十五到七百三十五之間。不過，這個名次確實讓他震驚。

徐搖光跟潘明月不一樣，沒有政策加分，是貨真價實的七百三十二分，數學的一百四十六分，高洋都覺得他不一定能考到這個分數，會被各大高中攔截，高洋一點也不覺得驚訝。

「秦苒，還有秦苒！」圍在電腦旁的老師們終於反應過來。

想起秦苒的成績也被扣著，他們催促資料輸入人員去更新秦苒的成績。

資料輸入人員終於反應過來，「喔喔！」

他手忙腳亂，手有點發抖地打開另一個網頁，更新了一下。

所有人看著電腦的頁面，目光一眨也不眨。

第二章　兩校搶人

辦公室裡的老師都目不轉睛地看著電腦螢幕，包括李愛蓉。

「老高，你預估你們班的秦苒這次能考多少？」有人問高洋。

高洋也不了解秦苒的物理程度，但這次物理這麼難，徐搖光的理綜也只有兩百九十二分，而潘明月的理綜連兩百八十分都不到，他沉默了一下後開口：「大概跟徐搖光差不多吧？」

高洋保守估計，應該也有七百三十分左右，不然成績也不會被扣住。

秦苒的物理應該不會太差。

「你們班這兩個……」其他老師沉默了一下，也沒說高洋吹牛，「是要包攬前三名啊？」

沒有任何加分能考到七百三十分，真不是一般人能做到的。

這句話剛說完，電腦頁面就顯示出一行成績。

考生：秦苒

國文：一百四十七

數學：一百五十

英語：一百五十

理綜：三百

總分：七百四十七

省排名：一

辦公室內又靜了一下，連高洋都沒反應過來。剛剛徐搖光成績出來時，已經嚇了辦公室裡的人一跳，現在秦苒的成績出來，其他人都瞪大了眼睛。

辦公室內連調笑高洋的聲音都沒有了，剛剛說話的人幽幽地看向高洋：「高老師，你說七……七百三十？」這是七百三十嗎！

高洋也張了張嘴，說不出話來，兩隻垂在一旁的手也在發抖。

他剛剛已經高估了他的得意門生，誰能想到，她還給了他一個炸彈！除了國文，全都滿分！

一個全省第一，一個全省第二，一個全省第五，都在同一個學校，尤其是全省第一跟全省第二還是同一個班，沒有任何加分，一個七百三十二，一個七百四十七，所有人都能預想到……

他們衡川一中，要紅了。

李愛蓉手上還拿著他們班的成績單。基本上透過省排名，就能得知平均分數。

他們班一共有六十個學生，除了孟心然，五十九個人都進了全省前七萬名，按照以往的分數比例來看，前七萬名都能達到一流大學的錄取線。其中，前二十名都擠進了全省前一萬名，高出平均分數一百分，要考進知名大學是沒問題的，畢竟一班是所有模範生的聚集地。

作為英語老師，她第一看的是英語成績。

這次的高考題目相對而言都非常難，英語的聽力，李愛蓉自己都不確定會不會掉進陷阱。潘明月的一百四十六很出乎她的意外，除了潘明月，班上第二名的英語也才一百三十二分而已，超過一百二十分的也不過十個。可是，徐搖光跟秦苒直接考到一百五十？

這兩個人的高考總分，更是跟她估算的相差甚遠。畢竟之前學校裡的老師會把這三個人放在一起相提並論，但是潘明月撇除加分，成績根本就不能跟這兩個人相比！

李愛蓉跑到電腦旁，看著資料人員印出來的成績，眼睛發直。

她已經不想去看其他老師看她的目光了，她腦子裡只有一個想法：她這次，連最後一點希望都沒了。全省第一跟全省第二都在九班，他們一班這個全省第五真的不夠看……

別說優秀教師了，教務處還記得去年期中考的事，就等高考完要重新處罰。

而高洋不管其他人的想法，這下他班上的成績都到齊了，他就讓資料輸入人員把九班的成績單整理出來。至於單科成績，他會整理出來後發給各科老師。

其他老師都圍過來看九班的成績，一看，一個個面面相覷。

「高老師，你們班這……前五都在全省一千名內？」

林思然是全省第九十一名，向晚舟全省第九十五名，喬聲全省第一百八十一名。

別說前五了，後面的學生分數也不低。按照四十萬考生的比例來估算，高洋班上達到全省知名學校錄取分數的，高達二十個人，這人數比例對一班來說不算什麼，可是九班是普通班啊……

高洋從前往後看了一眼，臉上的喜意越來越重，他是真的為班上的學生高興。

聽著身邊的老師的話，他笑了笑，「這還是多虧了秦苒同學。她留了不少筆記給班上的學生，聽說，其中還有宋律庭留下來的。宋律庭你們認識吧？就是去年全國的狀元。九班那群孩子們玩歸玩，但這一年也一直很努力，能取得這個成績，我也為他們感到自豪。」

這一席話，其他老師聽了，徹底沒了脾氣。

他們會不知道宋律庭嗎？去年雲城一中出了一個全省高考狀元，各大媒體大肆渲染，雲城一中可得意了。誰能想到去年的省狀元跟今年的認識，高洋這個運氣，隨便撿個學渣都能有這種造化？這種魄力跟運氣，其他老師可沒有。

班導師都很關注班上的成績。即使能接受一個拖全班後腿，還劣跡斑斑的學生來自己的班級，並且大部分的人都不像李愛蓉那樣言辭犀利，但也不會真心接受。

李愛蓉一個人站在角落，腸子已經擰了無數遍。如果徐校長一開始沒有把秦苒放進她的一班，李愛蓉可能還不會這麼鬱悶。但是，偏偏徐校長最開始是要把秦苒放進她們班的，是她親自把秦苒推拒在外。

半年前，她還能用秦苒可能物理不好來麻痺自己，可現在，李愛蓉的掌心都幾乎掐出血了……

秦苒跟徐搖光的成績出來後，衡川一中教務處的電話也被打爆了。

此刻，秦苒！全省第一！七百四十七分！的消息爆炸式地在省內各大高中及媒體圈內傳開！

＊

雲城市中心——

秦苒掛斷高洋電話後，又睡了一會兒才爬起來。

接近七月分，天氣說不上特別熱，但也絕對不低，她洗了個澡，換了件白色T恤。

一覺睡醒，她也忘了要去查成績，就往樓下走。

「秦小姐，您起來了？」樓下只有在跟傭人說話的施曆銘，看到秦苒下來，立刻轉過身，「老大跟程管家他們出去接人了。」

傭人立刻去廚房，把爐上溫熱著的早飯端出來。

「接人？」秦苒坐在飯桌上，對傭人說了一句謝謝才看向施曆銘。是什麼重要人物，需要他們都去接人？

施曆銘撓撓腦袋，搖頭：「不清楚，他們也沒說。」

秦苒翹著二郎腿，慢吞吞地開始吃早飯，沒再多問。

「秦小苒，妳這麼早起？」樓上，陸照影也打著哈欠下來，身上穿著睡衣，「待會還打嗎？」

他想起這件事，然後看向秦苒，目光亮晶晶的：「我也想上至尊三星。」

秦苒看了他一眼，容色挺淡，「待會再說。」

陸照影就拿著手機去找喬聲，問他要不要打遊戲。以往他約喬聲，馬上就會有回覆，但是今天他等了半晌，喬聲都沒有回，似乎被什麼事情絆住了。

「垃圾……」陸照影小聲嘀咕了一句。

秦苒跟陸照影說著遊戲的事情，暫時忘了高洋讓她去查成績的事。

與此同時，離大門不遠的加長車內，程木開著車，程雋坐在副駕駛座上，後面空著一排椅子。再往後一排，才坐著程管家跟程老爺。

程管家拿出小本子，翻開來看行程：「雲城有五處遺址，其中兩處沒被開發，在寧海鎮，三處在市內，我幫您安排了……」

程管家念念叨叨著，身旁的程老爺卻似乎沒在聽。他生得威嚴，正襟危坐，眉眼間自有一股矜貴與凌厲。

程管家念了一遍，見到老爺沒有反應，頓了一下，「老爺？」

車沿著小徑，往別墅大門開去。

「嗯。」程老爺看了他一眼，氣定神閒地回了一句，「你說得有道理。」

程管家：「……」我明明是問您明天要去哪裡玩！

但程管家也是個聰明人，默默把本子闔上。他覺得老爺現在可能不太關心明天到底去哪裡。

副駕駛座上，程雋似乎在低頭玩著手機。程老爺按捺了一路，終於按捺不住了。

他微微歪頭，低聲詢問程管家，「就是，那……」

程管家十分恭敬地低頭，「秦小姐還在睡覺，昨晚陸少特地找她打遊戲。今天是高考公布成績的日子，我就沒有讓少爺把秦小姐叫起來，省得她心裡難受。」

「我有問你那女孩的事嗎？」程老爺的臉色一板，嚴苛地開口。

程管家：「……」

又過了一會兒，車子停下。

程老爺咳了一聲，依舊板著臉，「我聽程木說她會電腦工程，技術還非常厲害，應該會喜歡電腦系吧？」

他連繫了京大的那個老頭，花了不少代價，包括實驗室的一個位置，才換到了電腦系的一個名額。那女孩的出身差了一點，去京城後，前有狼後有虎，進去京大後有可能會去實驗室，這樣能讓她有多點立足的保障。畢竟，在程老爺眼裡，只有掌握在自己手裡的東西才是實力。

聽著程老爺的話，程管家：「……」他默默下車開門。

程老爺一時間也不管程管家回不回答，自顧自地思索起來。

程雋先他們一步下車，站在門口等著，拿著手機，神情懶倦。

他不知道在看手機上的什麼訊息，嘴邊還有若有似無的一絲笑意，越發顯得眉眼清雋。

程老爺下車後也慢慢的，將手揹在身後，開始張望著四周的景色：「你先進去，不用等我，我在外面逛逛。」

「好，」程雋點點頭，很好說話地將目光轉向程管家，「你陪他看。」

程管家頷首。

等程雋進去後，程老爺才看向管家，伸手不緊不慢地整理衣領。

程管家連忙開口：「老爺，您的衣服是L家新款的嗎？穿起來很有精神。」

「是嗎？」程老爺挑起眉，又伸手撫平衣袖，才慢悠悠地往大門裡走，神態威嚴肅穆。

程管家就跟在他身後，臉色一言難盡。

別墅大廳裡，秦苒正在跟陸照影打遊戲，兩人面對面坐在大廳的桌子旁。

這張桌子是程雋特地讓人搬回來的電腦桌，四方形的，面對面打遊戲很有感覺。

秦苒面對大門坐著，身上穿著白色短袖T恤、黑色牛仔褲，腳上穿著一雙拖鞋，翹著二郎腿。一手拿著滑鼠，一手按著鍵盤，早上剛洗好的頭髮隨意披著，整個人看起來頹中帶著一點野。

「秦小苒，救我救我救我！」

「我靠，死了死了，爸爸奶我！奶我！」
「啊啊啊！我要死了！」
全程，她對面的陸照影瘋狂又像中了邪。秦苒就笑著，漫不經心地操控著遊戲卡牌，黑髮滑過臉頰，她的語氣散漫又猖狂：「別慌，爸爸救你。」
程雋去廚房端水出來，剛踏進大門的程老爺正好聽到這一句：「……」
一局剛好打完，陸照影問程雋要不要三排，見到程雋神情有異，他就隨意往後面看了一下。
這一看，嚇得陸照影差點從椅子上摔下來。
他手中的滑鼠沒拿穩，「啪」地一聲落在地上，「程程程……程老！」
這位可是比他們家老爺還要可怕的人物！陸照影站起來，拘束地站在一旁。
程老爺看他一眼，面無表情地「嗯」了一聲。他眉眼凌厲，樣子十分嚇人，陸照影連一個字都不敢說。
秦苒將注意力從電腦上移開，她不認識程老爺，只大概想到這應該是程雋去接的人。
她站起來，看了身旁的程雋一眼。
程雋把一杯水放在她的手裡，挺隨意地開口，「介紹一下，我爸。」然後又走到程老爺身邊，把另一杯水遞給他，「進來吧，別在門口站著，擋到了程管家的路。」
程老爺沒動。他跟秦苒，一人捧著一個茶杯，面面相覷，雙方挺僵硬地打了個招呼。
「先吃飯，」程雋懶洋洋地讓人送上一鍋湯，然後看向程老爺，「您早上的藥膳。」
程老爺就坐到餐桌前，開始吃飯，目光卻注意著程雋、秦苒這邊。

程雋讓人把藥膳端給程老爺之後看向秦苒，低聲詢問她早上吃了什麼。

「啊，」秦苒幽幽地回了一句，「你不要跟我說話。」

程雋一頓，秦苒把手放在腦後，「我不想現在跟你打架。」

程雋：「……」

他伸手按了一下眉心。

兩人說話的聲音非常小，坐在餐桌上吃飯的程老爺拿著湯勺的手都頓了一下。

他默默看了那兩人一眼。

半晌後他才吃完藥膳，接過管家遞過來的格子手帕，擦了擦手跟嘴角才威嚴地開口：「好了，都不用看著我。管家，帶我去樓上看看房間。」

程管家帶他上樓。

兩人上樓之後，陸照影才擦了擦汗，膽戰心驚地看了程雋一眼，幽幽開口：「雋爺，程老怎麼來了？」

程雋看了一眼秦苒，對方的手依舊放在腦後，他有些頭痛，「來看風景的。」

樓上，關上房門，程老爺才拿出手機，眉眼張揚：「這個混世魔王遇到對手了？」

程管家一看他的表情，就知道老爺對秦小姐很滿意。

他笑了笑，「可不是嘛。」

秦小姐簡直比三少還要囂張，這兩人要是到了京城，可就好玩了。

程老爺倒是沒想那麼多，他低頭撥出最近一個十分常打的電話。

第一遍沒打通，程老爺不厭其煩地又打了第二遍。

這一遍，響了十幾秒才被人不耐煩地接起來，那邊的聲音吵吵鬧鬧的：『程老，你又打電話給我幹嘛？還是為了你們家一個晚輩的事情？』

「當然，我不知道她喜不喜歡電腦系，到時候可能要換科系。」程老爺十分淡定地回答。

手機另一頭的人正是京大校長周山。

聽完，京大校長被氣笑了，『程老頭，你別太過分了，你以為我這裡的名額隨意就能拿到？』

程老爺往窗戶旁走，「我們可以商量一下，今年各大院校的資源還是從我們程家分配的。」

兩人討價還價著。

周山那邊頓了一下，沒有立刻回絕，『好了，這件事我們過兩天再說，我這邊有一件急事！』

「什麼事？你連你們學校的資源都不在乎了？」程老爺微微瞇起眼。

『今年全國高考出了一個變態啊。』周山似乎很急，說話的聲音劈哩啪啦的，『就是資料有點難找，一開始我還扣住了分數，後來實在扣不住了。剛剛教育部那邊跟我說資料找到了，我得快點打電話給人家，不能被A大捷足先登了！』

程老一瞇眼：「比你們去年那個誰……宋什麼還要厲害？」

『這個就不跟你多說了，我們過幾天再說，再晚就真的要被人搶先了！』周山說了一句，就匆匆忙忙地掛斷了電話。

程老爺放下手機，看著手機暗掉的螢幕，微微瞇眼。周山這麼風風火火的樣子可不常見。

程管家站在程老爺身邊，自然也聽到了周山的話，他詫異地抬眸，「京大又要有個狀元了？」

程老爺的手指敲著手機，搖頭，「不清楚，現在京城格局複雜，幾大院校之間爭奪，那幾個家族都出了不少人才，各大院校幾乎都被家族壟斷了。今年的高考題，是幾大高中特意聯名出的，也是為了找出能牽制他們的人……眼下能驚動周山，還讓他弄出這麼大的動靜，應該不太簡單。搞不好就是幾十年前的……」

話說到一半，程老爺就搖搖頭，他不知道想到了什麼，沒再繼續說下去，有些嘆息。

而程管家也連想到了一人，面色有些駭然。

「這件事我們不提，那幾大勢力相爭，是徐家該管的事。」程老又想起秦苒之後的學校，一邊說一邊往外走：「那女孩她……今天高考成績還沒查吧？」

聽見這個，程管家的表情立刻變得嚴肅起來，他打開房門讓程老爺出去，壓低聲音：「今天先不要提，秦小姐的事情我等等再跟您細說。」

看到程管家這麼小心翼翼的，程老爺不由得挑了挑眉，「好，那到時候再說。」

程老爺上樓，就是要為了秦苒跟周山討價還價，通完電話，他就直接下樓。

樓下，程雋、秦苒跟陸照影三人都還坐在四方的桌子旁。

「程老。」看到人，陸照影連忙站起來。

程老爺擺擺手，聲音嚴肅：「我就下來逛逛。」

正巧，沙發旁的電話響了一聲。程老爺看著秦苒他們，隨手接起電話。

電話那邊的聲音十分溫和，十分有禮貌：『請問，是秦苒同學的家嗎？是這樣的，我們學校誠懇地邀請秦同學，至於待遇方面……』

程老爺挑了挑眉，疑惑地開口，「周……周山？」

程老爺的一聲「周山」說出口，那邊還未說完的話戛然而止，彼此都覺得對方的聲音很耳熟。

『程老？』那邊的周山也愣了一下。

兩人都互相沉默。

一秒鐘後，周山迅速開口：『不好意思，程老，我打錯電話了。』

雙方掛斷電話。

程老爺手指敲著桌子，覺得有什麼不對勁。

剛剛在樓上的時候，周山明明說是要連繫今年的高考狀元，下一秒電話就打到了樓下的座機？

尤其周山還提了一句秦苒同學。程老爺看了秦苒一眼，他當然知道……那女孩就是秦苒。

另一邊，京大——

周山掛斷電話，又連忙拿起資料翻了一下。

身旁的人叫了他一聲，「校長？」

「沒事，我又把電話誤打給程老了。」

周山搖頭，然後看著資料上的號碼，又看了一眼通話記錄，手一緊。

他以為是他有些頭暈，所以打電話時不小心按到了剛掛斷的程老電話。可是他看看通訊錄頂端的號碼——座機，雲城，跟他好不容易弄到的電話號碼一個不差。

他沒有打錯電話，是那個學生填的連繫方式。

至於為什麼會是程老接的電話……周山的腦子裡迅速閃過程老爺說的「晚輩」。

他這個時候想都沒想，直接拿起手機，又打了座機。

第一遍打不通，第二遍沒有人接聽，周山面不改色地又打了第三遍。

第三遍，勉勉強強等到最後，當他要掛斷的時候，終於有人接聽了。

雲城這邊，程老爺坐在沙發上，將看向秦苒的目光收回來，「你怎麼又打來了？」

周山現在可不想跟他開玩笑，直接嚴肅地開口：『你剛剛跟我說的晚輩是秦苒？雲城的那一個？』

「是。」程老爺老神在在。

『……』周山窒息了一下，然後伸手拍了一下桌子，『你之前跟我說的，我答應了，還有，入學學費全免，每年分配大批資源以及獎金！』

程老爺放在桌子上的手也緊了緊，但他的聲音還是一如既往的風輕雲淡：「不好意思，我需要考慮考慮。在你打來之前，A大校長也剛打了電話給我。」

這一句，讓周山差點一口血噴出來，『你還考慮什麼！』

「畢竟你之前不太想讓她入學。」程老爺繼續開口。

周山真的沒差點被他嗆死。誰知道程老爺會這麼做，明明那個晚輩考得非常好，他非要幫別人開後門。開後門就算了，還非常過分地提要求，周山能痛快地答應嗎？

但是現在，周山有苦也說不出，反而細聲細氣地安慰著。

『那程老，您慢慢考慮？考慮完之後，打通電話給我？』周山哽著血氣。

兩人都掛斷了電話，程老爺的目光看向秦苒那邊。秦苒有點想當作看不到，但是程老爺的目光過分明顯，她手撐著下巴，不由得歪頭，看到程老爺，她又把撐著下巴的手收起來。

「妳的高考成績查了沒有？」程老爺問了一句。

「還沒有。」秦苒也想起了這件事。

「嗯，」程老爺點點頭，有威嚴地開口：「那快去查。」

站在他身邊的管家聽到程老爺的話，連忙用眼神示意程老爺，讓他別再提起秦小姐的傷心事。

程木跟陸照影的臉色也是一變。

「程老，聽說您是來看風景的……」陸照影從椅子上站起來，笑了一下，「不知道您有沒有特別想去的地方，我可以帶您去啊。」

「我已經規劃好了路線。」程管家也迅速開口，看向程老爺跟秦苒，「秦小姐，您要不要也出去散散心？經常待在家裡，人也容易抑鬱。」

程老爺面色如常地看了程管家一眼，「旅遊的事情不急，先查成績。」

又是查成績。

程管家：「……」您真的是哪壺不開提哪壺！

正巧此時，座機電話又響了一聲，程老爺離座機很遠，程管家就走過去接起來，「您好。」

電話那邊不知道在說什麼，陸照影只看到程管家的表情好像僵硬了一下，半晌後麻木地「嗯」

了一聲，最後又說了一句「我會詢問」。

掛斷電話後，程管家轉過頭來。

陸照影看了他一眼，十分疑惑：「程管家，誰打來的電話？你怎麼了？沒事吧？」

程管家僵硬地看了陸照影一眼，「是Ａ大校長的電話，問秦小姐想不想去Ａ大。」

「Ａ大校長？」陸照影坐直身體，然後看向秦苒，他似乎想通了什麼，「我靠，秦小苒妳考了多少分？快點查！快點查！」

都讓Ａ大校長打電話過來了！

陸照影自然也知道，去年京城的兩個大學為了爭一個學生，爭得死去活來。

「不用了，」程雋看了他們一眼，抬手把手機扔到桌上，道：「我已經查過了。」

剛剛載程老爺回別墅的途中，程雋就已經查了秦苒的成績。

他的手機頁面開著，正是查詢成績的那一頁。

考生：秦苒

國文：一百四十七

數學：一百五十

英語：一百五十

理綜：三百

總分：七百四十七

省排名：一

陸照影：「……」

程管家也特別著急，過來看了一眼：「秦小姐考……」

程老爺沒說話，一直負手淡定地站在原地，可是等了半晌，陸照影跟程管家就跟定格了一樣。

他咳了一聲，兩人還是沒有反應過來。

程老爺有些受不了了，慢悠悠地往那邊踱過去，漫不經心地看了一眼擺在桌子上的手機。

他：「……」

本來陸照影等人是因為秦苒的成績，不敢提高考的事情。

眼下秦苒考成這樣，他當天晚上就把之前撤掉的酒席又重新加了回去；陸照影更拿著手機，把那些橫布條和廣場中央的螢幕廣告更新了。

程管家跟程木列著晚上臨時賓客的名單。雖然是臨時通知，但人也不少，基本上知道是秦苒的飯局，就算沒空也會抽出時間來。

「人有這麼多？」程老爺看著程管家手中長長的一串名單，驚訝地說了一句。

「秦小姐的同學很多。」程管家看了看，前面大多數是秦苒的同學。

對於這一點，他詢問過秦苒的意思。九班這次考得非常好，基本上沒人有大失誤，都出乎自己的意料之外，所以大多數同學她都邀請了。

程管家準備了兩個包廂，一個大一點、有娛樂設施的就給那群學生玩，一個小一點的，就讓江回這群大人物吃飯聊天。

程老爺揹著手，看著上面的地址，顯示是雲鼎飯店，他點點頭，「看看人員還有沒有什麼疏漏的地方。」

程管家又翻了一頁，後面是江回那行人。

程老爺已經揹著手離開了，表情十分沉穩，但程管家看了眼程老爺，老人的腿在發抖……

與此同時，林家也準備了酒局。

秦語這次總分考了六百四十九分，全省一千零幾名，全校第十九名。因為她也休學了半年，這半年間又忙著學小提琴，真的是非常不錯的成績了，出乎林家所有人的意料之外。

寧晴喜氣洋洋的，第一通電話就是打給寧薇，告訴她秦語這次的考試成績，想先約一家人吃飯熱鬧一下，然而寧薇說了一句恭喜之後，又說晚上沒有時間。

有什麼事情比秦語高考的酒席還重要？寧晴抿了抿唇，掛斷電話，表情卻十分不好。

「媽，怎麼了？」秦語多問了一句。

這幾天因為孟家的事情，整個林家都籠罩在陰霾之中，好不容易有件喜事，寧晴也不想說寧薇有多掃興，她搖搖頭：「沒事，妳先看看還有哪些同學要請的。」

秦語這次考得好，心裡也很高興，點點頭就沒再多問，寧薇來不來，她確實也不太在意。

兩家不約而同地，把酒席同時安排在雲鼎飯店。

＊

宴請的地點，程木剛回國的時候就準備好了，畢竟雲鼎飯店的客源太廣，預定排隊的聽說已經到一個月之後了。

為了給年輕人玩，程管家把時間劃分了一下，訂在下午六點，然後開始一個個通知她的同學。

喬家，喬聲接完電話，終於從床上爬起來了。

他坐在床上思考了一下人生，然後伸手傳了一封訊息給徐搖光。

『苒姊的喜宴，回來嗎？』

很快就得到了對方否定的回答：**『不回去。』**

京城徐家，正是午飯。

徐搖光在高考完第二天就回京城了。

「今天雲城的高考成績要公布了，」徐管家站在徐搖光身側，低聲詢問，「您的成績查了嗎？」

「沒。」徐搖光放下手機，他吃完飯又放下筷子，眉目清冷。

他知道今天會公布高考成績，不過也沒有查，他預測的分數從沒出過差錯。

看了一眼手機，跟秦語的聊天記錄在喬聲下面。秦語這次理綜的分數不到兩百八十分，至於理綜的單科成績看不出來。徐搖光也詢問了潘明月的理綜單科分數，幾乎沒有超過兩百八十分的。

今年的題目確實很難。

徐管家聽徐搖光說著，也不奇怪。徐家從上往下數，就沒出現過學渣，尤其是徐搖光這一輩，幾乎都是碾壓同一輩分的人長大。就算他這次考到全國狀元，徐管家跟京城這些人都不會太驚訝，只會覺得理所當然。

「這次全國的考題是京城那幾所高中聯名出的。」徐管家見到徐搖光吃完了，就讓人把碗筷撤下去。

聽到這一句，徐搖光的眸色終於有了些許變化，他抬起頭：「周校長他們？」

徐管家頷首。

一直沒有去查分數的徐搖光現在有點坐不住了，他拿著手機走回自己的房間，開了電腦。

徐管家知道他是要查高考分數，想了想，也跟著他身後。

徐搖光記得自己的准考證號碼。

徐管家到的時候，網頁上，成績已經跳出來了。

「七百三十二？」徐管家站在徐搖光身後，看著成績滿意地笑了笑，只是在看到「省排名二」的時候，他十分震驚，「這分數只是第二？」

幾大高中聯名出的題目，用等級劃分一下，難度就是那些年輕人所說的噩夢等級，徐管家自然知道能考到七百三十二分，以徐搖光來說能稱上優秀，全省第二確實讓徐管家驚訝。

徐搖光的目光看著這分數好久，腦子裡的光明明滅滅。

高考之後，他也想起秦苒用右手畫過壁報這件事。他直接拿起手機，翻到喬聲的訊息，詢問他秦苒的成績。

喬聲回得乾脆俐落，直接傳來秦苒分數的截圖。

這張截圖在衡川一中的論壇上早就登上熱門了，連網路上都開始傳這張圖。徐搖光直接點開。

徐管家站在他身側，自然也看到了成績，忍不住開口：「總分七百四十七分？今年的全國狀元！」

「我回一趟雲城。」徐搖光看了半晌，直接拉開椅子起身。

*

下午五點四十分，九班的人陸陸續續來到雲鼎飯店。

雲鼎飯店的頂樓全都被程管家豪氣萬丈地包下來了，九班的人在娛樂設施齊備的包廂吃飯。

這些學生們的交集，程雋就沒參與了，主要是程管家覺得程雋一去，可能會影響到那些年輕人的氣氛。

秦苒推開門進去時，原本以為能看到一大堆人嬉鬧的場面，包廂裡卻安靜異常。

包廂裡的人，坐在椅子上的坐在椅子上，坐在沙發上的坐在沙發上，裡頭燈光很充足，能看到所有人表情都很嚴肅。八個服務生顯然是第一次看到這種場面，分站在兩邊，似乎有些不知所措，直到看到程管家跟秦苒的身影才鬆了一口氣，詢問性地看向他們。

秦苒一來就直奔這間包廂，頭上還戴著鴨舌帽。看到這一幕，她默默扯下了頭上的帽子，清了清嗓子：「……不是，你們冷靜一下。」

程管家一愣，他不太清楚九班人的性格，現在一看，好像九班人都特別生氣。

他不由得有些後悔去請這些人來了。

想到這裡，他不由得看向秦苒那邊，有些緊張地開口：「秦……」

一句話還沒說出口，喬聲的聲音就先炸了：「冷靜不了！妳不帶我上至尊九星，這件事就不能算了！」

班長不甘示弱，「我也想去看看至尊段位的風景！」

「我必須有姓名！」

「我靠？原來還有這等好事等著我！」

叫囂的大多數是男生，女生們演太久，忍不住就笑倒在沙發上。

秦苒熟門熟路的：「人太多了，一星吧。」

「不行，我們是那種一星就能收買的人嗎？」

秦苒拉開一張椅子坐下，雙手環胸，抬抬下巴：「一人一張神牌。」

班長帶頭十分恭敬地幫秦苒倒了一杯茶：「苒姊，我們慢慢來，不急，神不神牌的無所謂，帶我們上九星您也太累了。一星就好，主要是我們也喜歡待在一星。」

程管家一臉傻眼地看著九班的這群人：「……？？」

ＷＴＦ？神牌是什麼玩意？他原本以為秦苒可能要跟這群人打一架，這樣就解決了？

「程管家，你先去對面吧。」秦苒接過班長的茶，這才看向程管家，讓他先出去。

程管家一臉傻眼地走出大包廂，又一臉傻眼地進了小包廂。

小包廂內，程老爺換了一套衣服，正襟危坐。

因為時間緊急，寧晴也沒有訂到什麼好包廂，就在十八樓的大廳。

秦語這個面子，林家人一定會給。

秦語也邀請了原先一班的學生，能來的只有寥寥幾個，剩下的都是林家的合作伙伴。至於寧家老舅媽那些親戚，因為時間問題，寧晴就只打電話通知了，並沒有一個個邀請。

秦語高考大捷，又是現在京城小提琴協會的紅人，就算是林婉，也一大早就放下手邊的事，從京城匆匆趕回來。林婉畢竟是京城沈家的人，跟林家其他人不同，寧晴跟秦語親自去機場接機。

秦語跟林婉坐在後座，寧晴坐在副駕駛座。

「我在京城也有聽說，這次高考很受幾大高中重視，」林婉聽說了秦語的成績，微微瞇起眼，「妳這成績要考藝術生的話，京大應該可以。」

雲南省每年的理科分數，要在前兩百名才能進京大。秦語的排名要進京大很難，但是做為藝術生綽綽有餘，再加上秦語還是戴然的徒弟，更是加分。

寧晴露出一個笑臉，言辭間有些驕傲，「語兒剛剛也打電話給她的老師了，她老師也很滿意。」

林婉看了寧晴一眼，伸手將頭髮攏到耳後，笑：「嗯，話說回來，我記得秦苒也今年高考吧？她考得如何？」

孟家跟秦苒受傷的事情被封鎖起來了，畢竟牽涉太多。林婉只知道孟家失勢，卻不知道這裡面還跟秦苒有關係。

*

寧晴一愣，今天一天她都在打電話給寧家、林家這些親戚，還真的忘了秦苒今年也有參加。這種時候提起這個，她笑容淡了些許，心思也微微發沉。想起她跟秦苒幾乎磨合不了的關係，她抿唇：「她的手出了點問題，今年沒有辦法參加高考。」

「是嗎？」林婉淡淡一笑，沒再說話。

她跟秦苒鬧過不愉快，自然也知道秦苒不學無術，現在提起這個明顯是想看熱鬧。

寧晴的臉色顯得有點僵硬。

至於秦語，成績出來後，她一心就想著京城小提琴協會今年的提名名額，若不是林婉提起，她都忘記秦苒這個人了，至於秦苒考多少……現在的她根本不關心也不在意。

林家的車停在飯店停車場。

現在飯店辦喜宴，都會在大門口的螢幕上掛上賀詞，很多人的話就輪番播放。

新婚賀詞、嬰童周歲賀詞、壽宴賀詞、高考賀詞……今晚大多是考得好的高考分數賀詞。

寧晴等一行人下車。今天雲鼎飯店的停車位幾乎停滿了，寧晴帶著兩人朝大門的方向走。

秦語拿出手機看了一下，她邀請了徐搖光，不過徐搖光一直沒有回她。她瞇了瞇眼，沒有再看。

現在已經晚上六點，但因為是初夏，太陽還沒完全落下，路燈也沒有打開，但飯店大門上方螢幕上的字還是非常明顯。

秦語看了一眼，正好播到他們包廂的賀詞：『**熱烈慶賀秦語同學高考取得六百四十九分高分！**』

只看了一眼，秦語就不太在意地收回了目光。

林婉拿出手機拍了一張照片，發了一則貼文才看向秦語：「我們走吧。」

兩人率先往前走了兩步，到飯店門口的時候，卻沒有看到寧晴。

秦語十分意外地往後看了一眼，只見寧晴停在大門口，抬頭看著螢幕上的賀詞，雙眼發直。

「媽？」秦語跟林婉看了一眼，都挺意外的。她往回走了一步，想要看看寧晴到底在看什麼，「妳看到了什麼，怎麼這個表情？」

她走到寧晴身邊，順著寧晴的目光往上看。

螢幕上的輪播還沒有結束，清清楚楚地顯示著賀詞：**『本店攜同所有員工，熱烈慶賀秦苒同學高考以七百四十七分，高分取得雲南省狀元！』**

高考分數公布後，秦語並沒有關注是誰得到高考狀元，雲城市狀元不是徐搖光就是潘明月，這兩個人秦語都不太關注。可是現在，這螢幕上顯示著什麼？秦苒以七百四十七分取得了省狀元？是秦苒？怎麼可能？

秦語的腦子裡一片亂糟糟，胡思亂想著。同名，應該是同名……今年的考題這麼難，秦苒她能考到七百四十七？秦語甚至懷疑她現在是不是在做夢。她能考到六百四十九分就被林家人吹捧到不行。分數越高，差距越大，七百四十七跟六百四十九不僅僅是九十八分的差距，更是一個幾乎跨不過去的鴻溝……

寧晴沒有說話，她只是拿出手機，點進衡川一中的官網。因為過分震驚，她的手指有些顫抖，點了好幾下才點出頁面。官網首先彈出來的新聞頁面，就是高考大捷的頁面。

全省第一、第二、第五都在衡川一中！

寧晴死死地盯著手機頁面上的第一個名字，衡川一中九班，秦苒……

她幾乎能清楚聽到自己的心跳聲「怦怦」跳得極快，幾乎要從胸膛裡跳出來了。

「怎麼回事？」林麒因為公司裡有事，稍微晚到了一點，卻沒想到這三個人都站在飯店門口沒進去。

寧晴的耳裡也是轟鳴聲，聽不到外界的任何聲音，只呆呆地看著手機，自然沒有回應林麒。

她這個態度讓林麒覺得奇怪。

現在，螢幕上的慶賀詞已經跳到下一個了，林麒沒有看到，但他注意到寧晴手中的手機。

走到她身旁低頭一看，他素來溫和的臉也瞬間崩裂：「這……這是苒苒？」

林家那一行人因為秦苒的高考成績，整場飯局幾乎都不在狀態上，這些秦苒等人自然不知道。

「這些年輕人精力可真旺盛。」

九班包廂對面，看到這群年輕人終於散場了，程老爺才走出來，若是平常，這麼晚了，程老爺早就睡了，今天卻依舊神采奕奕。這個小包廂裡，基本上都是已經上了年紀的人，十點就散場了，程老爺就跟程雋等人坐著聊天。

「你什麼時候跟徐家人這麼熟了？」程老爺坐在沙發上，手裡拿著一杯養生茶，精神奕奕地看向程雋。

程雋坐姿就沒他這麼好看，懶洋洋地靠著沙發，有些昏昏欲睡的，「我跟他們不是特別熟。」

被程老爺這麼一問，他也清醒了，然後撐著沙發站起來，低垂著眉眼整整衣袖，不急不緩地道：「我去對面看看。」

程老爺頷首，等程雋離開後，才看了程木一眼。

程木就淡定地解釋：「老爺，是這樣的，徐老跟秦小姐很熟。」

程老爺拿著茶杯的手微微一顫，有威嚴地瞇起眼：「你一開始不是這樣說的。」

程木：「……我也是後來才知道的。」

程老爺把茶杯「啪」地一聲放在桌子上，「那你後來怎麼沒告訴我？」

「……但您後來也沒問我。」程木癱著一張臉開口。

程老爺：「……」

坐在程老爺身側的陸照影幾乎要幫程木鼓掌了。程木這是得意忘形了？竟然敢反駁程老爺？

程老爺冷漠地看了程木一眼，然後開始思索。他的思維跟陸照影、程木等人不一樣，徐校長最近這兩年基本上都不在京城，程老爺那行人一直覺得他的行為很怪，現在程木又說秦苒跟徐校長認識……程老爺重新拿起了茶杯，心下慢慢浮現一個想法。

想到這裡，他不由得緩緩看向對面。

「老爺，茶涼了，我幫您換杯新的？」程管家伸手要拿走程老爺的茶水。

「不用，」程老爺搖頭，深深呼出一口氣：「這溫度剛好。」

頂樓的飯局一直進行到晚上十二點。這次大概是畢業後最多人參加的聚會，從這之後大概所有人都要各奔東西，想要在現實中相聚太難了，所以九班的人都不急著走，到凌晨一點的時候才散場。

程管家找來一個車隊，把這些年輕人一個個送回去。

＊

全國的分數也下來了。秦苒的分數當之無愧地得到第一，而徐搖光緊隨其後，拿到了第二。雲南省雲城同時出現了全國狀元跟榜眼的這件事，引起了媒體的大肆關注，連網路上都引發了一波話題。

公布成績後的第二天，雲城的記者就到處找人，衡川一中也時不時打電話給秦苒。學校打來的電話中不乏高洋和教導主任的，秦苒就沒設拒接，但也很厭煩。

京城機場，魏大師剛下飛機就拿出手機，打電話給秦苒。他有一個表演，剛到雲城，沒有趕上秦苒的升學宴，但也打了電話給秦苒表示祝賀。現在一回國，就迫不及待地打電話給秦苒。

「什麼時候來京城協會？」魏大師把行李遞給身邊的人，語氣和緩，「最近還是過段時間？」

秦苒才剛睡醒，她一手拿著牙刷，一手拿著手機，頭有點痛：『明天，我明天就去。』

真的很煩，每天都有人無孔不入。秦苒覺得這個時候，京城真的是一個避難所。

一開始秦苒打算回寧海鎮，不過這情況……秦苒放下牙刷，她想，寧海鎮肯定掛上了橫布條。

聽秦苒這麼說，魏大師眼前一亮，聲音都高了幾度：「好，好，我這邊很快就能準備好！」

魏大師掛斷了電話，開始謀劃著。

拜師宴什麼的要排上日程，還有協會今年新成員的事情，也要重新規劃一下。

至於秦苒小提琴系統性學習的事情，魏大師在幾年前就已經規劃好了。

魏大師在心裡一筆一筆地算著。

他身側跟著提行李的京城小提琴協會助理，對方看著魏大師的樣子有些驚訝。

魏大師在京城小提琴界是神壇上的人物，一向高深莫測，很少見到他這麼高興的樣子，是有什麼喜事發生了？

雲城這邊——

秦苒洗完臉，換好衣服下樓。

程管家盡職地捧著一本旅遊指南在跟程老爺介紹，程老爺端著一杯茶，淡淡地聽他說著幾處名勝景區：「老爺，明天去一個名人故居，那是開發的風景區……」

程老爺慨慨地「喔」了一聲，「那裡我知道，風景很好。」

程管家看了他一眼，沒回答。

程雋也差不多這時候從外面晨跑完回來，他上樓換了一件白色襯衫下來，傭人剛好把他跟秦苒的早餐準備好了。

「我明天去京城。」秦苒叼著牛奶，忽然想起了什麼，坐直看著程雋開口。

程雋知道魏大師今天回國，不意外，只讓程木去準備機票。

但兩人的話在程老爺這裡投下了一枚炸彈，他一震，「明天就去京城？這麼急？幹什麼？」

程雋拿起筷子，聞言，十分好聲好氣地看向程老爺：「嗯，明天，您還要看雲城的風景，我們就先走一步了。」

程老爺沉默了一下，然後看向程管家。

程管家收起手中的小本子。

「老爺，我覺得我們後院的那塊地，少爺跟陸少他們小時候常去的後門古蹟就很好。」程管家十分貼心地跟程老爺提了個建議。

程老爺伸手敲著桌子，面容嚴肅地開口：「既然這樣，那還是回京城吧，你安排一下機票。」

程管家：「……」

既然要一起回去，機票這件事還是由程管家去安排了。

*

喬聲家中——

京城飛雲城的班機不是很多，徐搖光急趕慢趕也在半夜才到喬聲家。

秦苒的升學宴已經結束了，他並沒有趕上，也沒有見到班上的任何人。

喬聲喝得醉醺醺的，還是喬母把他拉起來的，他精神不太好地走到樓下，打了哈欠：「徐少，苒姊明天要去京城了。」

徐搖光一愣：「京城？」

「嗯，」喬聲伸手拿起沙發上的靠枕，將下巴放在上面。

說到這裡，他不由得看向徐搖光：「我以為你真的不回來了。」

「我只是想問問她……」徐搖光看向門外，話說到一半，不知道想到了什麼，又抿了抿唇，沒有再說話。

「不過苒姊的物理真的是滿分！」喬聲想到那複雜的理綜考卷，又想想秦苒恐怖的成績，精神一振，他低聲笑了笑：「聽說一年一班的班導把一個月的零用錢都砸到她身上，一夜暴富。」

「這次的物理滿分很不一樣，因為高考有周家人參與進來，」徐搖光看向喬聲，「知道京城的局勢？」

喬聲一臉呆愣，「我媽說過一點。」

徐搖光接過喬母端過來的水杯，道了一聲謝，然後開口：「京城的家族千千萬萬，從而發展出了一系列體系，分為四派，程家、徐家、周家、秦家，這四大派系中，又以程家為首。至於秦家、周家，前幾年就元氣大傷，已經淡出了，幾乎要被歐陽家族取代。」

喬聲沒去過京城，但高考後，喬母也跟他說過京城的局勢，「不是還有陸家、江家？」

「陸家、江家是程家一派的，最近十年在京城十分顯赫。而周家跟秦家因為淡出，幾乎被人遺忘了，大多數人只知道京城有程陸徐江，還有歐陽五大家族，卻不知曉四大派系。」徐搖光淡淡地開口，「幾大高中已經連續三年干預高考了，為的也是各項資源、勢力分配……京城現在五大家族的格局要被打破了。」

喬聲眼下一點睡意也沒了，他不知道一場高考也有這麼多明爭暗鬥，難怪這幾年高考一次比一次難。距離他去京城還有兩個月，他現在想的是另外一件事。

秦苒身邊的那些人……程雋、陸照影，再加上徐校長，京城現在的五大家族幾乎湊了一大半？

＊

下午，寧海鎮秦家——

秦漢秋這一家人住在鎮上，買了兩室一廳的房子，格局不是很大。不過，秦母此時正在她舅舅家和一家人吃飯。

「方業考了五百三十分，超出一流大學的錄取分數三十幾分呢。」飯桌上，一大家子都在恭喜方家一家人。

坐在位子上的青年拿著酒杯，神色倨傲地回答：「一般般，考得不是很好。」

「方業，以後一定會有出息！能去大城市。」秦母十分上道地朝方業舉了舉酒杯，然後又拍拍秦陵的頭：「好好向你方業表哥學學！」

方業父看了一眼秦漢秋，「我說漢秋，你也得好好管管你們家秦陵了，不能以後跟你一樣，一直賴在一個小鎮上，沒出息。」

「是是是。」秦漢秋只是拿著筷子，默默吃飯。

方業父看了他一眼，越發覺得他沒出息，也只有妹妹會看上他。

「今年的高考狀元就是姓秦，」方業父接著開口，「也是你們秦家本家姓，秦陵，你……」

他一句話還沒說完，門外就有人拍門叫他，「老方！老方！快出來，鎮長來了！」

鎮長？方家、秦家在鎮上住了這麼多年，還真的沒有見過寧海鎮的鎮長。

方業父十分震驚地開口：「鎮長找我幹嘛？」

他剛走出門外，就看到鎮長和跟在其身後那群看熱鬧的人。

秦苒是高考狀元，昨天分數剛出來，只過一個晚上，雲城的消息就傳得鋪天蓋地。寧海鎮地勢偏遠，從昨天下午到現在，鎮長今天早上才得到高考狀元又出自他們寧海鎮的消息，連忙讓人趕了一個橫布條錦旗出來。

「您就是秦先生吧？」鎮長越過方業父，走到秦漢秋身邊，「恭喜您，教出我們鎮上的第二個狀元！秦苒同學在高考以七百四十七分拿下了全國狀元！這是鎮上獎勵的兩萬塊獎金，我身後還跟來了幾個記者，你們待會收拾一下，他們要採訪狀元的家人……」

秦家人跟方家人渾渾噩噩，一時間不知道要說什麼。

秦陵看了一眼被人扛在肩上的橫布條和錦旗，不由得嫌棄地皺了皺眉，「爸，我先回家了。」

然而秦漢秋沒有回他。

寧海鎮不大，只是一個偏遠地區的小鎮，總共也只有三條街，秦家走過兩條街就到了，秦陵就拿了鑰匙回家。剛走過一條街，就看到站在街口的中年男人，秦陵皺了皺眉，換了一條路回去。

那中年男人看到秦陵，立刻追上來：「小朋友，你等等，叔叔不是壞人，我是京城秦……」

好煩。秦陵用雙手摀住耳朵，繼續往前走。

＊

第二章　兩校搶人

翌日下午兩點，京城機場——

秦苒等人下了飛機，程家安排了一輛黑色的商務車來接機。

程老爺一臉深沉地走在最前面，程雋則拖著一個行李箱跟在秦苒身後，鼻梁上還架著一個黑色墨鏡，身高腿長的，走在人流中鶴立雞群。

「爸，你們先回老宅。」程雋推著箱子，語氣懶散。

程老爺挺直腰板，一直老神在在地走著。聽到這句話，他腳步一頓：「你呢？」

程雋就看了他一眼，挑眉：「您看過我回去住過幾次？」

程老爺更加沉默地往前走，半晌，又問：「那你們暫時住在哪裡？」

「亭瀾。」

是京大旁的一棟豪華公寓，要在京大周圍最好的地皮買下一套公寓，比郊區的別墅還要貴。

「先送你們去亭瀾。」

秦苒跟在程雋後面，壓著帽沿，不緊不慢地走著。

手機響了一聲，是魏大師在問她地址。秦苒就問了程雋地址，得到答案後回覆給魏大師。

半個小時後，一行人抵達亭瀾公寓，公寓是樓中樓，足足有四百八十坪。

行途舟車勞累，程老爺坐在公寓沙發上，也不立刻走，程管家看了他一眼也沒戳破他。秦苒就去樓上放好行李，又去洗手間洗臉。還沒洗完，放在洗手臺上的手機就響了。

是常寧。秦苒伸手拉下毛巾，把手擦乾淨才接起，「有事？」

『來京城了？』那邊的常寧也不賣關子，直接開口。

「我才剛來，你就知道？」秦苒徹底服了。

手機另一頭的常寧正在走廊上，手插在口袋裡，笑了：『不好意思，職業習慣，最近大多數人都很關注妳的動向。』

「喔。」秦苒往外走，把自己背包裡的東西倒出來，隨意翻了翻。

『徐家、周家、歐陽家，暫時就這麼多家族，』常寧那邊不太在意，『詳細資料我傳給妳。』頓了頓，他又問，『妳是背著我幹了什麼事？』這麼多家族都盯著她？

她這一來，京城就感覺不太妙。當然，查的不是孤狼，而是秦苒。

「誰知道，資料傳給我就對了。」秦苒看了一眼擺在桌子上的東西，也懶得收，開門下樓，「沒其他事的話，我先掛了。」

『等等，』常寧又立刻開口，『什麼時候見一面？』

秦苒一手放在腦後，十分從容：「排隊。」

電話那邊的常寧：『……』

一般都是其他人搶著要見他，排半個月的隊都不算什麼。第一次聽到自己要排隊，常寧嘆了一口氣，誰叫這位是老大？

他也有點佩服，『好，那我等。』

「最近確實沒有時間，我老師這邊有安排。有單子的話，讓何晨姊接吧，她很有空。」秦苒停在樓梯口。

『找個時間見面再說。』常寧走到辦公室門口，門自動打開，他往裡面走，打開電腦找出一份資料，寄到秦苒的信箱，『妳還沒來過一二九核心總部吧。』

兩人說了一會兒就掛斷電話。

沒過多久，常寧的資料就寄到了秦苒的信箱裡。秦苒下載下來，點開來翻了翻。

亭瀾這邊的公寓都有人會來打掃，程木不用整理太多。不過因為場地問題，他帶過來的花盆只能放在落地窗這邊。

坐在沙發上的程老爺現在才看到程木手中的花盆，乍一看只覺得那盆花有些眼熟，不過他心裡還有其他事，就沒有多想。

他捧著茶杯在樓下晃了一圈，偏頭問程木：「格局挺大，這房子樓下有幾間臥室？」

程木把自己的東西放好，想了想，開口：「主臥、次臥，還有一個客房。」

房間很多，但一個健身房、一個書房就占了不少地方，一樓基本上還是開放空間。

程老爺：「……」他不由得轉過身看向程木：「那你住哪裡？」

「我？」程木十分恭敬地回答程老爺，「我大學的時候，我哥在樓下買了一套房子給我，我就住在雋爺樓下，然後我哥讓人把樓上樓下打通了，這邊可以下去。」

他帶著程老爺跟程管家走到富貴樹盆栽旁，有道通往樓下的樓梯，能看到下面黑白色調的風格。

現在不僅程老爺沒話說，連程管家也不由得看向程木，「程金他這麼有錢？」

程木不太懂這邊的地價，愣了一下：「還、還可以吧？」

程管家瞬間不說話了，程老爺又坐回沙發上。

程雋上樓換了一件T恤下來，手上拿著手機，正在跟人通話。聽他的語氣，應該是程金。

陸照影在機場就跟他們分道揚鑣，先回陸家了。

程管家站在程老爺身後，幫他重新倒了一杯茶。

「他們怎麼這麼早就來京城了？」程老爺看了程管家一眼，壓低聲音：「苒苒她的志願好像還沒填？」

程管家一笑，「我聽程木說，好像是來看秦小姐老師的。」

至於是什麼老師，程管家問過程木，程木一臉高深莫測地看著他，沒回答。

「老師？」程老爺放下茶杯，聲音一緊，「什麼老師？他們什麼時候去拜訪？」

程管家搖頭：「不知道，程木沒有具體說過，應該是秦小姐的啟蒙老師？」

兩人說了一會兒，程管家才開口：「老爺，我們該回去了。」

程老爺板著一張臉，然後站起來點點頭，很冷漠地應了一聲：「嗯。」

程雋也正好掛斷了電話，聽到程管家這句話，就朝這邊走，送程老爺出門。

*

魏大師收到秦苒在機場傳來的訊息之後，立刻就坐不住了。

「魏大師，關於這次招新成員的表演賽……」小提琴協會的人將一個名單遞給魏大師。

魏大師看了一眼，沒有接過來，直接開口：「這些交給聞音處理。」

聞音正是之前雲城小提琴協會的會長，很上道，被魏大師挖來京城協會當副會長，眼下是魏大師身邊的左右手。魏大師把手機收起來，又拉開椅子，直接朝門外走。

辦公室裡的一群人鬆了一口氣之餘，不由得面面相覷，「魏大師這是怎麼了？」

「聽說是魏大師要收徒了！」一人神祕兮兮地開口。

其他人表示不相信，「魏大師收徒？怎麼可能？一點動靜都沒有，他眼光那麼高，現在協會厲害的學員秦語他當初都看不上。」

「難道不是因為魏大師說秦語抄襲？」有人微微思索了一下，「我覺得有可能，最近這兩年，協會加了不少新人，幾個厲害的基本上都是戴老師的人，再過幾年，提拔起來的可能都是戴老師的學生，魏大師或許也要收徒。」

另一人愣了一下，「那魏大師要一次收多少個徒弟？現在戴老師的徒弟一個個都很厲害。」

「徒弟不用多，只要一個能鎮住場面的就好了。」一人老神在在地開口，很有經驗。

「那魏大師要收什麼樣的徒弟，才能把這一代的人全都鎮住？不可能，不可能……」

就算是表面上再與世無爭的組織，都會有權力爭紛。

魏大師可不管辦公室裡有多少人在討論他，出了門又把接下來的事交代好，才朝電梯走。

停車場裡，海叔早就在車旁等了，已經拉開了車門：「我們現在要去機場？」

海叔知道今天秦苒會過來。

「不用，」魏大師搖頭，坐到車上，「去亭瀾。」

即使現在不是下班尖峰時段，車流也有點塞，魏大師用了將近四十分鐘才到亭瀾公寓。

亭瀾公寓的保全系統很強，保全登記了魏大師的身分記錄才放人進去。

「是這裡吧？」海叔到了公寓門外，盯著門牌確定了一下，才敢敲門。

與此同時，程管家也開門，正要跟程老爺一起回四合院。

雙方一開門，彼此都不太認識。

魏大師在小提琴界炙手可熱，但程老爺跟徐家人不一樣，不關注小提琴界。他聽過魏大師的名字，但沒有徐家人那種愛好，不會特地去看小提琴的表演賽，更不會去看小提琴的表演。或許兩人曾經同時出現在各種名流宴會上，但彼此沒有打過招呼。

「你是……」程老爺的腳步頓了頓。

他沒認出來，但他身邊的程管家認出來了：「老爺，這位是魏大師，跟姜大師是好友。」

「原來是魏大師。」程老爺反應過來，往後退了一步，禮貌地開口：「大師怎麼會來這裡？」

魏大師認識程老爺，這是跟徐校長同等級的人物，在某種程度上還要更高一點，所以他也有點驚訝：「程老。」

程老爺本來打算回去了，看到魏大師過來，又和魏大師一起坐回了沙發上。

程雋也叫了一聲魏大師，挺尊敬地開口：「魏大師，您稍等，我上去叫她下來。」

惹得程老爺跟程管家都不由得側目。

程木幫魏大師倒了一杯茶。

「好，我不急。」魏大師端起一杯茶，抿了一口，搖頭。

程老爺跟程管家一看到魏大師，第一反應就知道魏大師應該是來找程雋的，畢竟魏大師常年不是在京城，就是在美洲。程老爺之所以聽過魏大師的大名，不僅僅是因為小提琴，還有一個原因是魏大師在美洲跟馬斯家族很熟。

眼下看程雋的態度，難道魏大師不是來找程雋的？

「魏大師，你是來找苒苒的？」程老爺現在也琢磨出了什麼，看向魏大師，臉上十分淡定。

魏大師將手隨意放在扶手上，笑，「對，她現在跟著我學小提琴。暑假正是京城協會這邊新人招募的時間，她這個時間來正好。」

秦苒從樓上下來，魏大師又欣喜地站起來。

魏大師的名聲，就算是不關注小提琴的人也有聽說過，能被他收徒，秦苒在小提琴上的天賦一定不會太差。

程老爺看了程管家一眼，皺眉，「你說她來看啟蒙老師？」

程管家：「……」

程老爺又開口，聲音很低：「……你不是說她是學電腦的？」

程管家幽幽地看了程木一眼：「我也不知道秦小姐會小提琴。」

而且……雖然他沒有查過秦苒的資料，卻也有耳聞秦苒是寧海鎮出來的，聽說是個扶貧地點，程管家還聽程木說過秦小姐家境清寒，是個學渣……

第三章　忘憂草

魏大師來找秦苒，主要是跟秦苒討論入會的事情，至於拜師宴……這件事魏大師絕對不會讓秦苒操心。最重要的是，魏大師覺得要讓秦苒安安靜靜坐下來擬好名單，對秦苒來說太難了。

她跟魏大師在說話，程雋就看向程老爺，慢悠悠地開口：「走吧，我送您下去。」

程老爺坐在沙發上不動：「你先招待魏大師，我不急。」

兩人說話也沒遮掩，正在跟秦苒說話的魏大師也聽到了，他立刻站起來：「不用招待，大家都是熟人。」

程老爺：「……」他只好從沙發上站起來。

程雋雙手環胸，朝他們抬抬下巴，陽光下，輪廓分明：「走吧。」

程木在樓上轉了一會兒，「秦小姐、魏大師，我先下樓把我的東西放回去。」

秦苒對他比了ＯＫ的姿勢。

等客廳裡的人都走得差不多了，魏大師才端起茶杯，鬆了一口氣。他抿了口茶才看向海叔。

海叔立刻從身旁的包裹裡拿出一份計畫表，遞給秦苒。

「妳在小提琴上的天賦不錯，音準很好，各方面都非常有天賦，」魏大師讓她把計畫表翻開，「但妳少了系統化的訓練……最重要的一點，是妳應該學什麼東西都很快，導致妳在小提琴上也有這種感覺，但小提琴需要的是毅力跟堅持。」

魏大師作為業內頂尖的演奏家，很清楚要遇到一個天才有多不容易，都是可遇不可求的。相較於學其他東西，天賦對小提琴的影響大上許多。魏大師初見秦苒時，就能感覺到她在小提琴上的恐怖天賦，但秦苒有一點讓魏大師很在意，她對小提琴總是那種玩玩的態度。

小提琴作為最難學的三大樂器之一，需要的不僅僅是天賦，還有堅持練習的毅力。自從秦苒跟寧海鎮的許老師有了矛盾之後，秦苒已經好幾年沒有認真練過小提琴了，但她還是一摸到小提琴，感覺就回來了。上次秦苒來京城，魏大師讓她拉了一次小提琴，那種心情翻湧的感覺，跟那些毫無感情的機器音完全不一樣。

「從現在到妳開學，我幫妳制定了兩個目標。兩個月的時間，妳先掌握中、高級的高把位指法以及兩隻手的連弓等技術……後面是我幫妳列舉的高難度曲目。」魏大師指著她翻開來的第一頁，嚴肅地開口，「兩個月的時間對妳來說，應該沒有特別難，但我對妳的要求並不是國內簡單的業餘九級，而是美洲的中級水準。」

京城小提琴協會有自己的標準，外界的業餘十級，在小提琴協會裡可能連三級都不到。

「妳半年多沒有碰小提琴，現在的水準應該跟上次在京城的水準差不多，甚至還可能不如。」魏大師手指點著桌子，「很多技巧沒有跟上，在協會內大概是五級。」

秦苒看完訓練表，詫異。

魏大師看出了她的意思，笑，「別覺得五級水準低，因為這是美洲皇家音樂的考核標準。大部分學員剛進來的時候，只有三級左右。妳那個妹妹秦語，一開始進來的時候是四級，跟著戴然學了半年多，每天都非常刻苦，去年年末的時候才打到五級，最近在衝六級。

五六七級都還好，到八級是一個坎，協會內很少有二十五歲以下的人升上八級。但我對妳的要求不是很難，兩個月學會各項技術，兩個月後，妳能達到六級最好。」魏大師看了秦苒一眼。

外界那麼多學小提琴的人都希望能進京城小提琴協會，就是因為能在這裡學到外面很難學到的技巧。這裡有國際性的老師跟教學，秦苒除了跟寧海鎮的許老師學過一段時間，其他都是自己看影片摸索的，這樣就能達到內部五級，也是魏大師覺得她可遇不可求的原因之一。

秦苒的身子往前傾了傾，手指撐著下巴，「協會內部規定滿級多少？」

「十級。」魏大師笑了笑。

秦苒挑眉：「協會內有多少人？」

「只有我一個。」魏大師又端著茶杯，喝了一口茶，笑道。

就算是戴然，現在也剛摸到九級，九級和十級就是一條鴻溝。美洲的考核特別嚴苛，因此在京城小提琴協會到達九級的人只有寥寥兩個，八級以上的都是老師級的人物。

「後天是協會的新成員表演賽，妳先入會，晚點我讓聞音連繫妳。聞音妳還記得嗎？」魏大師想起新成員的表演賽，也不太在意，他要趕緊回去整理拜師宴的具體流程跟時間。

兩人談完，天色已經差不多黑了，程木留魏大師下來吃飯，但被魏大師拒絕了，他還要回去整理賓客名單。

程木送兩人上車，司機緩緩發動車子。

「後天秦小姐的新成員表演賽，應該能拿到五級吧？」海叔沒有聽過秦苒拉小提琴，不過光聽魏大師的形容，就知道這位秦小姐有多變態。

有些人進了小提琴協會兩三年，都還在四級，她還沒進來就達到了五級……

魏大師靠著座椅的椅背，感嘆：「苒苒啊，她什麼都好，就是做事情沒有定性，我希望我可以教好她。學小提琴需要恆心、毅力，她這種做什麼事都很容易的天才最容易浮躁，希望她兩個月後能達到六級標準。」

至於後天的新成員表演賽，對秦苒來說就是個過場，所以魏大師反而不太在意。

魏大師在擔心秦苒的定性，但如果顧西遲在這邊，一定會告訴魏大師：他可以擔心世界上任何一個人的定性，但絕對不要低估秦苒的耐性。

她是一個能把自己扔到地下生死擂臺上的女人，只要是決定好的事，每一樣都會做到極致。

大廳裡，秦苒從一堆東西裡找出上次拜師宴時，江回送給她的小提琴，伸手調著音。

程雋端著一杯水，靠在一旁慢條斯理地看她調音，等她調得差不多了才開口：「樓上有一間隔音房，走，帶妳上去。」

秦苒調好音，就拿著小提琴跟在他後面上樓。書房隔壁的一間房間被改造成音樂室，有電腦、書桌，角落還放著一堆Ａ４紙跟各種顏色的筆，其他就是各種樂器，鋼琴、小提琴……應該有特別裝修過。正對著門的是落地窗，腳底下鋪著一層毛毯。

「妳先試試音。」程雋一手拿著杯子，一手插在口袋裡，跟在她身後慢悠悠地說著，「有什麼地方不對就下來，程金等等就過來，有需求就跟他說。」

程金在京城，跟程水在美洲是差不多的地位。

上次來美洲的時候，秦苒就已經見過程金，所以算不上陌生。而樓下的程金對秦苒就更不陌生了，秦苒在美洲的那幾個月，五行群組幾乎都是程火傳的訊息。

「哥。」看到程金，程木也從樓下上來，看到程金就羞愧地低下頭。

到美洲之後，程木才發現自己十分沒用。

程金嚴肅地「嗯」了一聲，也覺得很奇特地看了程木一眼，「我都聽程水說了，你這運氣……以後好好跟著秦小姐，不要犯蠢。」

就算是自己弟弟，程金也有些納悶程木究竟踩了什麼狗屎運。

「我知道。」程木的頭垂得更低了。他沒忘記，他還欠秦苒幾乎一個億的美金。

「歐陽小姐那裡，程水跟你提過了嗎？」程金又想起一些事。

程木搖頭，「我已經沒有跟她提過雋爺的消息了。」

「有點長進。」程金點點頭。

「哥……」程木看了程金一眼，「程水跟程火他們都在美洲，那你留在京城替雋爺幹嘛？」

程金坐在沙發上，瞇起眼，「這是你自己想到的？」

程木：「……嗯，剛剛程管家說你很有錢，比他還有錢。」

「你成長了不少。」程金點點頭，程木現在不會什麼都往外透露，他也稍微說了一點，「我在幫雋爺管理產業。」

程木又陷入了自己什麼也不懂的糾結之中。

……雋爺在京城還有產業？他的產業不是都給大小姐了？

秦苒既然答應了魏大師要學小提琴，自然不會敷衍，來到京城兩天，她都把自己關進隔音房。程雋每次到吃飯時間送飯上去的時候，總是看到她耳朵裡塞著耳機，看著各種小提琴表演或是翻各種書。至於其他時間……程雋也怕在她拉小提琴的時候打擾她，從不進去。

直到第三天要去小提琴協會參加表演賽的時候，秦苒才正式打開門出來。樓下，陸照影剛處理完陸家的事情，來找秦苒。

程雋的這間房子，陸照影等人也常來，所以不太好奇，只是靠在沙發上問程雋：「秦小苒呢？怎麼沒有看到她？」

以往這個時間，秦苒應該早就起來了。

聽到陸照影的這句話，程雋下意識地看了樓上一眼，眉頭微微擰起：「在練小提琴，應該要出來了，下午還要去小提琴協會，有一個……考核？」

程雋不太懂進入小提琴協會的表演賽，選了美洲經常用的考核這個詞。

陸照影一聽，精神一振，他從沙發上坐直身體：「考核？那是不是秦小苒要拉小提琴？」

秦苒是魏大師徒弟這件事大部分的人都知道，但陸照影還真的沒聽過秦苒拉小提琴，現在精神振奮起來。陸照影對小提琴演奏會這些不太感興趣，只是聽說是秦苒，就有興趣了。

說起來，在場的人都沒有聽過秦苒拉一次小提琴。

兩人正說著，秦苒從樓上下來。

程木本來拿著水壺，站在窗邊的架子旁觀察花的形狀，一看到秦苒，立刻放下手中的水壺，去廚房洗了手，把她的飯菜端出來。

秦苒打了個哈欠，一邊滑手機，一邊拉開餐桌旁的椅子坐下，然後拿起筷子慢吞吞地吃飯。

「幾點出門？」程雋靠在沙發上問。

「吃完吧。」秦苒叼著吸管喝牛奶，瞇了瞇眼。

考核是上午九點開始，現在雖然才七點，但還有一連串的手續要辦。

八點半，程雋跟秦苒等人的車已經停在小提琴協會的門口。

聞音已經打電話給秦苒詢問過她什麼時候會到，此時正站在門口等他們。

「聞老師。」秦苒十分有禮貌地對聞音開口。

「秦小姐，您跟我來。」儘管秦苒叫自己聞老師，但聞音不敢得意，這畢竟是魏大師的徒弟，魏大師在小提琴界的地位無人能撼動。

秦苒的名字，前天晚上魏大師才報上去，時間很趕，還有很多手續沒有辦好，聞音先帶秦苒去資料收集室。

程雋口袋裡的電話響了，就停在門口低聲接電話。不過門口的視野很好，能看到裡面的情況。

打電話來的人是程老爺。

『周山打了好幾通電話給我，』電話那頭的程老爺站在古色古香的迴廊下，撥弄著一隻鸚鵡，『苒苒有沒有確定要選哪個學校了？』

京城也只有京大跟A大能躋入世界排名，尤其是京大，最近上升得很快。

程雋靠著門框，漫不經心地挑眉：「你不是早就知道了？京大。」他只能再重複一次。

『喔，這樣啊，知道了。』程老爺得到了答案，也沒有立刻掛斷，半晌後開口：『你姊姊昨晚回來了，問你在哪裡。』

「我知道了，」程雋看了一眼資訊收集室，「我先掛了，這邊還有事。」

他跟程老爺說了一聲，就掛斷電話。

程老爺這邊，講完電話也沒有說話。

站在他不遠處，幫他跑腿拿鳥飼料過來的周山忍不住了，「程老，你倒是說一句話啊？秦苒同學她選了Ａ大？」

他從昨天開始幫程老爺跑腿，直到今天，程老爺才鬆口要幫他探探底。

看著程老爺沉默的表情，周山再次想把好幾天前跟程老爺討價還價的自己掐死。

「那倒是沒有。」程老爺看了一眼鳥飼料。

周山立刻狗腿地遞過去：「您用。」

程老爺抓了幾粒鳥飼料，餵給鸚鵡，才慢悠悠地開口：「她選了京大。」

「真的？」周山眼睛一亮，頹廢的氣息也沒了，「那我趕快回去調檔案……鳥飼料，程老，您用，您用……」

不遠處，幫兩位端茶過來的程管家：「……」

現在秦苒還在小提琴協會的資料收集室。

資料收集室不大，總共只擺了五張電腦桌，左邊被玻璃隔開，能看到一排排資料。右邊是電腦辦公桌，再往右是大頭貼拍攝處，擺放著專業的攝影設備、指紋掃描器跟一臺電腦。

看到聞音進來，資料收集室的人立刻站起來，開口：「聞主任。」

聞音是魏大師的人，之前還是其他省分協會的會長，一來就主攬大權，小提琴協會的人都知道聞音的大名。相較於小提琴協會的其他部門，資料收集室算是小到不能再小的地方，這些人平日也很難見到聞音跟魏大師這群人，此時見到，難免驚訝。

「秦小姐，妳來填寫一下資料。」聞音跟資料收集室的人打了一個招呼，才看向秦苒，「拍張電子照，然後掃描一下指紋。」

資料收集室的人立刻準備工作，坐到電腦前。

「聞主任，這位是今天來入會的嗎？」登記資料的人打開網頁後問。

聽到聞音「嗯」了一聲，輸入人員打開普通的資訊系統。

今天來參加表演賽、要入會的人不少，但真正能成功加入協會，並被老師看中的人不多。

這些來參加表演賽的人半個月前就報名了，填寫過資料，如果沒有成功通過表演賽，會直接被普通資訊系統刷掉。

聞音來京城半年多了，自然也知道這裡的分級化作業，直接讓輸入人員關掉普通資訊系統，讓他打開上面的高級學員系統。

看到聞音指著電腦螢幕上的「高級學員」，資料輸入人員被嚇了一跳，不過還是速度很快地打開。

聞音把早就列印好的一份表格遞給資料輸入人員。

輸入人員採集了秦苒的指紋和電子相片，開始填表格資料。

「你慢慢填，我帶秦小姐去表演廳。」聞音朝他們點點頭，就帶著秦苒離開。

他們走後，辦公室內的其他人才圍過來。

「高級學員？這究竟是誰啊？」一行人面面相覷，看著輸入資料的人把秦苒的資料填上去。

還沒有參加今天的表演賽，就直接成為了高級成員。

將近九點，聞音把秦苒帶到後臺，然後遞給她一個號碼牌，是十七號。

「秦小姐，這是妳表演賽的號碼牌，是隨機抽取的。」

秦苒接過來看了一眼，隨手別到腰間，往裡面走了兩步。

陸照影就伸手拍拍她的肩膀，「加油。」

秦苒挑眉。

聞音又對秦苒叮囑了幾句注意事項，這才轉身看向程雋跟陸照影等人：「程少，你們跟我來觀眾席。」

今天的表演賽是內部賽，家長可以來觀賞。聞音知道程雋等人會來，幫他們留了第二排的內部人員位置，程木跟陸照影都往裡面走，程雋坐在最邊緣的地方。

第一排是七位老師的位置。這七位老師都是協會的老成員，還有幾個是評審老師。

每場表演賽之後，七位老師都會給出相應的分數，只要過半的人同意其加入協會，這個學員就能成功入會。

七位老師的位置上已經坐了六個人，最左邊還有一個位置是留給聞音的。這六個人正在互相討論今年的新成員有哪幾個是比較顯眼的，一看到聞音過來，都站起來，「聞主任。」

「聞主任，你怎麼也會來看這種比賽？」

聞音在協會中絕對算得上實力派人物，通常都是管理高級學員的考核，或者負責其他事。這種入門評鑑讓他過來，有點殺雞用牛刀的嫌疑，確實讓人十分驚訝。

「我來看看今年學員的品質。」聞音淡聲笑。

考核還沒正式開始，一個老師拿著出場順序的名單看了看，笑：「今年確實有幾個新生，六號、九號，我覺得有可能有四級，這兩個應該是幾位要收徒的爭搶對象。聞主任有沒有收徒的打算？你要收徒，都不用搶。」

僅憑一件事，聞音是魏大師手下的紅人，這些學員就知道該怎麼選擇了。

聞音坐好，拿起筆笑了笑，「也不一定。」

「什麼？」

「不一定是六號、九號。」聞音看了一眼臺上。

這些能來協會參加表演賽的，都是經過一系列選拔後最終確定的人員。最低的報名標準都是業餘九級，其他的不僅是看技術，這些老師更看重的是天賦跟靈氣，所以各位老師手中的資料上都有寫每個人的大概情況。

可是聽聞音這麼說，其他老師面面相覷。不一定是六號、九號……那還能是誰？

後臺，第一個上臺表演的人是個男生，已經準備好了。他正拿著自己的小提琴，手心都是汗。

不管是什麼比賽，第一個跟最後一個總是最吃虧。

第一個上場的沒有前面可對比，得到的分數不是偏低就是偏高，但大部分來說都是偏高的。

來參加表演賽的大概有二十多人，其中有一些人互相認識。這些人要不是在各種比賽上見過，就是在比賽前見過，幾乎都很熟，這麼多人中只有秦苒長得亮眼又陌生。

參加表演賽的二十幾個人都確定沒有見過秦苒，畢竟如果見過長成這樣的人，一定會有印象。

「妳也是來參加表演賽的，十七號？」說話的聲音很甜。

秦苒抬起頭，就看到一個短髮女生正側頭看著她，一雙眼睛又黑又亮，長著一張娃娃臉。並不是特別好看，臉上的表情也沒有林思然那麼自然，腰間的號碼牌是六號。

秦苒看了她一眼，十分冷淡地「嗯」了一聲。

她一向冷漠慣了，在她身邊的人都深有體會，但娃娃臉應該是被人追捧慣了，沒想到會被人這樣冷漠以待，她笑得很甜的臉上有一瞬間崩裂。

娃娃臉抿了抿唇，又笑：「我叫田弋筠，妳叫什麼？為什麼之前沒有見過妳？」

「秦苒，之前沒來。」秦苒伸手，把頭頂的鴨舌帽往下壓了壓。

秦苒？娃娃臉瞇了瞇眼，倒是沒聽過這個名字。

這次考核中沒聽過這個人的名字，田弋筠就沒有浪費時間，再加上秦苒這麼冷淡，她只隨意笑了笑就沒有再說話。她朝入口處走去，等著一號男生出來，詢問他的情況。

秦苒發現田弋筠走後，剛剛打量自己的目光消失了，其他人也在若有似無地遠離自己這一塊。

秦苒微微瞇眼，隨意收回目光。

「妳是第一個聽到田弋筠的名字，還這麼淡定的人。」她把鴨舌帽往下拉了拉，就聽到耳邊有一道聲音。

秦苒微微側眸，首先看到的是一頭慵懶的捲髮。對方拉開她身邊的椅子坐下，歪著頭看她。對方長得很好看，看起來有些嫵媚，腰間的號碼牌是十二號。

「喔。」秦苒往椅背上靠，挑眉。

「我叫田瀟瀟。」田瀟瀟對秦苒十分感興趣，手撐著下巴看秦苒，還跟她說起八卦，「田弋筠初考的時候就一鳴驚人，大部分的人都猜她是戴然的下一個徒弟，也是秦語的師妹，至於秦語……等妳進了協會就知道是誰了。妳看其他人，哪一個不想跟田弋筠打好關係的？」田瀟瀟想了想，又笑道，「因為他們都知道，跟田弋筠打好關係，進協會練習的時候大概能看到戴然老師，運氣好的還能得到戴然老師的指點。」

進小提琴協會的人，哪個不想往高處爬？有些人天賦差了點，但在一些大人物面前活動久了，說不定以後在皇家劇院表演能讓自己去跑跑龍套。

來參加表演賽的人分為兩幫，一幫人很少，寥寥幾個，跟秦苒一樣是獨行俠，另一幫人就以田弋筠為中心。

聽完田瀟瀟的話，秦苒「喔」了一聲，再次壓了壓帽沿，沒太大的反應，似乎對田弋筠十分不感興趣，田瀟瀟笑了笑。

表演臺上，第一位男生表演完畢。

技巧方面一般般，但樂感跟感情不錯，挺有天賦，七個老師沒有什麼討論，大部分的人都給了六十到八十分。輪到聞音的時候，他給了五十分，沒過。

只要人數過半就能通過，所以第一位男生得到了通過牌。

其他六位老師互相看了看分數，第一位老師不由得看向聞音：「聞主任，五十分是不是太低了？」

京城小提琴協會每年有成千上萬的人來報名，經過層層把關，最後能到達這裡的人都是實力非常好的。除了少數幾個，很少有老師會給出不及格的分數。

聞音皺眉，「他能更好。」

「這些人畢竟沒有經過協會的系統化教學，不能跟正式學員們比。」一位老師聽到聞音的話，不由得笑了笑，覺得聞音對這群新學員的要求太高了。

不過聞音經常跟在魏大師後面，聽慣了魏大師的話，會對普通學員苛刻也能理解。

所以當聞音給了前五個人不及格之後，這些人都已經淡定了。直到第六個，他們看中的種子成員上場，幾個老師都不約而同地坐直了身體。

觀眾席的第二排，程木從第一場小提琴演奏開始就有些昏昏欲睡。

陸照影坐在第二個位子上，他平常不太看表演賽，但因為會彈鋼琴，並不覺得小提琴枯燥。而且能被選進小提琴協會最終表演賽的人，一個個都不簡單，至少在技巧、感情方面比陸照影彈鋼琴的狀態要好，陸照影也聽出了幾分意思。

第六個拉完之後，陸照影不由得看向程雋：「這個女生拉的比前面幾個要好上好幾個等級，這次那個聞主任應該會給過吧？」

其他六個老師基本上都是九十分左右，從第一場比賽到現在，田弋筠拿到了最高分，而聞音確實給了過，不過……六十分，不多不少，剛好及格。

表演賽臺上，看到聞音的六十分，田弋筠臉上的表情沒有變化，還微笑著拿著小提琴彎腰，說自己會加油。

田弋筠到了後臺，就被其他人圍住問她的情況。

「聞主任只給了我六十分。」田弋筠拿出自己的記分卡，挺失落地說。

「天啊，聞主任竟然給妳過了？」其他人聽到，不由得羨慕地看向田弋筠：「我以為他只是一個沒有感情的小提琴手，他前面幾場都是給不過！」

「這聞主任好嚴格，如果他是鋼琴老師，我在他面前彈鋼琴，他是不是會把我趕出去？」陸照影不由得摸摸鼻子。

程雋將手放在扶手上，漫不經心地看著，沒說話。

後面一些人上場，除了那個九號，聞音都沒有給過，九號跟六號一樣都只是六十分。

其他老師對聞音的高標準已經習慣了，因為最期待的六號選手已經過去，他們對剩下的人就沒有那麼特別期待了。

「這個十二號選手是有靈氣，就是技巧不足。」七位老師幫田瀟瀟打了分數，七八十分，並不出色。

「她資料上寫著她是藝人？」其中一位老師皺眉。

這些老師對小提琴十分認真，藝人來協會，大部分都是想在背後添加一個光鮮的履歷、人設，不過對方的綜合水準達到了學員的標準，幾個老師也都沒有為難。

越往後，分數壓得越低。到後來，七個老師打的分數中幾乎沒有九十分出現。

「我看看還有幾個，」有老師站起來活動了一下，「下一個十七號，秦苒，讓她上來吧。」

聞音立刻坐直身體，神色嚴肅地看向看臺。若其他老師有注意，一定能看到聞音的神態變化。

第二排，程木也被陸照影一巴掌拍醒：「醒醒，到秦小苒了！」

程木迷迷糊糊地坐起來。程雋的神色沒有變化，只是目不轉睛地看向舞臺方向。

舞臺周邊的燈熄滅，只留下一盞聚光燈。

京城很熱，她今天穿著的依舊是白色T恤、黑色牛仔褲，鴨舌帽被留在後臺。

修長的手指拿著琴弓。

吱呀——

第一道樂符出現，第一排，本來看著秦苒資料的老師全抬起了頭。

秦苒全副身心投入一件事情的時候，自然極其認真。她站得很直，清瘦的身影幾乎與小提琴及音樂完美融合。

弓在琴弦上面跳動，鏗鏘的音符彷彿融合了戰場上的血色，撲面而來！滑音、泛音，中高階的技巧，協會裡的學員基本上都會，但沒有一個人融合得如此酣暢淋漓！水準太高了！她其中用到的技巧不多，不像六號選手那樣，把各種指法、各種自己會的技術都放在一首曲子裡。

技巧沒有很多，算有一點點的缺憾，可是這一點點缺憾又算什麼？算什麼！

幾位老師都忍不住站起來，心潮隨著音樂澎湃！

連一直昏昏欲睡的程木都不由得坐直身體，眼睛發亮地看著秦苒的方向，這個時候的他只想要雄糾糾氣昂昂地去找程火他們，跟他們一人打一架！

程雋認認真真地看著。

這就是魏大師看中的天賦型選手的恐怖之處。

五分鐘的表演結束，在場的所有人都還沉浸在剛剛的激流之中。

「這個秦苒是誰？怎麼之前從來沒有聽說過？」幾位老師激動得臉色通紅。

「不應該啊，底下報名的人中有這樣的學員，不該沒有聽過！」

「已經達到五級的水準了吧？」

六位老師互相討論了一會兒，然後歪頭看向聞音，忽然想起開場前聞音說的話。

「聞音老師，這就是……」

聞音也深吸了一口氣，他跟其他老師不一樣，他沒有聽過秦苒的現場演奏，但在魏大師那裡看過秦苒的影片。她在小提琴上的天賦無可厚非，但聞音跟魏大師擔心的點一樣，就是秦苒太浮躁了，學什麼都太過容易，這樣的人很容易走入歧途。

但是今天，聞音終於知道魏大師依舊要選擇秦苒的理由，因為這個人的舞臺表現力幾乎就是無敵。如果能堅持下來……

聞音覺得，國內很快就會再出現一個能在美洲皇家演奏廳開獨奏會的「魏大師」。

他緩了一會兒，然後看著身後的諸位老師，笑了笑，「各位老師，評分吧。」

他低頭，在記分板上寫下了自己的分數。

幾位老師互相看了一眼，都很糾結。

這分數要怎麼打？按照他們的理解，這一場表演賽毫無扣分之處，但滿分……從協會成立以來還沒有出現過。時間有限，容不得他們多想，一行人匆匆寫下分數。

「我靠，秦小苒的小提琴拉得也太好了吧？難怪魏大師緊跟著她這麼多年。」第二排，陸照影也終於按捺不住渾身的熱血，不由得看向程雋：「雋爺，這七位老師會給秦小苒多少分？有沒有可能全給九十？」

這些老師絕對不會在這群學員入會時，就讓對方一路順利。就算是平均得分最高的田弋筠，也只有得到三個老師給九十以上的分數，三個老師給八十分以上，還有聞音的六十分。

程雋沒有收回目光，只抬了抬下巴，「當然。」

一行人正說著，幾位老師已經亮出了分數。

第一個老師遵從本心，一百分。

接著是九十五、九十八、九十五、九十五、九十五。

其他老師雖然礙於規則，不敢給一百，但一溜煙都給九十五分以上，就是對秦苒的肯定，這是前所未有的盛況。

所有人都在關注聞音的分數。

聞音寫得很快，在所有人的注視中，他不緊不慢地亮出了自己的分數板——○。

WTF？別說陸照影，連其他幾個老師都覺得聞音太過分了！

六號、九號都給了及格分！這十七號不說九十分，總該給八十分吧？

聞音沒有表達什麼，只是看向秦苒：「我希望兩個月後，妳能得到我手中的分數。」

秦苒去了後臺。

等待十八號表演者的時候，其他六位老師不由得開口，看向聞音：「聞主任，你對學生也太苛刻了，那十七號，現在的學員中也只有秦語比得上……」

聞音看了他們一眼：「苛刻嗎？」

其他六位老師：「……」這還不苛刻？

聞音只拿起下一份資料。他是真的不覺得苛刻，其他六位老師是拿秦苒跟京城協會的學員比，相較於他們，秦苒確實出色，可魏大師對秦苒也是有要求的……

現在的秦苒明顯已經達到了五級的水準，但魏大師對秦苒的要求是在一個暑假內達到六級！

所以暑假後秦苒能達到什麼水準，才是聞音最後能給秦苒的分數！

跟協會的學員比？魏大師從來就沒有這個意思！畢竟不是同一個等級的。

他從一開始，就把秦苒列在美洲國際小提琴協會的那群天才們之中。

相較於那群從小就開始訓練，有天賦還肯努力的天才們，幾乎沒有接受過系統化訓練，還好長一段時間沒有碰過小提琴的秦苒真的只有「零」。

不過這些，聞音也沒有跟任何人解釋。

*

秦苒最後的平均分數是八十二點五七，其他老師給的分數很高，可是因為聞音的零分，拉低了她的平均分數。

表演完基本上就可以走了，田瀟瀟在半個多小時前就離開了，不過田弋筠那群人一直沒有走。在後臺看不到表演臺前的情況。

秦苒下臺時的表情跟進去時的表情差不多，沒有任何激動之色，一看就是表現沒有特別好，加上之前也沒有聽過「秦苒」這個名字，田弋筠等人都沒有太過關注。

秦苒到位子拿起自己放著的鴨舌帽，直接走出大門。

大門旁，程雋跟陸照影等人也出來了，陸照影還在跟程雋吐槽聞音怎麼是這樣的人，他原本以為聞音會直接給秦苒滿分的！

程雋靠在牆上，嘴裡咬著一根菸，手裡拿著手機，似乎在跟誰說話。不過他沒怎麼說話，只漫不經心地回應。直到看到從不遠處走出來的秦苒，他才略微站直，看向她的方向，眉眼間帶著細碎的笑意，映著頭頂的陽光，格外溫潤。像是籠罩了一層煙霧，因為反光，有點看不清他的表情，只能感覺到他的目光。

秦苒之於所有人都像是一個寶藏，越是相處，越能發現驚喜。

他嘴裡的菸沒點燃，看到秦苒，程雋就把菸扔到一旁的垃圾桶，不動聲色地笑了笑，「走吧。」然後伸手十分冷酷無情地把電話掛斷。

「你在跟誰講電話？」秦苒被他看得有些不自在，咳了一聲，轉移話題。

程雋瞥了她一眼，慢條斯理地把她手中拿著的鴨舌帽扣到她頭上：「我姊，她想請我們吃飯。妳要去嗎？」

秦苒：「……」她真的只是隨口問一句。

走在前面的陸照影本來還在想聞音的事，聽到這一句，他先是看了一眼手機上的時間，然後側身說，「秦小苒，現在快十二點了，正是吃飯時間，一起去吃飯？」

他的表情自然，跟平常沒有什麼區別。

程雋雙手插在口袋裡，跟在秦苒身後，朝陸照影挑眉，第一次給了他讚許的目光。

陸照影有些感激涕零，雋爺第一次看他的眼神不像在看傻子。

秦苒看了陸照影一眼，伸手壓低帽沿，清了清嗓子：「我有點睏。」

程雋就笑道：「那就先回去睡覺。」

*

京城金融中心——

「大小姐，」辦公室，戴著黑色邊框眼鏡的祕書進來，把一疊文件遞給坐在辦公椅上的女人，「這是今天的安排。」

女人穿著黑色套裝，眉眼垂著，看得出來精明幹練，面前擺著電腦，電腦頁面上是一堆複雜的紅綠色Ｋ線。
她接過祕書手裡的文件，一抬頭，精緻的五官略顯盛氣凌人：「下午有什麼行程？」
猜不出來她的真實年紀，但看她的氣韻，約莫在三十歲上下。
程家大小姐，程溫如，今年三十五歲，未婚。
「下午一點要跟李總簽約，兩點半公司有個小型例會……」祕書推了一下眼鏡，快速開口。
「我弟弟那邊怎麼說？」程溫如抬手，看了眼手錶上的時間，十一點四十分。
祕書搖頭。程溫如挑眉笑了笑，表示了解。
她拿起筆筒裡的筆，把桌子上的文件簽完才往椅背上靠，雙手環胸，半晌後開口：「最近幫我注意一下小女生會喜歡的禮物。」
能被一個女強人看重，李祕書的業務能力必定是祕書界頂尖的，他也是程老爺特意安排到程溫如身邊的一把手。他把這件事安排進日程，繼續道：「我幫您安排了三天後的拍賣會。」
程溫如用手按了一下太陽穴，略顯疲憊，「這次有忘憂？」
程老爺身體不好，要一直佩戴忘憂才能緩解，至於忘憂……沒人知道這種植物是什麼來歷，大多是可遇不可求，每一次去拍賣場都是一場腥風血雨。
「有，不過這一次拍賣只有一瓶。」
「一瓶？」程溫如用手指敲著桌子，這就麻煩了。
程溫如每個月都會去一次拍賣場，忘憂每個月只有十瓶，京城這麼多人，加上各大實驗室研究忘憂的也很多，每次拍賣，這十瓶總有四瓶是固定幾個人的，程溫如就是其中一個，剩下六瓶才會讓其他勢力去爭。可是這個月只剩一瓶……每個人都很需要這一瓶忘憂，到時候肯定會搶起來。

「怎麼只剩下一瓶？」

李祕書搖頭，只是猜測：「應該是出了什麼情況吧？研究院那邊說過，這種草極難培育。」眼下看來，應該是這種猜測比較準確。

「忘憂的來源還沒有查出來？」程溫如知道，只有查出販賣人才能有穩定的來源。

但拍賣場那邊也沒有什麼資訊，為了避免爭端，拍賣場都會刻意隱藏買家跟賣家的姓名，程溫如半點也查不出來。

李祕書頷首，「前段時間，老爺有找歐陽小姐詢問這件事。」

眾所周知，一二九第一次吸納了京城大家族的人成為普通會員。一二九很少吸納新血，一般招收的也只是普通會員，想要成為高級會員極其困難。可即便是普通會員，也能在一二九學到不少東西，享有一二九內部會員的資料共享權。而且一二九的情報網幾乎遍布全球，京城沒有哪個家族、哪方勢力不想跟一二九結盟。歐陽薇雖然只是普通會員，但作為內部人員，她的特權比一般人多上很多。她成功打入一二九內部，也使歐陽家族在京城的地位一躍而上。

程溫如點點頭，「幫我約一下歐陽薇，我跟她談。」

「我已經在約了，不過歐陽小姐那邊比較難約。」眼下，歐陽薇在京城炙手可熱，她也很懂得把握人心，不是什麼人都約得出來，「我聽說……大少爺也在約歐陽薇。」

「他？」程溫如點點頭，沒再說話。

她擺手讓祕書下去，又傳了條訊息給程雋，問他什麼時候可以吃飯。

與此同時，亭瀾公寓區。

秦苒在樓上沒有練琴，今天要加強編曲。

因為高考，言昔足足有兩個月沒有主動連繫她了，雖然她說自己要高考的時候言昔不太相信。現在進了小提琴協會，明天要正式去小提琴協會學習，秦苒的時間沒有很多，所以準備在今天把要給言昔的兩首編曲都弄好。

這些編曲，她從高考之後就在弄了，不過那時候手不方便，只有一個雛形在腦子裡成型。在高考分數出來之前，她有改過一些，基本上弄得差不多了，剩餘的應該能在明天之前搞定。

樓下，程木先去看看擺在窗邊的兩盆植物，拿著水壺澆了一點點的水，才放下水壺，拿出手機看了一下動態。

林思然剛發了一則貼文：『**咪咪幾乎把草全都啃完了，老爸罰牠三天不許吃肉。**』

然後是一張幸災樂禍的圖。

程木知道上次林思然也發過咪咪被罰面壁思過的貼文，忍不住感嘆，林家對一隻貓這麼苛刻幹嘛？不就是幾根草？

他傳了一條訊息給林思然：『**畢竟是貓，不能對牠要求太多。**』

對方回了一串「……」。

程金從連通樓下的樓梯走上來，看到程木嘀嘀咕咕的，不由得挑眉，「嘀咕什麼？雋爺呢？」

程木把林家的苛刻對程金複述了一遍，才回答程金的問題：「雋爺在樓上書房。」

「你樓下還有一個黑色行李箱，自己把東西整理好。」程金不在意什麼貓不貓、草不草的，得到答案後直接去樓上找程雋。

程木想起黑色行李箱的事情，那個行李箱裡放了一些雜七雜八的東西。程木下去把行李箱拿上來，然後一個個整理，裡面大多是他們離開之前，九班人拜託他帶給秦苒的畢業禮物。東西很多，程木很快就看到了滾在箱子角落的一個玻璃瓶，那是林思然送給秦苒的畢業禮物。

因為有顧西遲「石頭」的事情在先，程木特地仔仔細細地觀察了一下小瓶子，這次確定上面沒有編號，連瓶蓋口都沒有。

他忍不住想問，這個小女生怎麼就跟草過不去了？

*

次日，秦苒要去小提琴協會上課。

六點起床，六點半出發，程雋也剛晨跑完回來，開車送她去小提琴協會。

「魏大師已經定好了拜師宴的日子。」魏大師是直接跟程雋討論的，昨晚才算好日子。

秦苒正在跟林思然聊天，很隨意地「嗯」了一聲，她手撐在車窗上，撐著下巴說：「只要別太浮誇都能接受。」

四十分鐘後，到達小提琴協會。

秦苒下車，扣上鴨舌帽，一手插進口袋，另一隻手朝後面揮了揮，頭也不回。

身後，程雋靠在車旁看了一會兒，才拉開車門上車。

因為今天有新學員，小提琴協會針對新學員做了指示路標，指向練習大樓，一共有五層樓。

大門口處，一個老師站在門口等所有的學員。

秦苒提前十分鐘到達，之後田瀟瀟才匆匆趕過來。老師等人到齊了才開口：

「我是一樓的老師，姓徐，大家能進入小提琴協會，都是有一定天賦的。不過小提琴協會不缺有天賦的學員，大家想必也聽過小提琴協會的規則。小提琴協會有專門的曲目跟分級考核標準，從一樓到五樓是從三級到九級的練習室。每個樓層有個別的指導老師跟訓練錄影，我們會按照昨天表演賽的考核等級公布所有學員對應的等級，大家先進一〇一室。」

秦苒聞言，低頭看了看自己手裡的手冊。

三級一樓，四五級二樓，六七級三樓，八級四樓，九級五樓。

一群新人聽完一樓老師的介紹，開始興奮地低頭互相討論。

這位姓徐的老師帶所有人往裡面走，先停在一樓的公共場所。教學大樓沒有樓梯，一樓的公共場所左右兩邊都是電梯，各三個。

徐老師停在電梯旁介紹：「每個學員都會有一張自己的卡，電梯是刷卡的，高等級的能進低等級的樓層，低等級只能進低等級的樓層。」

也就是三級學員只能在一樓，四五級的學員則能隨意進入一樓跟二樓。

徐老師繼續帶他們往裡面走。

田瀟瀟站在秦苒身邊，鼻梁上還戴著遮光的墨鏡，沒跟誰說話，跟秦苒的交流也不多。正要跟在秦苒身後往裡面走的時候，她聽到身後有人叫她，是一個中年女人，田瀟瀟就停下腳步，不由得往後退了一步，伸手取下墨鏡，停在那中年女人身邊：「幹嘛？」

中年女人是她的經紀人。

「我讓妳跟田弋筠那群人打好關係，妳……」經紀人壓低聲音，恨鐵不成鋼。

「不適合。」田瀟瀟的手把玩著墨鏡，下巴微微抬著，「而且妳看人家看得上我嗎？」

田瀟瀟既不認識協會的人，家裡也沒有小提琴高手，跟那些老師預料的一樣，就是來混人設。

經紀人看了田瀟瀟一眼，「妳能不能看看人家李雙寧是怎麼復出的？」

田瀟瀟：「……還有其他警告嗎？沒的話，我要進去了。」

經紀人十分嫌棄地揮揮手趕她走，接著又想起一件事，「噯，等等，」她伸手讓田瀟瀟再回來一趟，「妳剛剛說話的那個女孩子，有沒有進演藝圈的打算？」

田瀟瀟反應過來，經紀人說的是秦苒。

秦苒在星探眼裡確實可塑，不僅是顏值，氣質也萬分出色。

「不知道，我幫妳問問，不過可能性不大。她這樣的長相要想進演藝圈還輪得到妳？」田瀟瀟把墨鏡收好，夾在領口處，笑得慵懶：「我先進去了。」

經紀人差點踢她一腳。

一○一是間教室，後面擺放著樂器，座位都是分散的，涇渭分明。

田瀟瀟掃了一眼，田弋筠那群人都坐在中間，其他人則是分坐在兩邊。

秦苒坐在左邊靠牆的位置，正一手撐著臉，把手中的手冊隨意放到桌子上，翹著二郎腿，坐得十分隨意。田瀟瀟想都沒想，直接坐到秦苒的這一排，位置跟階梯教室差不多，是連排的。

徐老師暫且不在，其他人都在低聲相互討論，抑制不住興奮。田瀟瀟把注意力放到秦苒身上，小心翼翼地盯著秦苒的臉半晌，然後問：「妳有沒有進演藝圈的想法？」

秦苒微微轉過頭，不由得瞇起眼，還是那副漫不經心的樣子，懶洋洋地開口：「沒興趣。」言昔的經紀人不知道問過她幾次了。

田瀟瀟點頭，早已預料。

兩人剛聊幾句，徐老師就從門外進來，一隻手拿著一張紙，另一隻手裡拿著一堆卡。

秦苒一眼看過去，就知道那是代表著協會會員的卡。

「因為每間練習室只能同時有四個學員練習，你們這批新學員自由組合，四人一組，」徐老師看了眼手中的紙張，「有二十六個人，其中有兩組不足四人，只有三人，大家自行觀看。」

他打開投影機，把劃分好的七組名單放給大家看。

第一組是秦苒為首，汪子楓、李雪，三個人。

第二組是以田弋筠為首，包含田瀟瀟和一個男生，也是三人組。

後面的五組都是四人一組。

看到這組別，大家面面相覷。這一批學員大家都認識，看到分組，有人欣喜，有人則是十分鬱悶。比如被分配到田弋筠那組的另一個男生欣喜若狂，畢竟這裡的新成員大部分都知道田弋筠認識高等級的學員，而且很有可能是四級學員，跟她分為一組可以去二樓學習。

也有人十分鬱悶，比如李雪，她就坐在田弋筠身邊，沒想到會被分到秦苒這一組，尤其秦苒還是一個之前聽都沒有聽過的人。

「弋筠，我怎麼這麼倒楣？竟然沒有選到妳。」李雪低聲跟田弋筠抱怨。

田弋筠很喜歡這樣的話，「新生是可以自由換人的，反正我這組也沒滿，妳可以向徐老師申請換到我這一組。」

李雪眼前一亮。

徐老師見每個人都看完了，不由得開口：「大家還有問題嗎？沒有的話……」

「老師，」坐在田弋筠身側的李雪舉手，「我想跟田弋筠一組。」

徐老師看了李雪一眼，「妳叫什麼名字？」

「李雪。」

聽到這句話，臉色也有點難看的田瀟瀟忽然清醒，她也舉手站起來，「徐老師，我叫田瀟瀟，我跟李雪同學換。」

徐老師聽完兩人的話，翻了翻名單，看著兩人瞇了瞇眼：「妳們兩個確定？」

李雪看田瀟瀟的目光像在看個傻子。所有人擠破了頭都想跟田弋筠一組，竟然還有人主動想要換組？

經過兩人同意，李雪跟田瀟瀟換組，徐老師把兩人的名單換了過來。

「汪子楓，你要不要換組？」田弋筠十分友好地看向後面的汪子楓。

汪子楓搖頭，對她沒興趣，「不用。」

田弋筠點點頭，「喔」了一聲，沒有再說什麼。
一番調整後，最後確定了名單，徐老師才開始發放學員卡。
「大家安靜，接下來發學員卡給大家。你們這兩個月在協會學習的許可權，當然是等級越高，許可權越大。當然，如果有人覺得上次表現得不好，可以舉手，去一樓考級處重考。」
徐老師說完，沒有人舉手。
畢竟上次的考核對他們來說都非常重要，幾乎所有人都用了自己的全力，重考的意義不大。
徐老師這才開始發卡，「念到名字的學員上來拿卡。」
「劉諾一，三級學員。」
「竇靖，三級學員。」
毫無意外，大部分進來的人都是三級學員。念到好幾個名字後。
「田弋筠，四級學員。」
班上大部分人的目光都看向田弋筠，徐老師把卡遞到她手中，聲音也溫和了一些，「拿好，待會去二樓，有問題可以下來問我。」
「李雪，三級學員。」
「田瀟瀟，三級學員。」
「汪子楓，四級學員。」
人群又是一片譁然，教室裡大部分人的目光都看向汪子楓跟田弋筠。
汪子楓就是上次的九號，他的等級也是六位老師商量了好久以後才敲定的，他有天賦，但技巧勉強。

今年的學員水準特別高，徐老師看著汪子楓，也十分欣慰，想著明年夏末的考核一定很精彩，或許明年就能選出去美洲進修的名額了。至於今年，這群新學員應該不可能……

徐老師發完前面的學員卡，遲遲沒喊到秦苒。

田瀟瀟伸手把玩著墨鏡，半晌都沒等到秦苒的學員卡，有點急：「怎麼還沒到妳的？」

秦苒正在跟林思然聊天，聽到這句話，她隨手把手機扔到桌子上，懶洋洋地往椅背上靠：「不知道。」

她正說著，徐老師拿起最後一張卡，似乎頓了一下，聲音更加溫和：「秦苒，五級學員。」

全班竊竊私語的聲音忽然沒了。

這等級在魏大師的預料之中，秦苒沒有任何意外。她上臺，十分平靜地接過了自己的學員卡，「謝謝老師。」

「新生裡有五級學員？」一片靜默之後，了解協會分級制度的新會員們炸了，「我記得戴老師的學生秦語也才五級吧？」

「五級，是誰的徒弟嗎……」

剛剛李雪換到田弋筠那組的時候，其他人都是羨慕的，但此時……大家都不由得把目光轉到李雪那裡。

秦苒沒多話，也不在意其他人看她的目光，直接拿著卡去了二樓。

田瀟瀟一開始只是單純看秦苒順眼。她運氣一向不好，要不然她以童星出道，進演藝圈這麼多年，怎麼會還只是個十八線明星？可是現在……

田瀟瀟不由得拿出手機，默默傳了一條訊息給自己的經紀人：

『我好像無意中抱到了一條大腿。』

經紀人回得也很快：『請妳清醒一點，妳這個萬年非酋（微笑）』

田瀟瀟：『……』

她緊跟在秦苒身後，一停頓，發現自己身邊站了一個男生，是汪子楓。

兩人都不動聲色地互相看了一眼，然後十分有默契地緊跟著秦苒。誰都知道，秦苒能在這個年紀達到五級，協會裡肯定有不少老師搶著收她為徒，到時候老師私下指導她……他們也能達到人生巔峰。

秦苒走進電梯，刷了自己的卡，然後按下二樓。

二樓的格局跟一樓沒有什麼區別，二〇一室是平常二樓老師公共授課的地方，其他是訓練室。左邊是四級學員的訓練室，右邊是五級學員的訓練室，秦苒直接往右邊走。

訓練室也是刷卡制度，刷卡機亮著燈表示有人在使用，沒亮燈表示裡面沒人。

秦苒找了一間沒亮燈的訓練室刷卡進去。

訓練室極其寬敞，還有四臺電腦，裡面全是美洲的授課內容。牆邊有兩排書架，書架上則是一排排老人的筆記，還有協會翻譯的國際小提琴要領。這些也是協會最重要的資源，不能複製也不能外帶。

每一層樓資源的開放度也不一定。一樓的練習室徐老師介紹過，那裡沒有書架，也沒有協會裡那些老人的心得筆記，四級開放的書籍也肯定沒有五級的多。

汪子楓激動地走到書架前，拿起一本翻譯的國際小提琴要領，直接坐在地上開始看。

秦苒拿出口袋裡的一張書單。那些都是魏大師列給她的，她從書架上都能找到。

從書架上找到自己要的書後，秦苒走到空著的書桌旁，拉開椅子坐下。

田瀟瀟跟汪子楓看她的時候，她正戴著黑色的耳機，一邊翻著書，兩人有默契地沒有打擾她。

汪子楓繼續坐在地上如饑似渴地翻書，田瀟瀟則是拿小提琴去窗邊練習曲目。

秦苒這三個人第一天除了吃午飯，都沒有走出訓練室。

汪子楓一直看在外面找不到的小提琴經典書籍；秦苒通常翻開一本書之後，會在筆記本上記下一點東西，然後拿著小提琴嘗試；田瀟瀟一開始在拉小提琴，第一次聽完秦苒拉琴之後，她就默默放下了小提琴。

第一天，三個人都不太熟，尤其是秦苒，不太好接近，基本上沒怎麼說話。

第二天，田瀟瀟跟汪子楓稍微熟了一點，但兩人依舊看不透秦苒這個人，不過成功加了秦苒的微信。

第三天，兩人問了秦苒幾個問題，發現秦苒很好接近，話就多了起來。

晚上五點半，三個人準時走出門。

「你們也是今年才高考完？」想成為協會學員也有年紀要求，十五到二十二歲。聽說秦苒跟田瀟瀟也都剛參加完高考，汪子楓很興奮。

一說起高考，本來話不是特別多的汪子楓開始瘋狂吐槽，「妳們是文科還是理科？今年理科的考卷簡直是變態，考到全國前兩名的人更是十分變態。」

田藹藹拿出手機，連繫自己的經紀人，不太感興趣：「我是考藝術科。」

秦苒看了眼前面的方向，手插進口袋裡，言簡意賅：「理科。」

汪子楓就走到秦苒身邊，跟她說起理科考卷。

程雋準時來接秦苒。通常他都是把車停在馬路對面，為了不給秦苒帶來其他不好的影響，也很少下車，就坐在駕駛座等她，因為他的車牌號碼有點囂張。

今天他也坐在駕駛座上，一手放在方向盤上一手拿著手機，在跟程溫如通話：「知道了，我等等回去。」

那邊不知道說了什麼，他挑了挑眉：「不行，不帶回去，程家人太多。」

他一邊說一邊看向窗外，一眼就看到了秦苒那三人。

汪子楓湊在秦苒身邊，興高采烈地跟她說著什麼。兩個人一看就是同齡人，好像很有話題。

秦苒一手放在腦後，依舊是一副冷漠的狀態，但身邊的男生那麼聒噪，她似乎也沒有不耐煩的意思。

「掛了。」程雋瞇了瞇眼，掛斷電話，語氣很淡漠。

手機那頭的程溫如看著自己被掛斷的通話，不由得挑眉。

程雋打開車門下車，往前走了兩步。

五點多，太陽還沒下山，陽光將他的身影拉得修長。他背對著光線，等他走近，五官也越發清晰起來。

儘管田瀟瀟跟汪子楓這兩天看慣了秦苒的美顏，還是被眼前人的容色跟氣勢震懾了一會。

「今天晚了幾分鐘。」程雋伸手，十分自然地扯過秦苒的手，握在掌心，沒看向她，只看向田瀟瀟跟汪子楓，很有禮貌地問，「兩位要去哪裡，需要送嗎？」

從小在演藝圈混跡的田瀟瀟十分上道，她拿出墨鏡，笑說：「不用，我跟汪子楓都有人來接。」雙方禮貌地告別。等那輛黑車開走之後，田瀟瀟才鬆了一口氣。

汪子楓有些不在狀態上，他似乎想起了什麼：「對了，今年理科全國的狀元也是秦苒！她們的名字一樣！真巧！」

不過那全國狀元的名聲傳得很遠，卻沒有一個媒體敢放出她的照片，也沒有任何一個媒體採訪到她，只有寥寥幾句關於她家人的採訪，可那也只是文字敘述，沒有哪個媒體敢放出照片。

網路上搜不到她的任何資訊，只知道她是雲城的人，是個女生。

今年的高考狀元太變態了，所有人都想挖出她，後來才有風聲傳出來，這位高考狀元是個大人物，個人資訊不能洩漏。網友們這才了解，看來真的是位大人物，也就不再糾結，只是多了一群人在期末考的時候拜秦大老。

「同名吧。」田瀟瀟不太在意，學小提琴的大部分都是當藝術生。

她經紀人的車也開過來了，田瀟瀟跟汪子楓揮揮手，也上了車。

汪子楓站在原地想了半晌，嘀咕了一聲：「真巧。」

姓名一個字都不差。

程雋車中。

「我晚上要回老宅吃飯，」他坐在駕駛座，等身邊的秦苒綁好安全帶才發動車子，「先送妳回去。」

「嗯。」秦苒手撐著下巴，漫不經心地在跟林思然聊天。

林思然也填了京大。她的分數要考京大不難，準備明天跟她家人來京城，一是為了找秦苒，二是為了參加秦苒的拜師宴。

程雋將車開回亭瀾，才往京城程家開去。

現在這個時間有點塞車，他在一個多小時後，將近八點才回到程家。

程溫如在跟李祕書說話，她雙手環胸站在迴廊前，看向假山，眉梢擰起：「確定？」

「拍賣場只有一瓶忘憂。」李祕書皺眉，「至於賣家，我沒有找到任何消息，不過……大少爺似乎找到了歐陽薇。」

「讓他找，」程溫如不在意地擺擺手，「只要能找到忘憂，解決我爸的事情就好。」

李祕書點點頭。

兩人正說著，假山那邊一道修長的身影不緊不慢地走過來，伴隨著其他人的一兩聲「三少」。是程雋。

程溫如止住話，抬起下巴：「你再不回來，大哥又得在爸耳邊說上一年了。」

程雋不太在意，整個人都有些懶：「讓他說。」

「怎麼樣，你家那位小女生有沒有欽點見我？」程溫如跟著他往正屋走，語氣帶著笑，「我連禮物都準備好了。」

她雖然三十多歲，但保養得好，眼角幾乎連細紋都看不見。

「她最近心情好，」程雋將手放在腦後，眉眼帶著懶倦的笑，「後天她朋友來，是個機會。」

第四章　首席大弟子

「朋友？」程溫如似笑非笑地看了他一眼，「什麼朋友，還能讓我見？」

「看情況吧。」程雋斂眸，漫不經心的。

兩人說話時，已經到了正屋。

程老爺跟程饒瀚等人都坐在飯桌旁，程饒瀚的臉色很難看，顯然對等待程雋十分不滿。

程管家站在飯桌旁，微笑地看向程雋跟程溫如，還朝兩人身後看了一眼，沒看到其他人，他臉上的笑也淡了，沒什麼表情地僵硬開口：「大小姐、三少爺。」

程雋顯然習慣了，輕描淡寫地拉開椅子坐下，「爸、大哥、大嫂。」

程饒瀚臉色冷冽地開口：「三弟，你能不能回來幹點正事？別一輩子靠家……」

「你們在說什麼？」等程雋跟程溫如入席，程老爺拿起筷子，打斷了程饒瀚。

程饒瀚的臉色更加難看。

程溫如伸手夾了一塊魚，抬眸：「說那小女生的事情，明天她朋友要來，三弟說她心情好。」

「朋友？」程老爺問了一句。

「高中同桌，也填了京大。」程雋言簡意賅地回。

程老爺點點頭，不再多說。

程溫如看了程饒瀚一眼，笑：「大哥、大嫂，我們明天要一起吃飯，你們要來嗎？」

「不了，」程饒瀚看了她一眼，十分冷漠地拒絕，「我有其他事。」

程溫如知道程饒瀚明天約了歐陽薇，也不點破，只笑了笑。

如果能查到忘憂，不僅能解決程老爺的一堆問題，也許還能跟對方談談在京城合作的事。

程饒瀚只要有機會，絕對不會放棄。

「還真的有了對象？三弟什麼時候把弟妹帶回來一趟？」大嫂也是個名門望族，她笑得溫婉，只是眉眼間能看到些許紋路，保養得不如程溫如好。

桌子上的其他人聞言，都豎起耳朵等程雋的回答。

程雋慢條斯理地吃著飯，不知道哪個字取悅了他，他低聲笑了笑，眉眼舒雋：「她就是一個普通人，脾氣還不好，等過一陣子適應了，我再帶她回來，希望大家到時候不要欺負她。」

他說話的時候，程老爺的手頓了頓，不由得抬頭看了程雋一眼，這麼會騙人？

程雋十分淡定地說，「爸，您看我幹嘛？」

程老爺懶得理他。

桌旁的人都沒看到這兩人的表情，只面面相覷，都想起了前段時間傳出來的謠言。程雋身邊的那個小女生似乎是從村鎮出來的，程家為了幫程雋女朋友安排大學的事，付出了不少代價……

吃完飯，程雋跟程溫如陪老爺坐了一下。

老爺住在大四合院正屋。屋內燒著安神的檀香，地上鋪著厚重的地毯，桌子上還擺著一個玻璃瓶，裡面是一根綠色的草，只是有點枯萎，葉子也看得出枯黃。

程溫如的表情變得嚴肅。

程雋在程家待了一個小時，才跟程溫如一起出來。

與此同時，東邊廂房，程饒瀚吃完飯就回房間。

不久後，一個穿著黑色西裝的男人恭敬地敲門進來。

「如何？」程饒瀚坐在茶几旁，正拿著茶杯喝茶，看到男人，啪地一聲把茶杯放到桌上問。

「歐陽小姐確定好了時間，明天下午六點。」男人俯身回道。

「好，明天下午六點，」程饒瀚站起來，手揹到身後，臉上掩蓋不住喜意：「你去幫我準備一件禮物。」

他明天約了歐陽薇詳談，主要是為了忘憂的事情。

圈子裡第一次出現一二九俱樂部的人，普通人沒有聽過一二九的事，但京城這些老牌家族心裡卻是非常清楚。一二九不僅混跡京城，國際上的大小消息都有涉獵，國際刑警都會找一二九。

有人說過，誰能成功拿下一二九，幾乎就掌控了京城一半的勢力。

有這種誘惑在，對歐陽薇好奇的家族勢力太多，要約到歐陽薇著實不容易。以後在查探各種消息上，不只方便了一倍，這種時候，程饒瀚自然不會為了程雋這件事分心。

他跟程雋關係也不算多好，沒必要把時間浪費在程雋那個小女朋友，還有她的高中同學身上，明天有更重要的事情要做。

＊

亭瀾——

秦苒吃完飯就在樓上練琴。魏大師給了秦苒兩個月的計畫表，有各項書籍到各種練習曲。他按照美洲的標準制定計畫，每三天一本書，總共為秦苒列了二十本書、十首練習曲。

要在兩個月內看完二十本書，還要在看完書的情況下，把十首練習曲流暢地練好，對一般人來說很難。

秦苒拉開椅子坐下，拿出黑色背包裡的三本書。剛拿出來，放在桌子上的手機就亮了，是林思然傳來的視訊通話。秦苒接起電話，把手機靠在一旁的茶杯上，另一隻手把書隨手放在桌子上。

因為是晚上，林思然那邊有點黑，看得出來是在車上，後座開了燈，『苒苒，我們明天到。』

「好，」秦苒往椅背上靠，腿漫不經心地翹著，「地址我傳給妳。」

『喬聲他們要等開學才來，』林思然想了想，開口，『明月好像要等她叔叔一起，不知道什麼時候會來。』

秦苒這兩天忙，沒跟喬聲他們連繫，此時聽到林思然說，也想起江家這個暑假要入駐京城。

『對了，衡川校長換人了，』林思然激動地開口，『好像因為我們今年考得太好，校長晉升了！』

考得好，說明她林思然也為校長的晉升貢獻了一份力量。

秦苒：「……」

兩人說了幾句，林思然知道秦苒最近要練琴，沒多打擾她，沒一會就掛斷了電話。

因為要帶咪咪，林家一家人沒有坐飛機，而是自駕來京城。

駕駛座上，林爸爸看了眼後視鏡，笑：「明天可得好好感謝妳同桌。」

「咪咪把忘憂都吃了，」林母坐在副駕駛座，憂心忡忡的，「不然這一次答謝苒苒就夠了，老林，我們還剩下幾瓶？」

「一瓶要拿出去，林林總總的，就剩下一盆花，還有五瓶吧？」林爸爸算了一下。

林思然之前的成績不算差，在九班裡也算不錯，但也沒有到能考到京大這麼誇張。這次考得這麼好，完全是因為秦苒。

林家人自然也知道自己的女兒是個什麼貨色，能有這麼大的進步，這絕對不是幾根草就能比的事。聽到林思然只送了一瓶草做畢業禮物，林家一家人輪流數落了林思然好幾天。

林思然帶著咪咪去面壁思過，沒想到咪咪藉此又進去偷吃了。

林家人為了禮物十分煩惱。

*

次日下午五點，坐在辦公室的程溫如終於收到了程雋的訊息。

程雋傳訊息向來都是言簡意賅，這次更甚，只有一個飯店名稱，外加包廂，其他沒了。

但程溫如自然知道這是什麼意思，她放下手中的簽字筆，站起來，眉眼氣場很強。

李祕書上前：「大小姐？」

「下班，」程溫如拿著手機，雷厲風行，「啊，對了，禮物他們寄過來了沒？」

李祕書昨晚跟程溫如一起回去大四合院，自然知道程溫如今天肯定是去見秦苒，他點頭：「在休息室，我去拿。」

他去休息室拿了一個包裝精緻的袋子，跟在程溫如身後往車上走。

程溫如一直是個女強人。這間公司不是程家的，而是以前跟程雋一起開的，後來程雋不在，她自己一個人把公司經營得有聲有色，一年三百多天都是加班狀態，此時提前下班，公司的人都十分莫名，不由得面面相覷。

「李祕書，你覺得那位小朋友是什麼樣的人？」程溫如把車鑰匙扔給李祕書，讓他去開車，雙手抱胸。

「三少昨晚說了，」李祕書沉吟了一下，「應該是個很乖的女生。」

圈子裡最近也有一些關於秦苒的傳言，加上程雋昨晚說的，生活環境能直接影響到一個人，李祕書不由得擔憂，若是有點糟糕，跟程溫如相處不來就麻煩了……

李祕書發動車子，朝目的地行駛。

「大小姐，妳待會得控制一下妳的脾氣。」紅燈，李祕書停車，往後視鏡看了一眼，「就算那位秦小姐有什麼不對的地方，妳也不要說出來。」

程溫如的性格比較直，有點大小姐的脾氣，李祕書是真的有一點擔憂待會的會面。

他跟京城的其他人不一樣，京城所有人都認為程溫如的這家公司是她跟程雋兩個人合開的，而程雋一點力氣都沒出，就靠姊姊跟程家。可是李祕書從創業初期就跟在兩人身後，自然知道公司成立初期，大部分策畫都是程雋做的！後來公司步入正軌，他連分紅都沒拿，直接把股份轉讓給了程溫如。

當然，程溫如沒有理所當然地收下來，每年年末都會匯一筆錢到程雋的帳戶。

李祕書不希望因為這件事，讓姊弟倆有隔閡。

聽李祕書這麼說，程溫如不太在意地擺手：「不用你提醒。」

兩人一路說著，終於到了程雋傳過來的地址。

李祕書把車鑰匙扔給保全，讓他去停車，他則跟著程溫如上樓。

秦苒也剛到包廂沒多久，此時正在走廊上靠著牆，腿微微靠著，把定位傳給林思然。

林思然早就到京城了，待會會直接來這裡。

她今天依舊穿著白色T恤，不過外面隨意套了件黑白格子襯衫，手上還拿著鴨舌帽，隨意地轉著。兩邊的耳朵塞著耳機，嘴裡還咬著根棒棒糖。

耳機裡是何晨的聲音：『真的不來會所一趟？』

「過一段時間。」秦苒漫不經心地把玩著鴨舌帽，「馬修最近沒有下單了吧？」

她說的是馬修找孤狼查Q的事情。

『馬修似乎被什麼事情絆住了，最近美洲勢力一團糟，哪有空下單。』手機那頭的何晨擰開一瓶可樂，喝了一口，『還有，妳來京城，萬事小心，妳外婆那件事不簡單。』

「知道。」秦苒把鴨舌帽倒扣在頭上，隨意把襯衫最底下的釦子解開，笑得漫不經心，「爸爸就等著他們呢。」

她說完，一抬頭就看到一男一女。

秦苒伸手扯下耳機，塞到口袋裡，往旁邊側身讓了一條路，然後往盡頭的洗手間走。

迎面而來的一男一女正是程溫如跟李祕書，兩方人馬擦肩而過，都沒有看清對方的臉。程溫如只看到那女生的側臉，挺好看。

秦苒去了洗手間，程溫如的腳步卻停下來，笑：「這年頭的女孩子真酷……你說她是不是……」

「停，」李祕書看了程溫如一眼，「妳別幻想秦小姐是怎樣的人。」

程溫如覺得這樣確實對未來的弟妹不太好，就沒有再說。只是遺憾，如果未來弟妹真的是剛剛那樣的，其實也挺不錯。

兩人停在包廂門口，程溫如沒有立刻敲門，而是伸手理了理自己的頭髮，又上下看了眼自己穿的衣服。她今天上午跟人談生意，穿的是白襯衫、西裝褲，襯衫的衣角被她塞到褲子裡，頭髮也挽了起來，看起來是十分精明幹練的女強人形象。

「李祕書，我會不會不居家？」她扯了一下自己的衣袖，微微側眸。

李祕書的嘴角抽了一下，「大小姐，這就是您一貫的形象，非常好。」

程溫如點點頭，敲了三聲門。

沒幾秒鐘，程木就打開包廂門，手裡還拿著一個茶壺，「大小姐。」

他微微頷首，側身讓開一個位置，讓程溫如進去。

程家五行只對程雋言聽計從，尤其是程金、程水他們，程木的態度算是五行中比較好的一位。

程溫如也不糾結程木的態度，一邊往裡面走，一邊不動聲色地看向餐桌。

程雋坐在窗邊，身邊有一個空位，程木正把一杯茶放在他身側的位子上，那女生應該還沒來。

程溫如緊繃的身體放鬆，坐在能看到門的方向，精緻的眉峰挑起：「人呢？你別騙我。」

程雋往椅背上靠，懶洋洋地回，「去洗手間了。」

程溫如點點頭，有一搭沒一搭地跟程雋說話。

沒說兩句，包廂門就被推開了，程溫如立刻坐直身體，目不轉睛地看著門外。

進來是一個很眼熟的身影，黑白格子襯衫的最後一顆釦子被扯開，隨意地披著，眉眼微垂，面容有些掩飾不住的張狂與恣意。側顏好看，正臉看起來更加懾人。

在還沒見到秦苒之前，程溫如幻想過秦苒究竟是什麼樣子。被李祕書提醒過，程溫如覺得就算那位弟妹真的有些糟糕，她也能接受，畢竟之前有程管家的提醒。

京城一直都有這種說法：可能找不到能跟程家太子爺媲美的容色。程溫如也很贊同，然而現在看到秦苒，程溫如覺得這種說法可以改一改了……

程木極其熟練地拉開秦苒的椅子，然後看向秦苒，問：「秦小姐，林同學到了嗎？」

他的語氣跟動作都十分恭敬。

程木的話把稍微愣住的程溫如跟李祕書的思緒拉了回來，兩人對程木的態度十分意外。

程木可是對程溫如都不假辭色的人。

秦苒隨意朝程木揮手，十分熟練地吩咐：「應該快到了，你下去接他們。」

「好。」程木點點頭，然後跟程溫如打了聲招呼，開門下樓。

「這是我姊。」程雋看程溫如半晌沒反應，輕笑了一聲才撐著桌子，抬抬下巴，指著程溫如的方向介紹。

畢竟浸淫商場多年，反應很快，程溫如的眉眼間有些許英氣，跟秦苒說話的時候用了平生十二分的溫柔：「苒苒是吧？今天冒昧打擾，妳千萬不要見外。」

兩個人第一次見面，一個是菁英女強人，一個在村裡是村霸，在校是校霸，分明是兩種類型的人。可是意外地，在某方面竟然十分合得來，沒有絲毫尷尬。程溫如本來坐在程雋這邊，正對著門，話說到一半，她又拿著包包換了一個位置，換到秦苒這邊。

一行人沒說幾句，程木就帶著林思然一家進來了。

林家是開廂型車過來的，車子跟行李就停在樓下，林爸爸跟林媽走在前面，林思然走在最後，手裡還拎著一個白色小塑膠袋。

林爸爸之前為林思然出席家長會的時候，跟程雋見過，兩人都還記得對方。他穿著黑色褲子，褲管捲起，襯衫的袖子也捲起來，手上拿著草帽，面容憨厚，一看就是個普通花農的形象。

程木幫秦苒重新倒了杯水，然後站在程溫如身邊，壓低聲音，「林家人是種花草的，他們女兒跟秦小姐是同桌。」

程溫如不動聲色地點點頭，表示了解。

一行人熱熱鬧鬧地吃飯，程雋拿著筷子，跟坐在身旁的林爸爸討論，「最近生意怎麼樣？」

「不太好，被寵物啃了不少。」林爸爸搖頭，說起這個，愁眉苦臉的。

「那真是可惜了。」程雋一愣，然後無奈地笑了笑。

坐在一旁的程木：「……」雋爺為了秦小姐，什麼話都能說出來。
林爸爸跟他碰了一杯。
這一邊，程溫如原本以為會跟李媽媽聊不起來，可是一說起來，發現很投緣，林媽媽的見識層面真的不像是普通的花農，倒像是貴族名媛。一行人大多都是剛見面，但都非常聊得來。
飯後，程溫如才拿出禮品袋，從裡面拿出給秦苒的見面禮。
是一條鑽石項鍊，今年的新款，遠遠看起來精緻又華麗。
看程溫如拿出了見面禮，林爸爸也想起了帶給秦苒的禮物，看了一眼林思然。
林思然的手遲疑著，沒有立刻拿出來。
之前魏大師的那一次，也是顧西遲的塑膠袋在前，林思然才跟風趁熱拿出來，這一次沒有顧西遲的塑膠袋陪伴，看看程溫如遞給秦苒的精緻包裝，林思然慚愧地低下了頭。
林爸爸已經起身要走了，他催促林思然：「快把禮物給苒苒，我們得快點下去了，咪咪還在車裡等我們。」
「林叔叔，怎麼沒把咪咪帶上來？」程木想起了那個可憐的貓。
林爸爸笑：「咪咪不太適合來飯店。」
林爸說完，看林思然還沒有拿出禮物，不由得催促，「林思然，妳快點。」
林思然這才慢吞吞地把手中的袋子拿起來，低著頭，十分英勇就義地遞給秦苒：「苒苒，這是我爸媽送妳的升學禮物！」
秦苒就伸手接過來，「謝謝。」

程木面無表情地跟在幾人身後，一看秦苒手中的塑膠袋，就知道依然是那些草。

剛剛程木對程溫如提醒過了，程溫如知道秦苒的同桌家裡是種花的，也沒有好奇，十分禮貌地沒多問，他們將林家人送上車才離開。

程溫如沒有回自己的公寓，而是跟程雋、秦苒一起去亭瀾公寓。

秦苒沒有先練琴，先在程雋的書房找幾本書，程溫如則在跟程雋談公司跟程家的事。

「競爭太激烈了，不知道雲光財團這次到底又有什麼動作。」程溫如坐在椅子上，手上拿著個茶杯，微微瞇眼。她也不避諱秦苒，直截了當地說。

程雋打開電腦，登入帳號，翻閱程水寄給他的郵件，漫不經心地回答：「ＥＡ系列的程式跟機器人。」

「你有消息？」程溫如微微翹著二郎腿，目不轉睛地看向程雋。雖然是姊弟，但程溫如也不知道程雋到底在幹什麼，似乎他什麼消息都知道，還跟亞洲的一位大人物認識。

程雋懶洋洋地點開下一份文件，不動聲色地看了一眼秦苒，對方拿書的動作慢了些許，他才笑道：「沒，就是猜測。」

程溫如知道程雋很少開玩笑，他會這麼說，十之八九是真的。她捏著杯子，微微思索。

秦苒站在書架旁，徹底服了，她往後退了一步，一手拿著書，一手插在口袋裡，「我先去練琴。」

程雋還沒說話，程溫如立刻站起來，跟秦苒一起去琴房，「這麼晚還練琴？要休息，別太累。還有，三天後有場拍賣會，晚上八點，」程溫如看向秦苒，笑得和緩，「裡面很多新奇的玩意兒，妳跟我一起去看看？」

秦苒換一隻手拿書，沒拒絕：「好。」

程雋坐在自己的位子上，聽著兩人的對話：「……」

沒幾分鐘，程溫如折回來拿自己的包包，看了程雋一眼，語氣冷靜：「我回公司。」

跟之前判若兩人。

樓下，李祕書正坐在沙發上，手裡拿著茶杯在跟程金說話。

看到程溫如下樓，兩人都站起來，「大小姐。」

程金只是禮貌性地開口，程溫如跟李祕書都已經習慣了程金這些人的態度，不太意外。

「什麼時候回來的？」程溫如腳步停了停，看向程金。她有點好奇程金對秦苒的態度。

程金笑了一下，「剛回來兩分鐘。」

「大小姐，我剛剛在跟程金先生說大少爺跟歐陽小姐的事，」李祕書彎腰，放下茶杯，「他們兩個人今天下午見了面，我估計已經在一二九下單了。」

「沒用，」程金搖頭，面容嚴肅，「拍賣場系統隱祕嚴密，連拍賣場自己都不知道忘憂的賣家是誰，想要查出來，至少要是一二九俱樂部的高級人員。」

想要請動他們，不太簡單。一二九在京城太過神祕，他們的防禦系統連實驗室的幾個駭客都沒能攻破，歐陽薇不過是一二九的普通會員，想要找高級人員太難了。

程溫如看了程金一眼，笑著，心裡卻記下一點：程金對拍賣場的內部制度似乎很熟悉，連一二九需要派出什麼等級的成員都清楚。

「晨鳥跟渣龍這兩個人最近幾年都很活躍，手中的單子不少，但這兩個人主要的活動區域在國外，忘憂的賣家他們不一定能查探到。」所以程金才說程饒瀚找歐陽薇是無用之功，「當然，如果歐陽薇能請動孤狼，就當我的話沒說。」

聽完程金的話，程溫如不由得伸手按了一下眉心。

「那這就麻煩了……」她瞇眼，程老爺這一個月恐怕要硬撐了。

拍賣場基本上都是匿名買賣，這個月就這一瓶忘憂，肯定會引發爭奪。

三人正在說話，程木從富貴樹旁的樓梯上來，動靜很大地把一盆盆栽搬了過來。

「大小姐。」看到程溫如，他禮貌地打了個招呼，然後跑去拿了水壺，又打開背包，拿起手中工具，小心翼翼地照顧放在落地窗旁的盆栽。

程金最近兩天有點習慣了，直接轉過頭，不想多看。程溫如跟李祕書則多看了程木一眼。程溫如挑了挑眉，然後收回目光，跟程金說了一聲，轉身要走。

剛過轉身，她腦子裡瞬間電光火石，腳步猛地一頓。

「大小姐？」李祕書跟程金都看向她。

程溫如捏著自己包包的手使勁。

她直接朝程木那裡走去，指著程木精心照料的花：「程木，這盆花是哪裡來的？」

程木手一抖，差點澆太多水。

「大小姐，這是秦小姐的花。」之後又問：「有什麼問題嗎？」

程溫如沒有說話，只是從包包裡拿起手機，迅速翻到一張照片作為對比。

世界上當然沒有一模一樣的兩盆盆栽，但她照片上的盆栽，樹葉、花型都跟程木在照料的一模一樣。程溫如記得很清楚，這盆栽是新品種，上個月才開始試用，共拍賣了兩盆，一盆在程家，一盆在研究院……程木這裡怎麼會有一盆？

程溫如沒有說話，只是想盆栽背後有編號，她往後面翻了翻，沒有特定的代碼。

「程木，這樹葉能摘下一片給我嗎？」程溫如看了程木一眼。

這盆栽的樹葉是硬幣大小，五角星狀，綠色中泛著一點螢光藍色，很特別，雖然沒有編碼，但程溫如不覺得這是假的。

聽到程溫如的話，程木看了她一眼，「我先問一下。」

他伸手傳了一條訊息給林思然，詢問她能不能扯下一片葉子送人。

林思然似乎很忙，就敷衍地回了一句「可以」。

程木伸手摘下了一片葉子給程溫如，程溫如就拿著樹葉，又回去程家老宅，連夜敲開了研究院的大門，把兩片樹葉交給他們鑑定。

「三天後給結果。」研究員接過程溫如給的兩片樹葉，想了想才回答。

程溫如呼出一口氣，「麻煩老師了。」

*

三天後，京城地下拍賣場每月最大的拍賣會即將開始。

晚上，程溫如穿了件紅色的長裙來亭瀾接秦苒，沒帶程雋去玩，兩人身邊只跟著李祕書。

京城地下拍賣場在黑街賭場地下三樓。晚上八點開始拍賣，裡面金碧輝煌，走廊十分寬敞。坐電梯到三樓後，大門兩旁站著保鏢，程溫如從口袋裡摸出一張黑色的卡遞給他們。

沒兩分鐘，一個穿著黑色衣服的門童恭恭敬敬地把秦苒幾人帶進一個包廂。

包廂是懸空在拍賣場四周的，前面是單向玻璃，能清楚看到拍賣臺和下面坐著的人。

「苒苒，妳有看中的就按這個。」程溫如指著桌子中間的紅色按鈕，示意秦苒過來坐：「三弟買單。」

秦苒坐在程溫如隔壁，把手機放到桌子上，看著拍賣師拿出來的第一件拍賣物品，是一塊玉。

程溫如今天是為了忘憂來的，不過也會看有沒有什麼合適秦苒的東西。

秦苒撐著下巴，一開始還對拍賣場很好奇，但過了一會就感覺跟美洲的拍賣場沒什麼兩樣，因此也就沒了興趣，翹著二郎腿，拿出手機玩遊戲。

程溫如沒打擾她，而是看著拍賣物品，看到好看的飾品或者古物就拍下來。

沒等一會兒，就到了她今天主要的目的：忘憂。

拍賣場的大螢幕上出現了一個玻璃瓶。

李祕書提醒，「大小姐。」

程溫如點點頭。

忘憂的起拍價依舊是兩百萬人民幣，不算太多，一開始都是下面看臺的人零零散散出價。

樓上的包廂內都沒人開口，直到價錢一直加到五百萬，樓上的包廂才開始競價。

五百萬已經超出了忘憂之前拍賣的價格，加價的人就越來越少了，但京城不乏有錢人。

「忘憂這次突然變成了一瓶，」李祕書壓低聲音，「誰也不知道究竟是什麼情況，如果下個月一瓶都沒有……」

很顯然，這是所有競拍忘憂的人擔心之處。

忘憂一直以來都是每個月十瓶，這個月突然變成了一瓶，老主顧都在思索是不是忘憂本身出了問題，導致這很有可能是最後一瓶，所以都不惜代價地要拍下來。以至於價格到了八百萬，爭奪依舊白熱化。

打完一局遊戲，秦苒抬起頭，一眼就看到大螢幕上的小型玻璃瓶，她愣了一下。

拍賣師的聲音透過麥克風，迴響在整個拍賣場。

『八百萬一次！好，十一號包廂八百五十萬！』

『六號包廂九百萬！』

『一千三百五十萬！』

不到一分鐘，飆到一千萬，價值一輛豪華跑車……這東西原來這麼貴嗎？

秦苒收起懶洋洋的姿態，用手抵著額頭，微微思索：什麼情況，翻了好幾倍？

『兩千七百萬……』

她正想著，身邊的程溫如糾結了一下，伸手要按下紅色按鈕，秦苒眼疾手快地攔住她。

『兩千七百萬三次！』

秦苒按住她的手的瞬間，拍賣已經結束。

程溫如還來不及問秦苒，包廂外就有人來敲門，李祕書也還沒反應過來就去開門。

門外是一個中年女人，有些刻板，她微微彎腰：「程總，我們家小姐知道忘憂的買家是誰，如果有需要，您可以去七號包廂。」

她跟程溫如說了一聲就離開。

程溫如微微瞇眼，看向李祕書，「七號包廂？」

李祕書搖搖頭，拿出手機，「我問問程金。」

一開始，陪程溫如來拍賣場的是程金跟程木，後來才換成了李祕書。李祕書的重心主要是在程溫如的公司，其他事知道得並不多。

沒一會兒，李祕書就收到了程金的回答。

他看向程溫如，咳了一聲：「是……歐陽小姐。」說這句話的時候，他用餘光看了一眼秦苒。

「歐陽薇？」程溫如若有所思，不過這時她沒時間想太多，只是又轉向秦苒，「苒苒，妳剛才為什麼不讓我繼續競價？」

秦苒正拿著手機，沒什麼表情地靠在椅背上，手指懶洋洋地敲著手機。

聽到問話，她歪過頭：「太貴了，有幾個人明顯就是在抬價。」

「我知道，但我真的很需要那一瓶東西。」程溫如自然能看出來，「不繼續競價也好，我去找歐陽……」

秦苒站起來，雙手環胸，不太在意地開口：「這個東西我有。」

二十分鐘後，亭瀾——

程漚如跟秦苒一行人回來了。

「秦小姐，」程木正在電腦前跟陸照影玩遊戲，看到一行人，不由得站起來，「你們怎麼這麼早就回來了？」

拍賣會至少要到十二點，現在還不到十點。

「有點事。」秦苒微微瞇眼。

程漚如跟在秦苒身後往樓上走，看不出臉上的表情。

秦苒的房間在程雋隔壁，依舊是居家的田園風。已經晚上了，程木就把昨天那盆盆栽放到秦苒房裡的桌子上。

房間空而不曠，不過程漚如現在沒有時間關注秦苒的房間，她的目光緊隨著秦苒。

秦苒拉開梳粧檯的抽屜，低頭用手撥了一下，想了想，又問程漚如：「妳要幾個？」

程漚如一愣。還能拿好幾個？

她往秦苒身邊走近兩步，然後低頭看，有點愣住……

因為她發現，秦苒的抽屜裡竟然有一堆忘憂！

秦苒不知道程漚如要多少，見到程漚如一直沒說話，乾脆就拿了兩瓶新的遞給她。

她回國的時候，林思然就曾給她兩瓶，後來她手受傷了，林爸爸也讓林思然帶了好幾瓶來。

後來林思然送過她一瓶，前幾天吃飯的時候，林爸爸又送給她好幾瓶……林林總總加起來，足足有十幾瓶吧。

以往就算是在拍賣場，程溫如也不曾見過十幾瓶放在一起的盛況，她的腦子有一瞬間發愣。

不過程溫如的自我調節能力很好，她很快就反應過來，迅速把兩瓶都放進自己的包包裡。

*

樓下轎車上，李祕書看了一眼程溫如拿回來的忘憂，仔細觀察了一番，擰眉道：「這上面沒有編號……」

程溫如接回忘憂，沒有回答他的問題，只讓他把車開到研究院。

三天前，她交給研究院的兩份樹葉，調查結果應該出來了。

晚上十點半，研究院的人還沒有走光。進入研究院需要刷卡，內部人員才能進去，因此程溫如站在研究院的大門旁，打了一通電話。

沒多久，一個穿著白色研究服的人出來，把一張紙遞給程溫如：「這是報告結果，這兩片樹葉是同一種植物，如果要說什麼差別，一號樹葉長得比二號樹葉好一點。」

一號樹葉是秦苒那顆盆栽的，果然跟自己想的差不多。

程溫如深吸了一口氣，接下那張報告：「謝謝。」

時間太晚了，程溫如就沒有回去四合院，準備明天下班後再回去。而且……她也需要消化一下這些資訊。

程溫如坐回車上，忍不住拿出手機，傳了一條訊息給程雋：『你家小朋友是做什麼的？』

她當然不覺得這些是程雋給秦苒的。

*

次日，小提琴協會——

秦語拿著卡片，走進大樓。因為高考的事情，她去見了很多親戚，昨天下午才到京城。她心繫著小提琴考核，還有今年八月去美洲的名額，今天一早就趕到小提琴協會。

將近十個月的時間，小提琴協會的人大多都知道秦語，這個人的天賦或許沒有那麼特別變態，但毅力著實驚人，在去年年底就考到了五級，連小提琴協會內的老師，對她今年八月要考到六級都沒有任何質疑。

「看，那就是秦語……」

看到她，不時有人小聲議論。

秦語站在電梯口，刷卡進去，聽著這些人的議論，她臉上的情緒波動沒有很大。

去過美洲後，秦語很清楚，京城小提琴協會不是她的最終舞臺，她的目標是京城上流社會，還有今年去美洲學院學習的機會。

電梯門闔上後，站在不遠處討論秦語的聲音變大了。

「青秀第一名的秦語，我有消息，她下個月要升上六級了……」

秦苒跟田瀟瀟、汪子楓三人一向都是一起進電梯的，三人也剛到一樓。

「秦語？」一聽到這個名字，秦苒微微瞇眼。

汪子楓是三人中對小提琴協會最了解的，他以為秦苒是在問秦語是誰：「就是戴老師的徒弟，很厲害的一個人。小提琴協會的人都知道她很猛，我覺得她的小提琴肯定達到六級了。她也姓秦，和妳同姓。」

「這麼快就六級了？」田瀟瀟不由得咂舌。她的小提琴已經算不錯了，可是在小提琴協會裡，真的就是個渣渣，「不過苒苒，怎麼還沒有老師收妳為徒？我覺得戴然肯定會去找妳啊。」

「對，」汪子楓也看向秦苒，「戴老師還沒有連繫妳嗎？不可能。」

戴然廣收徒弟，勵志要在這件事上壓過魏大師，想要協會的主導權。

電梯門開了，秦苒走進去。她看了田瀟瀟跟汪子楓一眼，沒出聲。

二樓，秦語直接走到左邊四級的第一間，她慣用的練習室。練習室內已經有兩個人，都是最初分到秦語這一組的。看到秦語過來，裡面的兩個人都跟她打招呼。

「秦語，戴老師要收徒嗎？」

今年的新學員裡有一個五級學員的事已經在協會裡傳開了，新學員們討論秦語，這些老學員們則是畏懼秦苒。這些老學員不是新人了，對協會的分級制度有了解，更加清楚沒有經過協會的培訓，自行達到五級的人有多恐怖……自行學到三級後來到協會，學了三年也沒有達到五級的人不在少數。

「收徒？」秦語從書架上拿出一份筆記，「田弋筠嗎？她應該是四級吧，老師應該會收她。」

「不是她，」身側的一個男人搖頭，「是那個五級的新學員……」

「五級學員？」秦語愣了一下，「新生五級學員？這怎麼可能？是哪個老師的徒弟？」

她也很清楚五級學員的水準，如果不是協會內哪個老師的徒弟，不可能自己達到五級……

秦語拿著筆記，走到一臺開著的電腦面前，打開學員的資料。

『青秀排行——

1.高級學員秦語（五級）

2.高級學員秦苒（五級）』

後面的排名，秦語沒有再看，她目光眨也不眨地看著第二名的那個名字。

新生五級學員？她能想到的，只有某個高級老師的徒弟。所有協會的新舊成員，都沒有人能在進入協會前，沒有老師的引導就達到協會五級。

秦語的目光轉到對方的名字上——

秦苒……又是秦苒！

從高考到現在，好不容易放下的秦語看著上面的名字，指尖再次掐入掌心。

同名……這上面的人名絕對是同名！

秦語不相信一個早就不學小提琴的人，沒有老師、沒有在小提琴協會學習，還能達到五級！

她猛地關掉電腦上的網頁。

然而接下來的練習，秦語卻有些心不在焉，因為她知道魏大師去過陳淑蘭的葬禮。

如果沒有後面那個五級，秦語有八成的把握認為那是秦苒。可是有了五級，秦語不相信秦苒的小提琴比她好這麼多，畢竟秦苒連業餘五級都沒有考過，怎麼可能會到協會五級！

「你們有見過新生學員嗎？」秦語拿著小提琴，忍不住側頭問身側的人。

剛才說話的男人搖了搖頭，壓低聲音：「沒見過，聽說她在小提琴協會吃飯都在訓練室，而且很奇怪，沒有人拍過她的照片。」

「是嗎……」秦語微微放下心來。

那就更不可能是秦苒了……秦苒這個人，她還不清楚嗎？學東西從來都是三分鐘熱度，又沒有定性，要她一整天都關在一間房間裡，絕對不可能。

一連兩天，秦語都刻意觀察了二樓。比別人早到，比別人晚走，縱使在這樣的情況下，秦語也沒有在二樓看到秦苒。二樓就這麼多人，沒有看到的話，那應該就真的不是她……

＊

程家——

歐陽薇坐在程家會客廳的椅子上，手放在檀木椅的扶手上，靠背跟椅子上墊著毛毯。

「爸，若不是歐陽小姐，我們這一次連忘憂的消息都找不到，」程饒瀚坐在歐陽薇對面，他臉上已有些紋路，但從他的眉眼中，依舊能看出年輕時的俊朗。

歐陽薇放下茶杯，聞言笑道：「程叔叔叫我的名字就好了，這件事不過是舉手之勞。」

程老爺敲著扶手，然後側頭跟程管家低聲說了一句，程管家就裡頭拿出一個盒子，「這是我們程家一點小小的心意。」

見到歐陽薇不想收下，程老爺沉吟了一下，「拿著，就當作我這個老爺爺送妳的禮物。」

縱使歐陽薇不想拿，程老爺這麼一說，她也非拿不可了。

「那等晚上，我再問問他們什麼時候方便見面。」歐陽薇沒多留，喝完茶就跟程家人告別。

程管家把她送出程家大門，程老爺想了想，也沒有回房間，而是等程管家回來，也出了門。

他們走後，程家的幾個老人都圍到程饒瀚身邊。

「大少爺，你這次真是立大功了，看起來歐陽小姐在一二九的地位不低。」程家的這幾個老人都沒有走，只是看著程饒瀚笑，「聽說這一次忘憂只剩下最後一個，昨天晚上大小姐去了拍賣場，我還以為是大小姐得到消息，沒想到……」

程家只有程溫如有一張拍賣場的貴賓黑卡，所以通常都是程溫如去拍賣場。

「二妹？」程饒瀚端起茶几上的一杯茶，漫不經心地開口：「她最近很常去我三弟那裡。」

程家的其他人還不知道秦苒已經到京城了。

程溫如最近這幾天，很常與程雋和程雋身邊的那位小女生連絡。

程饒瀚喝完茶，忍不住想，要是程溫如知道因為這件事，錯過了歐陽薇還有忘憂的消息，不知道會不會後悔？他放下茶杯，站起來理了理自己的衣服，才揹著手往外走，嘴邊的笑意很明顯。好在前幾天沒有聽程溫如的話，去見程雋身邊的那個女孩，要不然就錯過了跟歐陽薇的見面。

程饒瀚走後沒多久，程溫如下了班就匆匆趕過來，並沒有看到程老爺。得知程老爺去了程雋那裡，程溫如又驅車開到亭瀾社區。

現在正是下班的尖峰時段，京城交通塞得很嚴重，等她開到亭瀾已經快到七點了。程老爺也才剛到不久。

秦苒還沒有上樓練琴，她剛在樓下吃完飯，就接到了林思然的視訊通話。

『苒苒，今天跟明天要填高考志願，』林思然一手拿著手機，一手把她房間的窗簾拉上，『這個要在學校填，我剛剛找不到老高。』

「填志願？」秦苒微微瞇眼，「我幫妳填吧。」

『那更好，』林思然放下心，『我去玩遊戲了。』

秦苒最近陸陸續續送了二十個人神牌，又是高考暑假，九班群組裡每天都是打遊戲的對話。

通常會是五個人，其中三個人都有一張神牌。這種隊伍別說在新伺服器了，就算在第一伺服器都非常罕見。最近九州遊的官方論壇都在討論神牌為什麼好像很容易成群出現，但對其他人來說，神牌依舊十分難得！

秦苒掛斷電話，就把沙發上的電腦放在桌邊。

此時，程溫如剛好到了。程木開門後也不驚訝，只有禮地打招呼：「大小姐。」

程溫如「嗯」了一聲，然後隨手把包包放在桌上。

看到秦苒坐在電腦前，手按著鍵盤，速度很快，不像在打遊戲，倒像是在打字，她不由得問：「苒苒今天不練琴？」

「她在填學校。」程雋坐在程老爺對面，懶洋洋地靠著沙發，話說得漫不經心。

「填學校？」若不是程雋提醒，程溫如差點都忘了秦苒是今年的高考生。

只是有些奇怪，高考志願不應該在學校填嗎？先不說秦苒不在學校，她現在在京城要怎麼填？

「苒苒，妳在填什麼學校？」她走到秦苒身側問。

秦苒現在正在輸入一串代碼。

通常填高考志願，只能用本人高中的教務系統，但對秦苒來說，只是多浪費一兩分鐘的事。

程溫如到的時候，她正按下「Enter」鍵。

衡川一中的教務系統出現，上面正是高考志願的申報頁面。

「還真的可以填？」程溫如看了一眼，很詫異。

秦苒輸入了自己的學號、准考證號碼和身分證，直接登入，面不改色地回：「嗯，我們學校的教務系統可以在校外進入。」

倒來一杯水的程木聞言：「……」

程溫如點頭，「那很好，當初我們大學的教務系統都只能在校內登入。」

她看了一眼秦苒填的大學名字。

秦苒只在第一行輸入京大，至於第二、第三志願……她一個字沒填。

程溫如還不知道京大跟A大都在搶秦苒：「……」

被程溫如看著，秦苒也有些頭痛。林思然的志願還沒填，她就關上電腦，並起身說：「我上樓練琴。」

程溫如跟程老爺都看著秦苒去了樓上，才收回目光。

「坐吧，」程老爺示意程溫如坐下，才繼續說剛剛的事，「今天晚上，你們大哥把歐陽薇帶到程家了。」

聽到歐陽薇，程木看著手機的動作微微停了一會，才想起來歐陽薇好像很久沒有找他了。

「大哥？」程雋聽到這兩個名字，不由得瞇眼，「找你們幹嘛？」

「為了最後一瓶藥。」程管家站在程老爺身側，回答程雋，「老爺還送了歐陽小姐一枚古玉。」

「送一枚古玉？」程溫如眉眼微擰，「不用吧？」

程管家笑道，「大小姐，這可不僅是為了那最後一瓶藥，也有交好的意思。歐陽小姐如果真的能找到拍賣的賣家，就不僅僅是一枚古玉能比擬的了。」

程溫如直接站起來，走到桌上拿起自己的包包，拉開拉鍊，拿出裡面的兩個小瓶子，「真的不用！我有！」

程管家跟程老爺都很震驚，「大小姐，您這是從哪裡來的？」

就算是每個月正常提供的十瓶，程溫如也只能拿來一瓶。

「苒苒的。」程溫如回道。

程老爺不知道要說什麼，就看向程雋。

程雋往後靠，語氣慢吞吞地說：「她也需要這些。」

林思然一開始會給秦苒，是因為半夜總是看到秦苒的燈開著，因此想要治秦苒的失眠症。

「那我不能拿。」程老爺皺眉。

程管家的聲音很大，程木不由得抬起頭，一眼就看到了程溫如手上的兩個小瓶子。

秦苒的東西大部分都是由他跟林思然接手的，瓶子的特徵他十分了解。見狀，程木十分淡定地回答：「這個啊，老爺，您就收下吧，秦小姐也送給我過。」

說著，他從口袋裡摸出兩個小瓶子。

自從秦苒特訓過程木，秦苒每個月會從林思然那裡拿多一瓶。但後來都不會經過秦苒的手，林思然沒事就會直接寄給程木。程木很認真地調查過這個忘憂的真偽，可是看到秦苒跟林思然都那麼隨意，像秦苒都隨手放在抽屜裡，林思然更了不起，直接放在垃圾袋裡，聽說有一次放在教室裡，還被收垃圾的收走了，從此程木就再也不認為它是真的了……

而且，秦苒給他的葉子邊緣有隱隱的紅色，跟拍賣場的不太一樣。

程木摸出兩個瓶子後，發現程老爺、程溫如還有程管家都傻眼地看著自己，他不由得頓了頓：「怎、怎麼了？」

「秦小姐送你這個？」程管家看著程木手中的兩個小瓶子。

程管家去年不在程家，自然不知道忘憂的事情，但最近拍賣場的事他也有參與，自然清楚……這一瓶拍賣到了兩千多萬……

程木癱著一張臉，非常老實地說：「秦小姐不能給我嗎？她抽屜裡還有很多呢。」

程管家：「……」

……氣死人的回答。

程溫如也沒有說話，因為她見識過秦苒的抽屜。

之後的談話進行得沒有特別順利，因為程木的那句「很多」，程老爺不知道要說什麼，只看了程雋一眼。

程雋靠著沙發，懶散地挑眉，「別找我，她朋友的。」語氣也慢吞吞的。

「對了，姊。」程雋想起一件事，「明天有個宴會。」

程溫如反應過來，看向程雋，「你的？」

她不太相信，因為程雋不是個會辦宴會的人，除了極個人的晚宴，程雋基本上都不會出席。

現在竟然邀請她？

「不是我的，」程雋笑了笑，「我明天讓程木把請柬送去給妳。」

明天正是魏大師請人算出來的時間。京城人多眼雜，大部分的賓客都是魏大師那邊請的，程雋這邊只有幾個熟人。

當然，魏大師舉辦的也是這個圈子裡很難躋身的晚宴，消息一傳出去，各路圈子的人都會想盡辦法拿到一張請柬。程雋只邀請了程溫如，而程老爺他沒邀請，畢竟程老爺在京城的地位不一般，平常跟小提琴協會也沒有往來，要是突然去了，這個圈子會激起一陣波瀾。

程溫如看了程雋一眼，看不懂他究竟在賣什麼關子。

秦苒在樓上練琴，三個人雖然心中很多疑慮，但都沒有再多說什麼，只是一同離開亭瀾。

程木送他們下樓後又回到樓上，看向程雋，不太明白。

……不就是一株假草，他們的反應有必要……這麼大嗎？

樓上——

秦苒也直接幫林思然填了京大。林思然的分數只含普通課程，沒有任何加分，想要進京大沒問題，不過科系的問題，她還是問了一下林思然。

「要選什麼科系？」秦苒靠在椅背上，腿翹在桌子上，手裡拿著一杯水慢慢地喝。

她撥通了林思然的電話，聽到林思然那邊跟她爸媽討論了半晌，然後選了金融。

秦苒還能聽到林爸爸在那邊嘀咕著「園林綠化」。

通完電話，秦苒就在學校後面填上金融系。填完之後，秦苒的電話又響了。她看了一眼，是京城本地的電話，響了幾聲又掛斷，然後一條訊息傳來——

『你好，我是戴然……』

戴然啊，秦苒瞇了瞇眼，是秦語的那個老師。她看了一眼，沒有回，把手機關成靜音，繼續去練小提琴。

另一邊，林思然剛打完一局遊戲。

語音電話裡，班長在說話，『林思然，妳在京城吧？把資料給我，我明天去學校幫妳填。』

林思然開口，「不用，苒苒幫我填了。」

說完，林思然覺得有些不對勁。

她好像沒跟秦苒說她的准考證號碼、學號跟身分證號碼吧？秦苒是怎麼幫她填志願的？

與此同時，京城沈家——

秦語在外面講電話，沈老爺就看向林婉，壓低聲音：「秦苒真的是高考狀元？」

林婉神色複雜地頷首。

沈老爺不知道秦苒跟林家的糾葛，只笑了笑，「有時間請她來家裡吃飯。」

每年都有一個高考狀元，不是每一個高考狀元都特別厲害，但大部分都不會差到哪裡去，畢竟實力在此。

聽到沈老爺的話，林婉拿著筷子，不知道該說什麼，只是低頭笑了笑，不敢跟沈老爺說她跟秦苒之間的矛盾太深，已經解不開了。

兩人正說著，秦語從外面進來了，手裡還有一張燙金的請柬，沈家人跟林婉都看到了。

「是我老師的電話。」秦語把請柬放到桌子上，笑道。

「戴老師？」聽到戴然，沈老爺的語氣緩和，「是讓妳去協會嗎？」

京城這個地方的水很深，稍有不慎，就有可能全軍覆沒。就如同孟家，連得罪了什麼人都不清楚就消失了。而如今，沈家因為戴然的這層關係，慢慢在金字塔周邊站穩了腳跟。

秦語拿起筷子，淡淡開口：「明天是魏大師的宴會，我老師給了我一張請柬，小姑，妳明天跟我一起去吧。」

「魏大師的宴會？」沈老爺聽到這一句，不由得撐著桌子站起來，「語兒，妳怎麼不早說？讓我們幫妳準備一下禮服跟造型師。」沈老爺說完，看向林婉，語氣非常柔和：「妳等等帶語兒去看看高級禮服，造型師也要重新找一下。」

秦語接觸的人大部分還是戴然的人，不知道京城的勢力分布，也只從戴然他們口中大概聽過「那幾個家族」。

京城的水很深，秦語現在接觸的也不過是淺淺一層，自然不知道更深一點都是什麼人。

不過看沈老爺這麼在意這個宴會，比當初戴然舉辦宴會時還用心不少，秦語有些意識到魏大師可能比她想像得還不一般……

她不由得捏緊手。這個暑假，她一定要考到六級，拿到新學員的第一名！還有……美洲的通行證。

*

翌日，下午五點。

李祕書從外面推門進來，推了一下鼻梁上的眼鏡：「大小姐，您晚上七點有一場宴會？」

程溫如放下手中的筆，「嗯」了一聲，然後伸手按了一下太陽穴。

李祕書點點頭，「造型師會在半個小時後到達，我們直接從公司出發。」

他的安排一向合理，程溫如沒有意見。她接過他手中的請柬，翻開來看了一下，看到請柬上寫的名字，微微瞇起眼：「魏琳？」

「就是魏大師，小提琴協會的。」李祕書已經看過請柬，解釋道。

「我知道，很厲害但低調的一個人。」程溫如闔上請柬，站起來，若有所思。

她只是疑惑，程雋怎麼會給她魏大師的請柬？程雋看起來不像多有音樂細胞的人，以前也沒聽說他跟魏大師有來往，倒是徐家，聽說有個對小提琴十分感興趣的人，跟小提琴有些來往。

傍晚，林婉跟秦語盛裝出席。

她們到的時候，飯店停車場裡已經停了不少輛車。跟秦語一年前見到的一樣，不是不好惹的車牌就是大臺豪華轎車。飯店的大門口依舊鋪著紅毯，兩邊站著保全人員。

秦語的腰背挺得很直，兩人跟在戴然身後把請柬交給保全，然後走進去。

去年，她跟林婉在這裡被保全攔住，告訴她們正門不能走。

今年，她已經能步入這種階級的宴會了。

宴會的排場盛大，林婉跟秦語一進去就能感覺到。兩人在京城參加過最盛大的宴會是戴然當年辦的收徒宴，可是比起今天這一場，簡直是大巫見小巫。

大門旁還掛著魏大師收徒的海報。

「魏大師收了徒弟？」林婉多看了一眼，不太相信，「他當初連妳都看不上，還會收誰為徒？」

沈家人都知道，現在秦語是青秀第一。

很快，林婉就看到了中間那一行字：『魏大師首席大弟子：秦苒』。

魏大師這麼多年來一直沒有收徒，每年能加入協會的新成員都是全國極其出色的小提琴學員，他都沒看上。所有人都覺得他可能是不收徒了，誰知道他竟不聲不響地收了徒弟。

身側不時有來往賓客交談的聲音，「魏大師竟然收徒弟了？」

「秦苒是誰？好像沒聽過。」

「魏大師這麼挑，能被他看上的，一定不簡單。」

聽著耳邊的聲音，林婉確定自己沒有看錯，她暫態間不亞於被五雷轟頂。

她不由得抓住秦語的手腕，「語、語兒，這上面寫的是秦苒？」

秦語也抿了抿唇。她前兩天知道五級學員的事情時，就有猜到這位新學員會被協會裡的那些老師爭搶，誰知道，一直沒有收徒的魏大師竟然也會收徒！

「是秦苒，不過跟您想的不是同一個人。」秦語不知道為什麼，心裡很煩躁，直接開口，「是我們協會今年的新成員，一入會就到五級了。」

「是嗎？」聽著秦語篤定的話，林婉稍微鬆了一口氣。不是就好……

「不然呢？」秦語看著上面的「首席大弟子」，冷諷地開口，「就她那樣好幾年不學琴，還能成為五級學員？怎麼可能會是她！」

秦苒剛去林家的時候，就說過她早就不跟寧海鎮上的許老師學琴了。寧晴被秦苒的這句話氣了半天，秦語記得清清楚楚。

聽秦語這麼一說，林婉也反應過來。

若秦苒被魏大師收為徒弟，林家那邊怎麼說也會聽到風聲，但秦苒半點風聲也沒透露。林婉覺得自己是最近被秦苒的高考成績弄到心慌了，才會覺得魏大師說的那個人是秦苒。

兩人身側，戴然也看著這張海報許久，臉上的笑容都沒了，半晌才抬腳往裡面走。

林婉也鎮定了一下，和秦語跟上戴然。

宴會廳很大，服務生穿梭於人群之間，是秦語跟林婉都從未見過的盛大場面。來往的賓客也都沒有見過，兩人不敢多走動，只跟著戴然後面；戴然則拿著酒杯，偶爾向她們介紹一個人。

這兩個人，今天才算是摸到京城圈子的冰山一角。

六點五十分，李祕書跟程溫如也到了飯店門口。李祕書遞出請柬，然後把車鑰匙扔給了一個保全，有人來幫他們停車，可以看到周圍還圍著不少記者。

是記者，而不是狗仔，這些都是正規報社受到邀請的記者。

「竟然還有記者？」程溫如穿著一件紅色的長裙禮服，捲髮慵懶地披在腦後，勾勒出完美的身材曲線。

李祕書跟過來，也覺得萬分奇怪，「動靜好像不小。」

「程總。」兩人往裡面走，正好遇到張向歌。看到程溫如，張向歌連忙打招呼。

程溫如看了一眼張向歌，她的記性不差，認出了經常跟在程雋、陸照影那群人身後的他。

程溫如略微點頭，「你知道今天這裡要做什麼嗎？」

張向歌為人圓滑，張家本身也無法跟程家、徐家這些家族相比。但是他的社交能力恐怖，連圈子裡最難融入的程雋圈子都能融入，可以確定這個人的雙商絕對不低。

「今天是魏大師的收徒宴。」張向歌狗腿地跟上程溫如。

「收徒？」程溫如略微點頭，她對小提琴不太了解，也不知道魏大師的收徒意味著什麼，「那他徒弟應該也很厲害。」

小提琴她不了解，但她知道魏大師在美洲非常吃得開。美洲聚集著全世界的勢力，能在那裡有一席之地的人都不簡單。有些京城的家族都往美洲擴展了，只是世界上這麼多國家，每個國家都有那麼多勢力，不是隨便一個家族都能步入美洲的，一個不小心就會被美洲吞得什麼都不剩。

張向歌開口，「程總，我聽說秦小姐來京城了？上次見面，我還邀她去京城到處逛逛呢，沒想到這麼快就過一年了。」

「你認識苒苒？」提到秦苒，程溫如的表情稍微變了一下，精緻的眉角微挑。

「去年十月……」張向歌看到程溫如的表情，就知道她對秦苒的態度，連忙說起去年秦苒、程雋那群人發生的事。

兩人一邊聊著，一邊往裡面走。

宴會廳的門口貼著海報，不過兩人一路上都在聊秦苒，沒有注意到。

跟在兩人身後的李祕書看到了，腳步頓了一下，忽然開口：「大小姐，您等等。」

「怎麼了？」程溫如雙手環胸，微微頓住。

張向歌也停了下來，看到李祕書望著門口，他也朝那個方向看去，一眼就看到了首席大弟子的海報——嗯，是秦苒。

張向歌愣了一下，程溫如也才反應過來程雋給她這張請柬的意思。原來是秦苒的拜師宴？

她這幾天也知道秦苒每天晚上都在練琴，但並沒特別在意。她小時候也學過樂器，但只是跟著老師學學，能完整彈出一首曲子、在外行人面前騙騙人，可是在什麼專業人士眼裡就不太夠看。

原本程溫如以為秦苒也是這樣的存在，畢竟她也聽說過秦苒的家庭環境，可她沒想到秦苒的小提琴真的拉得非常好，好到能被魏大師收為徒弟！

「秦小姐竟然是魏大師的徒弟？」張向歌也反應過來，難怪能在這裡看到程溫如。

心底也有些莫名，京城從去年就開始流傳著秦苒的傳言。

不知道是從誰哪裡傳出來的流言，幾乎整個圈子的人都知道程雋身邊有一個貌似村姑的人，以至於一個月前高考時，程家還幫秦苒找好了大學……

張向歌之前只在天堂會所見過秦苒一面，對她了解不多，卻知道陸照影跟程雋都很看重秦苒，所以沒有與那群人討論過她的事。現在，張向歌覺得秦苒可能跟他們想像的不一樣……

「應該就是苒苒了。」程溫如點點頭。

經歷過秦苒的抽屜，現在程溫如覺得這件事也沒有那麼難接受。

兩人進去後，程溫如熟門熟路地，很快就在角落的沙發上找到了程雋。

兩人一路走過來，不少人認出了程溫如，上前打招呼。不過看到沙發上的程雋，這些人的臉色迅速變換，並瞬間離開。

「你竟然不告訴我魏大師的事。」程溫如從服務生的托盤中拿起一杯酒，居高臨下地看他。

程雋沒看向她，只是望著一個方向，語氣不緊不慢：「現在知道了？」

程溫如順著他的目光看去，秦苒跟魏大師正從旋轉樓梯上下來。

魏大師今天請的人，都是他精挑細選的，也是為了幫秦苒進一步鋪路。這不僅僅是因為秦苒是他的關門大弟子，也是因為陳淑蘭臨終前的囑咐。

「苒苒，這世界比妳看到的大很多，也還有很多妳看不到的勢力。」魏大師壓低聲音，「不要覺得今天是個終點，今天，只是妳邁向這個世界的起點。」

說著，他往前走幾步，為秦苒介紹一位老人：「這是美洲協會的副會長，妳叫他恩格老師就好了，至於美洲，兩個月後我再和妳解釋……」

「恩格老師。」秦苒非常有禮貌地叫人。

副會長打量了秦苒一眼，然後看向魏大師，舉起酒杯：「這就是你選的徒弟？我很期待她。」然後又看向秦苒，「聽妳老師說，妳現在是五級，而且兩個月後能達到六級，我很期待妳，也很期待我們美洲能迎來新的成員。」

雙方打完招呼，魏大師繼續帶她認識別人。

恩格拿著酒杯，看著秦苒的背影，很是疑惑：「我總覺得她有點眼熟……」

身邊的人想了想，回：「可能因為東方人都長得一樣吧。」

恩格微微瞇起眼：「是嗎？」

與此同時，秦語跟林婉一直跟在戴然身後。

戴然在小提琴協會中幾乎僅次於魏大師，實力也不錯，但那只限定於小提琴協會，要是將格局放大一點，比如京城，他跟魏大師的差異就很明顯了。

秦語跟在戴然身後，戴然也為她介紹著。

兩人說完，看到林婉端著一杯酒，愣愣地看著一個地方。

魏大師作為今天的主要人物，他走動的方向人總是最多的，林婉自然也注意到了。可是一看到那邊，眼睛就動不了了。

「小姑？」秦語叫了她一聲，有些疑惑地順著她的目光看過去。

正巧看到魏大師向秦苒介紹恩格的畫面，她也愣住。

戴然的一杯酒見底，正把酒杯放到服務生的托盤上，重新換了杯酒。

「妳在看恩格先生？」他注意到秦語的目光，「恩格先生是美洲協會的副會長，也是美洲皇家演奏廳的負責人，馬斯家族的門客。語兒，妳今年暑假要把握好機會，進入美洲協會。」

「不……不是，」林婉看向秦苒的方向，目不轉睛，「秦苒怎麼會在這裡？」

戴然轉頭，看了眼林婉，「妳說秦苒？她是今年協會的五級學員。這麼多年來，第一次有剛入會就達到五級的學員，現在是魏琳的徒弟，妳們認識她？」

一切發生得太過突然，林婉茫然失措地看向秦苒那邊，好像石化了。

剛來這場宴會的時候，她就聽秦語說過魏大師跟他的徒弟，爾後跟在戴然身後，又聽到不少人提過。到後來，林婉也不覺得被收為徒弟的那個秦苒跟自己認識的會是同一個人。

直到現在，戴然的一句話把她猛地拉回現實。

林婉幾乎是喃喃開口：「原來魏大師的徒弟真的是她？」

這一句，讓戴然更加確定林婉認識秦苒。他不由得瞇起眼，語氣十分遺憾：「早知道妳們認識，我當初就直接找妳們了，也不會讓魏大師捷足先登……」

戴然感嘆了一會兒，才低頭看向秦語，「不過這個秦苒剛來協會，距離美洲協會開放的時間只剩兩個月不到，今年她沒辦法跟妳搶名額，不然妳就危險了。」

戴然推估秦語的水準，在兩個月後也能達到六級。

秦語進入協會十個月，去年年底從小提琴四級成功升到五級，如今過了半年，升到六級也在意料之中。而秦苒的天賦雖然可畏，但兩個月的時間，大抵也在六級。

幸運的是，秦苒比秦語大一歲，所以協會選擇的仍會是秦語。

但此時，秦語根本就沒有心思聽戴然的話，只低頭看著自己的雙手。

從到京城、步入美洲開始，秦語就把自己跟以前的生活畫下了一道界線。她沒有把秦苒、秦漢秋那群人看在眼中，還曾經駁斥秦苒不懂小提琴……

接下來的宴會，她都沒有心思參加了。

秦苒會小提琴？還是一進小提琴協會，就達到五級的學員？更是魏大師的徒弟？

這世界是出了什麼問題！

秦苒不知道林婉跟秦語因為她，都快瘋了，她一整晚就跟在魏大師身後，認識了一堆人。

除了恩格，其他都是魏大師在京城的核心人脈。

「聞音老師，你們應該很熟。」魏大師向秦苒介紹，「這位是我們京協的劉副會長，以後妳有事可以找他……」

這一圈都是小提琴協會的人，看到魏大師帶秦苒過來了，全都站起來，秦苒十分有禮貌地一一打招呼。介紹完一圈，魏大師帶她去另一個圈子。

等魏大師一行人走後，劉副會長這群人才面面相覷，其中一人開口：「魏老真的收徒了，不然，我真怕魏老在京協會被架空。不過一個人也太少了。」

「這一個人比現在京協的所有學員都還出色。」另一人瞇起眼，笑道。

「這倒是，那個秦語花了四個月，從四級考到五級。五級到現在都過半年了，還沒到六級，」旁邊的人抿了一口酒，收回目光，微微思索，「不知道她們誰先考到六級？」

「肯定是秦語。她達到五級後，在小提琴協會學半年多了。那個秦苒雖然天資恐怖，但我猜她應該四五個月後才能考到六級。」

其他人想了想這個速度，不由得咂舌。

並不是說秦語先考到六級就比秦苒厲害，京協的這些人算的是時間。秦語從去年年底到現在，花了七個月的時間還沒考到六級。當然，聽說是馬上就要到達六級，但秦語的速度在京協真的算很快了，有些人學三年都不一定能到達六級。而這些老人推算著，秦苒要到達六級只需要四五個月……

聽到這些人的討論，站在一旁的聞音只喝著酒，並不參與。

「聞主任，這個秦苒是什麼來歷？」劉副會長注意到了他，拿著酒杯看向聞音，「你覺得她幾個月能考到六級？」

聞音朝他舉杯，沒有透露，只開口：「不清楚。」

「難不成……會是三個月？」看到聞音那樣，劉副會長頓了一下。

聞音依舊笑道，「魏大師叫我，你們先聊。」

其實……還能更令人吃驚。

他跟劉副會長打了個招呼，就朝魏大師那邊走過去。

聞音的表情著實有點耐人尋味，劉副會長看著他的背影，不由得瞇眼：「難不成是兩個月？」

身側的人聽到劉副會長嘀咕，轉過身來問：「副會，什麼兩個月？」

「沒什麼。」劉副會長搖了搖頭，直覺不可能。

跟著魏大師招搖了一圈，秦苒才來到程雋跟程溫如這裡。

看到秦苒過來，張向歌連忙放下手中的酒杯，「秦小姐。」

秦苒瞇眼看了看他，點點頭，「又見面了。」

雖然之前只跟張向歌說過幾句話，但她的記性一向很好。

這讓張向歌十分驚訝，甚至有點受寵若驚。他之所以記得秦苒，是因為秦苒是不好惹的人，所以他用心去記得。而且就秦苒的長相和氣質，通常很難忘記。可是，秦苒竟然也記得他？

張向歌看向程雋，「聽說秦小姐在京大，我在京大也認識學生會的幾個人，秦小姐以後有什麼問題就打電話給我。」

程雋摸著下巴看他，「可以。」

張向歌立刻留了自己的連繫方式給秦苒，還趁機加了微信。

程溫如好不容易等到秦苒來，有滿肚子的疑惑要問她，不僅僅是魏大師，還有她那個抽屜的事情……只是宴會上人多眼雜，還有不少端著酒杯來認識程溫如或者秦苒的人，程溫如就一直忍著沒問。直到一場宴會結束，程溫如才跟秦苒、程雋一起離開。

「李祕書，你把我的車開回去。」

程溫如坐上程雋車子的後座，之後把秦苒也拉上後座，讓程雋開車。程雋也沒有說什麼，只是看了程溫如一眼就發動車子。

張向歌看著他們的車離開，鬆了一口氣。口袋裡的手機響了一聲，張向歌低頭看，是狐朋狗友的訊息：『**歐陽薇過幾天有個局。**』

若是以往，張向歌肯定不會放過這個機會，畢竟現在在京城圈子裡，歐陽薇是正炙手可熱的第一名媛，不管是歐陽家的身分地位，還是歐陽薇本身……

可現在，張向歌回絕了狐朋狗友。歐陽薇的心思在圈子裡不是祕密，去了她的局，她一問話，張向歌又不能不回答，畢竟歐陽薇他得罪不起，唯一的辦法只有避開她。

手機另一頭，狐朋狗友有些摸不著頭緒：「他們都是怎麼回事？張向歌不是個『交際花』嗎，這麼好的機會他不來？還有程木，以前看到歐陽小姐，跑得比誰都快……」

*

這一邊，車上，程溫如終於找到了機會跟秦苒說話。

「苒苒，妳抽屜裡的那些忘憂是在哪裡買的？」沒了外人，程溫如有些隨意，就是聲音急切。

秦苒歪頭看著窗外，語氣有些漫不經心：「不是，都是朋友送的。」

程溫如：「……」她一時間竟不知道該怎麼回答。

紅燈，程雋停下車子，手握著方向盤，目光瞥了一眼後視鏡並輕笑一聲。

「那妳知道為什麼這一次市面上突然沒有忘憂了嗎？」半晌，程溫如問出最關心的問題，「以後還會有嗎？」

她自然沒有問秦苒，忘憂的賣家是誰。

那賣家把自己藏得這麼隱祕，肯定是不想讓人知道，程溫如也沒有讓秦苒為難。

「這個我知道……」秦苒摸著下巴想了想，很認真地回答程溫如，「因為他們家養的寵物不聽話，把那些草啃了。」

程溫如再次：「……」

在秦苒說出這個答案之前，程溫如想了很多，比如培育困難、被仇人謀害了、惡性競爭……

她唯一沒有想到的是，竟然是被寵物啃了！

在金融中心的高級公寓大門前，程雋停下車，手抱著椅背側身看程溫如，語氣很有禮貌：「妳家到了。」

程溫如默默下車，跟秦苒互相道別。轉身要走的時候，似乎聽到程雋跟秦苒說「副駕駛座」。

她看了一眼程雋的車，嘖了一聲，「這小子也有今天……」

說話間，她也拿出手機打給程老爺。忘憂還沒絕種，這件事她要跟老爺報備一下。

＊

程家，程饒瀚剛回到家，也終於得到了歐陽薇的回答。他連停都沒有停，直接帶著他的人去正屋找程老爺。

現在是晚上九點多，程老爺還在逗鳥，沒睡。

「什麼事？這麼晚來找我？」程老爺的精神還不錯，看到程饒瀚過來，就放下了手中的鳥食，示意程饒瀚等人坐下。

程管家為他們端來幾杯茶。

程饒瀚也等不及了，直接開口：「爸，剛剛我的人得到了歐陽薇的回覆，明天就能見到拍下忘憂的人了，我會把忘憂帶回來給您。」

程老爺也坐好，端起手邊的茶。聽到程饒瀚的話，他只略微點頭，沒有激動也沒有興奮，表情平淡：「這件事暫時擱置。」

程饒瀚本以為會得到程老爺的讚賞，沒想到得到的反應會這麼平淡，不由得愣了一下，「爸？」

他把手中的杯子扔到桌子，十分震驚。

「你大晚上來找我，就是為了這件事？」程老爺喝了一口茶，眸色很淡，神情威嚴。

程饒瀚不知道情況有變，但老爺的威嚴還在，他只點頭。

程老爺放在桌上的手機響了，是程溫如打來的。他朝程饒瀚擺了擺手，不多言：「程管家，送大少爺出去。」

程饒瀚一回來就滿心歡喜地來跟程老爺報告這個消息，現在也不敢多問，出來後才敢開口：「程管家，我爸怎麼了？我花了好大的代價才透過歐陽薇從一二九那裡得到了買家的消息，錯過這個機會，不知道什麼時候才會有忘……」

程管家看著程饒瀚，不由得搖頭嘆了一聲，然後從口袋裡掏出一個小玻璃瓶：「大少爺，你看這個。」

程饒瀚本來還想說什麼，一轉眼就看到程管家手中的東西是一瓶忘憂，瞬間如同見到鬼。

「你們怎麼還有額外的？」

拍賣場不是都沒有了嗎？誰手裡還有這些東西！

第五章　來搞事吧

翌日，星期一。

一個星期過去，每星期一早上八點到十點，小提琴協會的二樓跟一樓教室都會進行公開課。

秦苒跟汪子楓兩人七點就到了訓練室練習。

昨天的晚宴，小提琴協會只有少數幾個高層參加，但魏大師收徒的消息在小提琴協會傳開了。

「聽說昨晚小提琴界有一場名流宴會，魏大師還收了個徒弟，」汪子楓拿著小提琴，他的消息一向非常靈通，才經過一晚，他連魏大師收了個徒弟都知道，正在跟兩位同伴分享，「都是京城的大人物，我們協會也只有五六個人去……」

說到這裡，他壓低聲音，「似乎還有美洲的人。」

當然，他只大略知道有什麼人去參加，至於到底是誰，他也不清楚，只能說個大概。

京城的這種高級宴會隱祕性很高，去的都是有身分的人，不會嚼舌根。至於其他服務人員……他們誰敢把這些大人物的事情往外抖？只有幾家媒體報導了些許。只是現在網路流量至上，網路上每天都是那些當紅藝人分手、自拍的大戲，專業性、學術性的報導在這裡都激不起半點水花。

「美洲？」田瀟瀟放下手中的書看向他，有些好奇。

「天才雲集，」汪子楓說得含糊，沒多解釋，只是看向秦苒，「秦苒，戴老師還沒動靜嗎？他怎麼還沒找妳？」

真的不科學，以秦苒的分量，不說戴然，其他老師也不會無動於衷，連汪子楓都有好幾個老師來詢問了，秦苒這麼優秀，不可能沒有老師找她。

秦苒把耳機塞進耳朵裡，低下頭，似乎是沒聽到。

汪子楓也沒在意，他看了眼時間，快到八點了，就站起來，「兩位，快走了，今天有公開課，機會難得，不知道是哪位老師講課！」

有些進入小提琴協會的出色學員會被七級或八級的老師收為徒弟，可以上私人課程，其他沒有老師的學員只能聽每星期一次的公開課，有時候運氣好，還有可能遇到魏大師！

那時候即便是秦語，也會放下手邊的事去聽公開課。

今天來的這位老師似乎有點分量，汪子楓去搶位置的時候，已經被占了一大半。

「來聽課的人好多。」汪子楓占了中間那排的位置。

八點，講課老師帶著隨身碟進來。一看到老師的臉，學員一個個興奮地相互討論起來。

來人正是戴然。

他打開投影機，對教室裡的人介紹自己：「我是戴然，你們可以叫我戴老師，今天我來講講動作模仿、內心感悟這兩方面……」

秦苒聽了一會兒。戴然作為僅次於魏大師的人，在小提琴方面的造詣自然很厲害，至少是現在的秦苒比不上的。

她帶了一本書來，一邊翻看著書，一邊聽著戴然的課程。

聽到一半，她的手機震動了一下，是聞音傳來的訊息。

『在哪裡？』

秦苒很老實地回答：『二〇一聽課。』

手機另一頭的聞音以為自己看錯了，過了半晌才回：『我知道了。』

他放下手機，看向坐在會議室的魏大師，失笑：「秦苒小姐去聽公開課了，好像是跟她的組員一起。」

這還真是頭一遭，魏大師都沒想到他的學生會去聽公開課，這是對他這個小提琴協會的會長多沒自信啊？

「她之前是在哪個訓練室練習？」魏大師放下手中的文件。

「二一一訓練室。」聞音很關心秦苒的學習進度，自然很清楚。

「好。」魏大師撐著桌子站起來，又彎腰拉開抽屜，拿出他昨晚剛做好的訓練表格，「我直接去找她，協會這邊由你看著。」

一個星期過去，他要檢查秦苒的學習進度，並給她一份新的訓練表。

聞音送魏大師離開。

等魏大師離開，會議室內的人才繼續剛剛的話題，略顯憂慮：「戴老師昨天好像又收徒了。」

戴然是鐵了心跟魏大師槓上了，會收下那麼多優質學員，不就是要在兩個月後，美洲協會的招生表演上讓自己的學生大出風頭嗎？但魏大師只有一個徒弟啊。

兩個小時過得很快，十點，公開課結束，戴然收拾好自己的東西。

田弋筠站起來，拿著筆記恭恭敬敬地走到他身邊，聲音很響亮：「老師，我昨天有一個點想不通。」

戴然這一次看中的學員本來是秦苒，但昨晚魏大師都公開選秦苒為徒弟了，戴然只能退而求其次，看中了田弋筠。

「是弋筠啊。」戴然對自己的徒弟很有耐心，他看了一眼田弋筠的筆記本，聲音和緩：「這個問題有些複雜，走吧，去我辦公室，妳師姊也在那裡。」

田弋筠闔上筆記本，跟在戴然身後往外走。

她笑得一如既往的甜，一張娃娃臉也很惹人喜歡，但此時眉宇間有些掩飾不住的得意。

秦苒是五級學員的消息傳出來後，田弋筠也消沉過一段時間，因為她原本以為戴然一定會選擇秦苒，但沒想到昨天晚上峰迴路轉。

這樣想著，她不由得看向秦苒的方向，對方低著頭，看不清表情。

等戴然兩人離開，教室裡的其他人才反應過來，十分震驚。

「田弋筠竟然拜在戴老師門下了？」

「我靠？」

有人忍不住看秦苒的方向。

「那是昨晚的事情。」李雪作為田弋筠的代言人，直接被其他人圍住，她也不隱瞞，「戴老師人很好，弋筠還拿到他的私人筆記了，等她看完就會給我看。」

一個多星期前，李雪對自己的決定確實非常後悔。畢竟人往高處走，知道自己失去了一個跟五級學員組隊的機會，她會怎麼不捶胸頓足呢？但現在戴老師收了田弋筠為徒，沒有收秦苒，讓李雪有了些許安慰。

「這簡直太不科學了！」汪子楓擰著一雙俊氣的眉，沉聲開口，「為什麼戴老師沒有選妳？」

秦苒拿著一本書，慢悠悠地跟著他們走，手放在腦後。

田瀟瀟拿著秦苒的學員卡去開訓練室的門，不緊不慢地開口，一張妖嬈的臉上笑意不減：「淡定一點，萬一是戴然眼瞎呢？」

汪子楓：「……」妳都這麼激動了，還叫我淡定？

滴——門打開後，田瀟瀟先進去，汪子楓跟隨其後，秦苒關上門。

汪子楓不太高興，有氣無力地往小提琴走，「我先練……」

他一句話還沒說完，看到書架旁站了一個老人，對方手上還拿著一本書。

似乎是聽到了聲音，老人側過身，露出一張蒼老又威嚴的臉。

田瀟瀟不認識這個人，很有禮貌地問：「請問您是？」

田瀟瀟剛進協會沒多久，以前也沒有去看過魏大師的演奏會，尤其是魏大師經常奔波於國際之間，田瀟瀟不認識他很正常。

魏大師微微頷首，表情還算溫和，「我是秦苒的老師。」

「喔，」田瀟瀟點點頭，反應過來，「您好。」

「最近練得怎麼樣？」訓練室裡人不多，魏大師看向秦苒，抬抬下巴，示意她去窗戶那邊聊。

「還可以。」秦苒把書扔到桌上，走到窗邊拿起一把小提琴，「不過有幾個疑問……」

魏大師把新的訓練表放到一旁，聽著她說。因為訓練室裡還有其他人，兩人的聲音壓得有點低。

汪子楓還站在原地，沒動。

「你沒事吧？」田瀟瀟沒去打擾那對師徒，她用手撥了撥頭髮，看向汪子楓。

汪子楓現在才動了動手，像見鬼了一般。

田瀟瀟去兩旁的書架上找書，見到汪子楓也走過來，她湊過去，用只有兩人能聽到的聲音：「為什麼秦苒的老師不是戴然啊？」

「戴然？」聽到這個名字，汪子楓終於清醒過來，看了田瀟瀟一眼，「妳知道她老師是誰嗎？」

「沒見過。」田瀟瀟抽出一本書，語氣裡還有些遺憾。

汪子楓面無表情地看她一眼：「魏大師。」

「誰？」

汪子楓重複：「魏大師。」

啪！田瀟瀟手中的書掉在地上。

沒過一會兒，田瀟瀟跟汪子楓兩人都坐在魏大師身邊，聽魏大師講課。

接近十二點的時候，魏大師才有事要處理，就留下一份新的訓練表給秦苒，他則站起來，語氣很感嘆：「進步很快，對妳，我可能要做新的規畫。」

秦苒就這麼站著，低頭翻看新的訓練計畫，語氣不緊不慢：「還可以吧。」

魏大師微微低頭看著自己的徒弟，心想著他要她在兩個月考到六級，真的不難。

等魏大師離開了，田瀟瀟跟汪子楓兩人才目不轉睛地看著秦苒。

秦苒淡定地收起訓練表，朝兩人抬抬下巴，淡定地開口：「去吃飯。」

「其實這件事也算正常……」汪子楓跟上秦苒，「秦苒是這群新學員中最出色的一個，肯定是那群老師的爭搶對象。」

只是他一直以為會是戴然，所有人，包括一群老師都沒有考慮過魏大師，因為魏大師從未收過徒弟……

田瀟瀟跟在兩人身後，拿出手機認認真真地傳了一條訊息給經紀人。

『實不相瞞，我真的是歐皇！』

經紀人依舊毫不留情，回得很快又言簡意賅：『呵。』

緊接著：

『所以今天的妳被大導演挑中演女主角了嗎？』

『今天的妳跟秦影帝一起拍電視劇了嗎？』

『今天的妳有一千萬粉絲了嗎？』

『妳只是網路劇裡演一具屍體的小配角（微笑）』

死亡三連問，田瀟瀟默默收起了手機。

一行三人來到了協會裡的食堂二樓，汪子楓熟練地點好了菜。

身邊正巧是田弋筠那群人。田弋筠那一桌很多人，正在熱烈討論戴然老師的問題。

「真的嗎？妳在戴老師那裡看到秦語了？她是不是很厲害？」

似乎是有意放大聲音的，說得特別大聲，秦苒這一桌聽得清清楚楚。

田弋筠的娃娃臉上笑意十分明顯，「戴老師跟秦語師姊人都很好……」

聲音特別吵。秦苒靠著椅背，眉頭擰起，腿微微翹著，手指沒什麼規則地敲著，很不耐煩。

隔壁那桌的人都是田弋筠那一群的，看到秦苒等人來，故意放大了聲音。

這若是在幾個小時前，田瀟瀟跟汪子楓肯定很氣，只是現在……

田瀟瀟淡定地幫秦苒和自己倒了一杯水，笑咪咪地看向汪子楓：「汪子楓，今天魏大師說的技術要求，你記下來了沒有？」

聲音也不小。

「當然，魏大師說的，我都記在筆記本上，回訓練室拿給妳。」汪子楓反應過來，立刻接道。

「感謝魏大師看在秦苒的面子上，不嫌棄我們。」

「畢竟是秦苒的老師魏大師。」

「是的，魏大師是個好人。」

兩人你一句我一句，句句不離「魏大師」。隔壁桌的說話聲漸漸消失，這兩人還在「魏大師」、「秦苒」的，好像別人聽不見一樣。

秦苒本來很不耐煩，看見這兩人這樣，她這個一向不知道什麼叫「尷尬」的人此時也有點忍不住。

「不是，」她敲敲桌子，靠著椅背，側身笑罵，「你們兩個夠了啊。」

「好吧。」田瀟瀟伸手撥了撥自己的捲髮，點點頭，略顯遺憾地說了最後一句：「秦苒，十分感謝妳的老師魏大師。」語氣還非常真誠。

秦苒：「……」

這兩人……怕不是戲精學院的。

等他們三人吃完飯離開，隔壁桌的田弋筠那群人才回過神來。

其中一人忍不住開口，「我也聽說魏大師收徒了，沒想到會是秦苒，難怪戴老師……」說到這裡，另一人掐了一下他的手臂。

那個人看了一眼田弋筠的表情，立刻收回到嘴邊的話。

戴然雖然僅次於魏大師，但就算是十個戴然，也比不上一個魏大師，這不是能用數量衡量的。

「汪子楓他們運氣真好，聽說魏大師教秦苒的時候，他們還能旁聽。」有人忍不住開口，語氣裡不乏羡慕嫉妒。

只是說到這裡的時候，這些人都下意識地看向李雪，畢竟李雪才是最先分配到秦苒那一組的。

李雪的神色有些僵硬，表情控制得還可以，但心裡早就像在被螞蟻啃噬著，刺刺麻麻的。

田弋筠的娃娃臉上似乎只有一個甜笑的表情，「我師姊過幾天就要去考小提琴六級了。」

「這麼快就要考六級了？」桌旁的人又勉強打起精神，但最終是沒胃口吃下這頓飯了。

「好恐怖，她不是去年年底才考到五級嗎？」

＊

第五章　來搞事吧

傍晚，下課後，今天下午秦苒三人提前離開，一起下樓。

田瀟瀟的經紀人還沒來，秦苒也沒提前通知程雋，估計還有半個小時才會到。外面很熱，三個人就到對面的咖啡店等人。

小提琴協會的不遠處有個影視基地，偶爾能遇到一些不是特別出名的藝人。三個人剛進去，迎面正好遇到了一行人。

為首的是一個男人，他看了田瀟瀟一眼，似笑非笑地開口：「原來是田大明星。」

當然，他沒看向田瀟瀟身邊的汪子楓跟秦苒兩人。能跟田瀟瀟混在一起的能是什麼人物，他就一副陰陽怪氣的樣子。

田瀟瀟看了他一眼，直截了當地說，「謝謝。」

「妳還真敢回應。」男人眯眼看著她，也不在意她的語氣，譏誚地開口，「我早就知道不能帶妳了，若是沒有妳，我們團隊早就……」

秦苒用手壓低帽子。她囂張慣了，不知道什麼是收斂：「麻煩讓一讓。」語氣散漫又欠揍，「好狗不擋路。」

說得很不客氣。

男人大概沒被人這麼說過，似乎有些惱怒，冷笑著看了田瀟瀟一眼，「田瀟瀟，我看妳是真的不想混了！」他臉色漆黑地看了田瀟瀟等人一眼，然後轉身離開。

田瀟瀟似乎心情又變好了。

等坐到窗邊的位子，服務員端來咖啡，田瀟瀟才攪著咖啡開口：「剛剛那是我之前的經紀人。」

汪子楓是個直男：「現在呢？」

「他跟我解約了。」田瀟瀟取下墨鏡，不在意地回。

秦苒慢條斯理地喝著咖啡，挑起眉沒說話。

沒多久，咖啡店外停了一輛保姆車。田瀟瀟的經紀人從車上下來，氣呼呼地踩著高跟鞋走進咖啡廳，目光轉了一圈，很快就看到了田瀟瀟：「田瀟瀟，妳這萬年非酋又給我鬧事！妳不知道白天天跟她的經紀人已經簽入江氏了嗎！妳還給我惹他們！妳是不是不想在演藝圈混了！」

聲音好大。秦苒掏了掏耳朵。

田瀟瀟戴上墨鏡，已經習慣了，她跟秦苒兩人揮手告別：「明天見。」

她的經紀人也是急了才會張口就來。

意識到秦苒跟汪子楓也在，她還是給田瀟瀟留了點面子，沒繼續說下去。

「妳是瀟瀟朋友吧？」經紀人看了秦苒一眼，語氣立刻變溫和：「有進演藝圈的打算嗎？」

「沒。」秦苒側頭看了一眼窗外，一眼就看到程雋停在對面的車子，她扣上鴨舌帽：「我先走了。」頭也沒回地朝他們敷衍地揮手，慢悠悠地朝門外走。

經紀人看著她的背影，滿臉遺憾。這女孩想也沒想就這樣直接拒絕，看來是一點打算都沒有。

秦苒走了，汪子楓也沒有多留，跟田瀟瀟打了個招呼也回家了。

田瀟瀟跟經紀人一起上了保姆車。

「我說真的，妳沒事別跟白天天他們槓上。」田瀟瀟經紀人坐上後座，語氣嚴肅，「她簽進了江氏，一句話都能讓妳這個小新人撞得頭破血流。」

田瀟瀟雙手環胸，滑著手機，自己的粉絲依舊是一百零二萬，大部分還是經紀人幫她買的機器帳號。她「嗯」了一聲，很鬱悶：「知道了，溫姊。」

進演藝圈的人有誰不想混出名堂來？田瀟瀟以童星出道，現在十幾年了，也只能接演小配角，時間久了，她自己都淡定了。

她的前經紀人是看中她的顏值跟潛力，後來遇到白天天就跟她解約了，她則被公司分配給溫姊……溫姊本來是帶白天天的，不過也很倒楣，手下最有潛力的藝人白天天被田瀟瀟前經紀人看中之後，換成了非酋田瀟瀟。論運氣，這兩人在演藝圈裡也確實沒人能比。

＊

另一邊，秦苒也坐上了副駕駛座，還打包了一杯奶茶。

「今天提前了？」程雋看了秦苒一眼，問。

「星期一，傳統。」秦苒咬著吸管喝了一口奶茶，側頭看了一眼。

程雋點點頭，發動車子。

這時放在車上的電話響了。他一手握著方向盤，一手要拿手機。還沒拿到，就被秦苒用兩根手指捏走了。

秦苒咬著吸管，看他一眼，慢條斯理：「你看什麼看？」

程雋收回目光，想起來，眉眼溫和舒雋：「兩隻手開車，沒忘。」

「江東葉。」秦苒一眼就看到手機上顯示的名字，直接按下接聽鍵。

她想起江東葉跟顧西遲也在京城的事了。自從顧西遲來京城後，就很少傳訊息來，秦苒只知道他這半年都在京城的醫學實驗室，不知道在研究什麼。

『雋爺，你知道雲光財團的大動靜嗎？』那邊的江東葉放下手中的筆，開口。

「不知道。」秦苒靠著椅背，面無表情。

江東葉：『……秦小姐？』

秦苒「嗯」了一聲，開啟擴音：「你說吧。」

江東葉說的無非就是雲光財團ＥＡ機器人跟智慧系統的事，昨天剛開了發表會，今天還上了熱門排行榜。

雲光財團總部就在京城金融中心，儼然是有入駐京城的打算。不少勢力都有派人查探過雲光財團的底細，畢竟這是亞洲五大集團之二的巨擘，然而直到今天，也沒有哪個家族成功潛入雲光財團的核心。江東葉不敢問自家老爺，就來問程雋。

程雋專心致志地開車，就隨意地「嗯」了一聲，這讓江東葉十分受傷。

他要掛斷電話的時候，秦苒放下奶茶，撐著下巴問了他一句：「你是開經紀公司的？」

秦苒記得江東葉在雲城的時候說過。

剛剛田瀟瀟的經紀人說江氏的時候，她也稍微注意了一下。

『是的，秦小姐，妳有什麼指示嗎？』電話那頭的江東葉站起來，『妳是要進演藝圈嗎？我一定會給妳頂級資源、頂級經紀人……』

「不，我不是，沒想過。」秦苒坐直身體。

江東葉的聲音中充滿遺憾：『好吧。』

車轉過一個彎，秦苒才繼續撐著下巴，「你們公司有一個叫白天天的藝人？」

『白天天？』江東葉陷入迷茫，「啊」了一聲，『我不知道。』

掛斷電話後，江東葉手指敲著桌子，半晌後撥打內線電話，叫了助理過來。

「江總？」助理看了江東葉一眼，立刻開口，「是顧哥又缺什麼了嗎？」

江東葉經紀公司裡的所有人員，都知道有位顧哥很了不起。

「不是，」江東葉收起文件，「我們公司有叫白天天的藝人嗎？」

「沒印象，我查查。」助理收回目光。

亭瀾——

秦苒跟程雋一回來，一眼就看到了坐在沙發上的程溫如。她一手拿著簽字筆，將資料夾隨意放在腿上，嚴謹肅穆地批著文件。李祕書站在她身側，手裡還拿著一疊文件。

「妳怎麼又來了？」程雋把鑰匙丟到沙發上，擰著眉頭看程溫如。

程溫如聽到聲音，直接闔上手中的資料夾，不動聲色地開口：「我要跟你說正事。」

「完全不想聽。」程雋很禮貌地打斷了她。

「那你就這樣到處遊蕩？」程溫如把資料夾遞給李祕書，雙手環胸，往沙發上靠，「頂著程家太子爺的名聲，遊手好閒？」

程木拿著一盆花，面無表情地從程溫如面前晃過來，又拿著一杯茶面無表情地從程溫如面前晃過去。

程溫如扶額：「程木，你給我坐好！」

程木坐在茶几旁，默默端著茶杯。

廚房裡，從程家過來的廚師已經做好了晚飯，正站在廚房門口等他們吃飯。

程雋看了秦苒一眼，「去吃飯。」

秦苒點點頭，她等等還要練琴。

剛坐到飯桌旁的椅子上，門鈴聲響起，程木立刻放下手中的茶杯，跑去開門。

門外站著兩個人，程木認出其中一位，連忙開口，語氣中帶著敬意：「周校長？」

他以前也是讀京大的，不過他不是自己考進去的，是京大收下程雋時附送的⋯⋯

「嗯。」周校長點點頭，語氣溫和：「秦苒同學在家嗎？」

「在，秦小姐在。」程木轉過身，讓周校長進去。

都是同一個圈子的人，雖然程溫如當時讀的是A大，但她也認識周山，停下跟程雋的對峙，連忙站起來：「周校長。」又看向程雋，壓低聲音：「你還認識周家人？」

程雋不是一直都「老子天下第一」，除了幾個兒時玩伴，其他家族都不關注的嗎？還跟周家有交情？

「不熟，應該不是來找我的。」程雋也站起來，懶散地把手中的茶杯放下。

程溫如瞇了瞇眼，想不通。

周山的眼睛一掃，就看到坐在飯桌上的秦苒。他先跟程雋、程溫如打了招呼，才看向秦苒，介紹他身邊的另外一個人：「這是我們學校數學系的院長，我是帶他來找妳的……」

在秦苒選京大之前，周山就捷足先登，把秦苒的檔案調到京大了。檔案中有秦苒的照片，尤其是她這張臉……簡直比明星還好認，周山一眼就認出了秦苒。

京大的一些院長也注意到那個全國第一填了京大，一時間都在猜測她到底選哪個科系……直到今天下午，她選的科系公開，有些人就坐不住了。

數學系的院長不等周山說完，直接打斷他，看向秦苒：「秦苒同學，今年數學這麼難，妳都能考滿分——全國唯一的滿分，可見妳在數學上的造詣，那妳為什麼要選自動化工程？」

今年的考卷很難，理綜也難，但理綜沒有數學難，畢竟數學考題連一群參加過ＩＭＯ（國際數學奧林匹亞）的考生們都很頭痛。

秦苒選了自動化工程，是誰也沒有預料到的發展。

秦苒放下筷子站起來，看著數學系的院長，禮貌地開口：「因為我想選。」

原本以為秦苒會數出一二三四個理由，沒想到她會這麼任性，數學系的院長頭腦發熱，直接開口：「自動化工程有什麼好的？那裡都是一群禿頭研究生！」

秦苒：「……」

周山也咳了一聲。

研究學術、讀研究所、整天待在實驗室的人裡……禿頭確實不少，可是數學系也有兩個禿頭教授……實在沒什麼說服力。

秦苒是鐵了心要學自動化工程，周山跟數學系的院長都看出來了。

程雋見三個人聊完了，才抬起眼眸，很懂禮數地詢問：「兩位要留下來吃飯嗎？」

數學系的院長受挫，半點也沒有想留下來吃飯的打算，他無力地朝程雋揮揮手，「不了，我回學校。」

走到門邊，他還回頭看了一眼秦苒，而秦苒……正低頭拿著筷子認認真真地吃飯。

院長：「……」他有點心痛。

周山跟院長走後，程雋關上門，看向愣在原地的程溫如跟李祕書，十分客氣地詢問：「兩位不吃飯嗎？」

程溫如：「……」

李祕書：「……」

兩人對視了一眼，一言不發地坐到餐桌旁，跟秦苒、程雋等人一起吃飯。

廚師也很識相，看到程溫如跟李祕書過來的時候，就順便做了兩人的晚飯。

秦苒為了上樓練琴，最先吃完就跟幾人告別，直接去樓上練琴了。

等秦苒去了樓上，程溫如才看向程雋，瞇眼：「周校長他們是怎麼回事？」

她以為秦苒的小提琴這麼厲害，是學藝術的……

「這個啊，」程雋慢條斯理地夾了一筷子青菜，不太在意地開口：「她的數學、物理都滿分，兩個學院打起來了吧。」

程溫如繼續沉默，不說話了。

坐在一旁的李祕書：「……」

你聽聽看，這是人話嗎？

＊

又一個星期後，小提琴協會二樓考級處。

兩個老師看向秦語，又低頭看了眼資料，「秦語，妳確定要今天考六級？」

「確定。」秦語抿了抿唇，直接開口。

兩個老師驚訝地對視了一眼，「好，妳開始吧。」

他們本來預計秦語要到八月底表演賽的時候才會來考試，畢竟那時候會穩一點，沒想到她來得這麼快。

十分鐘後，秦語從考級處走出來。

外面，田弋筠緊張地看向她：「師姊，妳過了嗎？」

秦語看了她一眼，淡淡笑了一聲，語氣也漫不經心：「過了。」

「這麼快？」田弋筠當即興奮，低頭拿著手機在群組裡大肆渲染。

秦語任由她去，自己坐到電腦旁打開網頁，網頁上的排名已經發生了變化。

『高級學員秦語（五級）』已經變成了『高級學員秦語（六級）』。

下面依舊是『高級學員秦苒（五級）』。

秦語坐在電腦前看了半晌，才重重呼出一口氣。

二樓練習室——

這兩個星期，汪子楓已經不聲不響地已經摸進了各種群組裡。

秦語考到六級的消息似乎給了田弋筠那一派強效鎮定劑，這個消息被大肆宣傳。

汪子楓自然也看到了，猛地站起來，十分意外：「秦語竟然到六級了？」

田瀟瀟放下小提琴，「這麼快？」

「確實很快，」汪子楓點點頭，然後又想了一下，「我現在四級，勤學苦練的話要到年底才能考到五級，至於六級……明年年底才有希望吧。」

田瀟瀟來小提琴協會，主要是為了「鍍金」，不過因為秦苒跟魏大師，她也有了好好學小提琴的心思。但對於秦語到底多少級，她不太感興趣，「喔」了一聲就直接轉開目光。

秦苒不太在意兩人在說什麼，她只是坐在窗戶旁，擰著眉頭在試音。

就是這時候，訓練室的門滴的一聲響起，門被打開。

田瀟瀟跟汪子楓都忙不迭地站起來，看向門口，立刻變得正經起來：「魏大師。」

「嗯。」魏大師朝他們微微頷首，笑得依舊和緩：「最近兩天練得怎麼樣？」

「練得不錯。」田瀟瀟跟汪子楓都瘋狂點頭。

外界搶破頭都搶不到魏大師的一節課，他們卻每個星期都能免費聽好幾節，讓田瀟瀟跟汪子楓每天都準時來訓練，田瀟瀟甚至暫時放下了公司裡的藝人課程。

經紀人跟她聊過這件事，不過田瀟瀟一直都沒有通告，到最後溫姊也沒說什麼，就讓田瀟瀟在小提琴協會自由生長了。反正也只有暑假這一段時間，等開學了，田瀟瀟還是要回表演系的。

秦苒也放下小提琴，站起來，「還可以。」

魏大師收回目光，笑了一聲，又繼續幫三個人上了一節課，等課程結束的時候，他才收起書，坐在椅子上沒走。三個人都知道他有話要說，就坐在椅子上看著他。

魏大師敲著桌子，沉吟了半晌才看向三人：「今天上午的公開課，你們都沒去吧？」

「沒，」汪子楓舉手，「知道您下午要來授課，我們都沒有去。」

「嗯，」魏大師繼續頷首，「那我就跟你們說說下個月的表演賽，涉及到進修學員，只會選擇其中一名，但我希望你們三個人都能參加。」

汪子楓抱著小提琴，他是魏大師的迷弟，瘋狂點頭，「好的，魏大師！」

田瀟瀟慵懶地笑了笑：「反正我也只是去湊個人數。」

魏大師的目光最後看向秦苒。

秦苒將手放在腦後：「喔。」

魏大師：「……」

他跟三個人說完，才留下新的一張訓練表，然後出來。

聞音正從樓上下來，看到魏大師，頓了一下：「魏大師，怎麼樣？」

魏大師氣定神閒地開口：「三個人都同意了。」

「那就好。」聞音點點頭，笑：「今天上午，戴老師那群人可得意了。」

因為秦語出乎所有人的意料，這麼早就考到了六級。

魏大師將手揹到身後，笑了笑：「再讓他們得意一段時間。」真的當他這麼佛系？幾年不收徒，那些人都快忘了他魏琳教徒弟不輸任何人。

「那汪子楓跟田瀟瀟兩人……」聞音想起這兩人。

魏大師按了電梯門，語氣很淡：「資質差了一點，可以當個普通弟子。」

這幾天，魏大師天天抽空來為秦苒他們講課，發現秦苒跟那兩人關係不錯，這三人也偶爾會交流。汪子楓跟聞音的性格有點像，都是小提琴的狂粉，他的一天不是在學小提琴，就是在學小提琴的路上，是個勤奮程度比秦語還要高的學生。秦語那麼努力，主要還是為了名利，但汪子楓只是熱愛小提琴，所以兩人學到最後的效果並不一樣。

魏大師很滿意隨機分配的效果，給了秦苒一個勤奮的榜樣。

至於田瀟瀟……是有些偏向秦苒，她對小提琴也抱持著無所謂的態度，得過且過。這樣也能達到三級，魏大師覺得田瀟瀟本身的天賦也是不錯。不知道這三人在一起訓練，會產生怎樣的化學反應？

電梯門開了，魏大師走進去淡淡想著，他有點期待下個月這三個人給他的驚喜。

*

一個多月後，小提琴協會，戴然神清氣爽地站在大門口。

一輛黑車在大門口停下，車上走下幾個外國人。

「恩格先生，」戴然往前走兩步，迎上去，「我是戴然，這次負責接待您。」

正是之前在秦苒拜師宴上出現過的恩格先生，也是美洲協會這次招會員的主要裁判官。

「戴老師。」恩格先生跟他打招呼，一邊跟著戴然往小提琴協會裡面走，「這次你們推薦了幾個學員？」

「二十個人。」

這些學員都是協會裡四級以上的學員，各位老師早就提交了自己的學生名單。

「二十個？」恩格先生挑眉，「你們今年的推薦學員人數不少啊。」

以往只有十五個左右。

戴然笑了笑，沒說話。可不是，魏大師連一個三級學員都推上去了，人能不多嗎？

兩個人很快就走進門。

今天是八月下旬的表演賽，這場比賽，有恩格先生跟協會裡的人共同參與。

恩格先生不是第一次來，對小提琴協會並不陌生，戴然就沒有帶他去參觀小提琴協會，直接帶他去演奏廳。

在演奏廳外，兩人看到了秦語：「老師。」

「恩格先生，這是我的徒弟，秦語。」戴然朝恩格先生介紹秦語，下巴稍稍抬起，「這次學員中唯一一位六級學員。」

因為秦語升上六級的速度實在太快了，她通過六級後，戴然在協會裡的位置有了顯著的變化，所以這次招待恩格先生的工作直接交給了戴然。
接待恩格先生也能上到一門學問，協會裡大多數的老師都會搶著去做。
畢竟恩格是美洲小提琴協會的副會長，本身在小提琴上的造詣非常高，又是美洲的，能得到他指點一兩句或混個眼熟都是意外之喜。
以往都是由魏大師親自招待，因為魏大師跟恩格先生很熟。
「六級學員？」恩格先生聽到這一句，確實萬分驚訝，「竟然有一個六級學員？她進小提琴協會多久了？」
「不到一年。」戴然微笑。
聽到這一句，恩格先生多看了秦語一眼，略微低頭，算是讚賞：「今年你們京協確實不錯。」
戴然跟秦語相互看了一眼，都能看到對方眸底的驚喜。別說秦語，連戴然都很意外。
恩格先生繼續往裡面走，走了兩步，忽然又想起什麼，看向戴然：「對了，你們今年的新會員秦苒怎麼樣？」
這是魏大師的徒弟，魏大師還特地帶她來見過自己，恩格先生對秦苒印象非常深刻。
「她？」戴然聽到恩格先生問起秦苒，淡淡笑了一下，「她很少在小提琴協會出現。」
秦苒這兩個月一直沒有動靜。
其他學員在聽到秦語考到六級之後，一個個都受到了刺激，幾乎每天都有人去考試。尤其是心高氣傲的新生田弋筠跟李雪等人，雖然他們都沒有考過，但這些老師大概掌握了田弋筠跟李雪等人的進度。

只有秦苒那三人，沒有去過考級處一次，彷彿銷聲匿跡了一般。

「是嗎？」恩格先生點點頭，有些疑惑。

戴然讓身邊的老師帶恩格先生進去，而他留在原地跟秦語說話，「語兒，這一次機會難得，妳好好把握。恩格先生對妳的印象很好，一定要發揮出自己最強的實力，這樣這次名額就肯定拿得到。妳要在恩格先生心裡留下印象。」

聽著戴然的話，秦語也端正神色，點點頭，「好。」

說完，她看著恩格先生離開的背影，眼眸漸漸轉深。

演奏廳後臺，依舊要抽出序號。

秦語一過去就拿到了自己的序號，十一號，中間，不算太前，也不算太後。

「師姊，妳是十一？我運氣真不好，竟然排在妳後面。」田弋筠看了眼自己手中的號碼牌，不由得開口。

其他人都過來看了一眼，也紛紛附和。

看到自己也是在十一號之後，一個比秦語大的五級老學員更鬱悶，「秦語，妳怎麼這麼前面？」

她是負責這次號碼牌的老人，這排序也是她臨時抽取的。

五級跟六級的差距太大了。這場表演賽依舊是得分制的，秦語恰好在中間，看完她的表演，後面這群人的表演在老師那些人的眼中就有些索然無味了，這個老學員能不鬱悶嗎？尤其田弋筠，排在秦語後面，她才四級，跟秦語有兩級的差距，這對她來說根本就是公開處刑。

快到表演賽的時間了，秦語看了一眼前方的三個號碼牌，分別是五、七、二十，她一眼就看到了二十號。

「這是誰的？」秦語目光一轉。

要讓恩格先生留下最好的印象，就要最後一個上臺，完全不同於前面十九場的表演。

秦語向來算計得非常周到。

老學員雖然負責安排二十位學員的號碼牌，但也不會記得每個人的名字，五、七號他不知道，但他知道二十號，那是魏大師的徒弟，是這一次可能僅次於秦語的學員：「是秦苒的。」

「秦苒？」秦語笑了笑，將滑到臉邊的頭髮別到耳後：「我能跟她換號碼嗎？」

老學員也是一愣，爾後心頭湧上一層隱祕的欣喜。

他勉強抑制住，轉頭看向其他人：「你們有意見嗎？」

這句話一出，其他學員對視了一眼，沒人反對。

尤其是排在十一名之後的人，秦苒雖然厲害，但還沒到六級，跟他們沒有等級上的差距，比秦語好一點。在秦語之後表演會被罵得很慘，不占優勢，但在秦苒之後會好很多。

參加表演賽的這些人也是聰明人，自然會為自己考慮，畢竟這次聽說有位很了不起的人物，沒人不想表演得不好。

這情況也在老學員的預料之中，他上前一步，幫秦語調換了號碼牌。

秦苒三人依舊是準時到的。汪子楓走在最前面，一張臉稜角分明。一個月沒怎麼出現，他身上的氣質彷彿有了顯著的變化，比以往深沉許多。

他最先看到桌上最後剩下的三張號碼牌，直接拿起來。

「這是秦苒的號碼牌？」汪子楓拿起十一號，問了身邊的老學員。

老學員看了一眼，表情不變，臉上還帶著笑意，「是的。」

其他學員都沒有說話。

「是嗎？」汪子楓收下了三張號碼牌，略顯疑惑，不過他也沒有多想。

「秦苒，妳怎麼是十一號？」汪子楓走到那兩人身邊，把號碼牌遞給秦苒，壓低聲音，很疑惑地問，「魏大師不是說妳是二十號嗎？」

秦苒扯下頭頂的鴨舌帽，隨手接過號碼牌，別在腰間，不太在意：「不知道，沒差。」

田瀟瀟取下鼻梁上的墨鏡，往椅子上一坐，也接過自己的五號，「還好我是五號，在妳前面。」

「嗯。」汪子楓點頭。

經過這一個多月的訓練，汪子楓才發現沒有最變態，只有更變態。論練習小提琴的認真程度，他有自信沒有人能比過自己，直到他遇到秦苒。

很快，第一個人拿著自己的小提琴上臺了。

演奏廳內有全方位的攝影記錄。

第一排依舊坐著各位評分老師，魏大師、恩格先生、聞音、戴然……這七個重量級人物。

能被推來參加美洲會員資格考核的都不是弱者，第一個出場的是協會的老人，在四級停留了兩年，技術嫻熟，就是少了點靈氣。

在場的都是非常苛刻的老師，尤其是魏大師跟恩格先生，兩人雖然沒有按照美洲標準，但都會下意識地進行比較，最後魏大師給了六十，恩格先生給了六十，沒有更多。

這些都是每年協會表演賽上的常態，其他老師很淡定地給了七八十分左右。

一連四個，很快就到了田瀟瀟。

一聽到她的名字，戴然就忍不住笑。他看向魏大師：「這好像是這次唯一的三級學員。」

這場表演賽除了第一名能獲得去美洲進修的名額，也是為了向美洲展示京協的眾多天才們。其他老師的徒弟中最低是四級學員，只有魏大師，把一個三級學員加了進去。

其他老師一聽，不敢說什麼，畢竟是魏大師推選出來的學員。

魏大師拿起自己的打分筆和紙，淡定地看著舞臺，沒有說什麼。

戴然靠著椅背，志得意滿地看了魏大師一眼。

「戴老師，聽說這一個多月來，田瀟瀟跟秦苒三人一直在接受祕密訓練……」戴然身側的老師壓低聲音道。

這一個月來，戴然的地位悄無聲息地發生了些許變化，尤其是知道戴然的徒弟會進入美洲後。

「一個月能學什麼？」戴然淡淡開口，漫不經心：「派一個三級到恩格先生面前，丟人現眼。」

因為美洲協會的最低入會標準是四級。在戴然眼裡，魏大師是淡定不了了才會急病亂投醫。

秦苒跟汪子楓就算了，都是四級以上，可是田瀟瀟……

兩人說話時，田瀟瀟拿著小提琴上來了。她今天穿了正式一點的連身裙，手裡拿著小提琴。

身後的工作人員立刻把田瀟瀟的資料分發給評分的老師。

「三級？」坐在恩格先生身側，唯一一位美洲老師一翻資料，就忍不住出聲。

三級，還是剛進協會不到兩個月的學員。

「田瀟瀟是魏大師的弟子，人家可能在兩個多月就達到了四級。」說話的是京協裡站在戴然這一派的老師，一頓暗損。

畢竟所有人都知道……兩個月不到，要從三級到四級太難了，尤其是這個學員各方面都不是特別出色的人。

聽到是魏大師的徒弟，恩格先生有些感興趣，低頭看了一眼資料，很驚訝：「還是自己創作的曲目？」

魏大師也有些驚訝。他原本以為這一次只有秦苒一個人會拉自己原創的曲目，沒想到田瀟瀟也會有自己的創作曲目。

表演廳外有轉播，田弋筠跟秦語等人漫不經心地看著，知道田瀟瀟是裡面唯一的三級，大部分的人都沒有在意。李雪也是三級，不過她沒有參賽，只是陪田弋筠一起來的。

除了這些老師，觀眾席上也坐著新學員跟小提琴協會的其他人。

螢幕上，魏大師看了田瀟瀟一眼，笑道：「開始吧。」

田瀟瀟朝各位老師鞠了一躬，然後閉眼醞釀了一下，頭頂的聚光燈一下子暖和起來，田瀟瀟終於開始動了！

輕快的琴聲乍起，歡快跳脫，是首純淨輕鬆的協奏曲。田瀟瀟在這場演奏中如魚得水。她拉小提琴的時間沒有汪子楓長，但她將幾個有些難度的技巧發揮得淋漓盡致。

起始連弓！

揉弦！

短顫音！

她的音樂本來就是輕快型的，短顫音的加入賦予了她的曲目生動的靈魂！

幾個老師，連恩格先生都不由得看向田瀟瀟。音樂不錯，還能再炫技嗎？

然而下一秒——雙弦顫音！

這是小提琴裡比較難的一個技巧。顫音跟揉弦不一樣，它拚的是實力，看得出來田瀟瀟掌控得非常好。

沒有那麼多炫技，不那麼繁雜，但運用、銜接得太美妙，尤其是自創音樂裡的靈氣幾乎都要漫出來了。

這是一場聽覺盛宴！五分鐘不到的音樂，觀眾席上響起了雷鳴般的掌聲！

「我的天，田瀟瀟是達到四級了吧？」

「這肯定有四級，我四級都達不到她這樣的狀態！」

「她不是才來協會兩個月嗎？」

「看看評委給了多少分。」

現場的氣氛瞬間高漲，坐在觀眾席的學員跟其他會員們一個個激動地討論著。

戴然從一開始的不在意，到現在說不出一句話。

——兩個月從三級到四級？

魏大師十分淡定地看了眾人一眼，笑道：「各位老師，評分吧。」

其中有一位老師給了九十分，其他都是八十幾分，魏大師跟恩格先生都破天荒地第一次給了七十分。前面的四個人基本上就是在七八十分徘徊，還是第一次出現了九十分！尤其是魏大師跟恩格先生給了七十分。

田瀟瀟拿起麥克風，鞠躬感謝各位老師，最後還說了一句致謝詞：「十分感謝我人生的導師魏大師，感謝我組內的成員，秦苒跟汪子楓，尤其是我的組內成員秦苒，秦苒幫我編曲……」

半句話不離秦苒，魏大師不由得擺手，笑罵：「好了，妳下去吧。」

田瀟瀟最後意猶未盡地說了句感謝，才拿著麥克風離開。

剛到後臺，就看到李雪愣愣地看向自己的目光。

田瀟瀟伸手撥了一下頭髮，沒理她，只是笑咪咪地看向秦苒：「秦老師，我沒讓妳失望吧？」

有幾個人跟田瀟瀟他們沒什麼糾葛，就大方地上前詢問，「田瀟瀟，妳也太厲害了，兩個月就從三級到四級了？」

若是平常，田瀟瀟懶得說這些，可是今天，田瀟瀟慢悠悠地轉著墨鏡，笑道：「你們也知道我的小提琴拉得很普通，進協會的時候，還是墊底進來的。能在這麼短的時間內到四級，說起來要多虧我的組員秦苒，都是她……」

秦苒面無表情地拿起身側的鴨舌帽，扣到自己頭上，還往下壓。

然而，這些話對其他人的影響很大。老成員不知道，但新成員知道，田瀟瀟剛進來的時候一點也不起眼，確實是三十個新成員中最不起眼的一個。今年新進來的新學員中，只有三個三級以上的。兩個月過去，這些新學員三級的還是三級，然而跟他們同一批、比他們還弱的田瀟瀟突然成了四級！

他們的訓練室和其他方面都一樣，除了某一點……他們沒有隊員秦苒。

這還只是兩個月，若時間長一點，一年、兩年，會是達到幾級？五級、六級？

李雪一想到這些，渾身都在顫抖。她知道自己不該想，但又忍不住低頭看自己的手。

兩個月前，就是這雙手，推拒了秦苒。她有些失控，跟田弋筠說了一聲就出去了。田弋筠現在心理狀態也很不穩，並沒有管她，隨意應了一聲。

第六個參賽者很快就表演完，之後第七個人是汪子楓，他也是新會員中很受大家看重的成員。

觀眾席上，一群新人都知道秦苒、田瀟瀟、汪子楓這三個人是同一組的。

看到他上臺，這群新學員都低聲討論著。

「你們說田瀟瀟到四級了，汪子楓會不會到五級？」

「這……不可能吧？」

「田瀟瀟只花兩個月都可以了，汪子楓萬一可以呢？」

當然，這群人大多都是不信的。三級到四級，跟四級到五級不一樣。

正說著，汪子楓已經開始演奏了。很意外的，他演奏的也是自己的曲子，跟田瀟瀟不一樣，他的曲風厚而莊嚴。

也是連弓開場，一小段迴旋之後，熱烈蓬勃的氣勢迸發出來！他學琴十幾年如一日，所用的技巧繁多又雜！連弓、跳弓、頓弓、連續換把、滑音，甚至是複調和雙音！作為老師的重點觀察對象，大部分的人都知道，兩個月前，汪子楓連換把都不是特別嫻熟，複調雙音更是見都沒見過！跟田瀟瀟是完全不同的聽覺盛宴！分明就是五級學員的程度！

戴然一臉傻愣地看向汪子楓。為什麼他以前沒發現這個學生？

「各位老師，評分吧。」魏大師依舊是叫醒各位老師的人。

這一次毫無疑問，四個九十分，一個八十八分，這八十八分是聞音給的。

最後，魏大師跟恩格先生又同步給了七十五分。

汪子楓拿好琴，也先感謝了各位老師，然後開始說，「非常感謝我的組員秦苒……」

後臺的秦苒：「……」她再度壓低了鴨舌帽。

看到得分，底下的觀眾不由得小聲嘀咕。

「這才七十五分？魏大師跟美洲協會的那個人有多嚴格啊？」

「誰能讓他們給八十分？」

「我想很難。」

沒多久，就輪到十一號上場。

後面的工作人員遞來資料給評分老師，魏大師隨意接過來，看了一眼。秦苒的二十號是他安排的，所以接下來的表演賽他不太在意，直到他看到上面寫著的十一號學員的姓名——秦苒。

魏大師猛地清醒。

「這是怎麼回事？」魏大師歪頭詢問工作人員，「排序是不是弄錯了？」

工作人員一愣，「後臺給我的就是這個。」

「十一號原本是誰？」魏大師沉聲開口，「弄錯了，秦苒是二十號，讓他們把人員換過來。」

身側的戴然翻了一下資料，歪頭：「魏大師，十一號原本是秦語，應該是他們協商之後換的，既然訂好了，就這樣吧。」

他心裡知道，肯定是秦語在後臺做了什麼。

「換掉。」魏大師把資料遞給工作人員。

聽到這一句，戴然的臉色也不好看，但恩格先生他們在，戴然還是壓低聲音：「魏大師，不能好事都讓你的徒弟占走了啊！」

最後一個位置才能讓恩格先生他們記憶更深刻。

魏大師放著桌子的手一頓，看向戴然，聲音發沉：「你是這麼想的？你認為我讓秦苒最後，是為了她？」

「我知道你想要你的學員拿最後一個位置，我也想要我的學員拿最後一個位置。」戴然看了魏大師一眼，開口。

魏大師的雙眼渾濁又透著一絲精光，聽到戴然的話，他深吸了一口氣，「好。」

他沒有再說什麼，轉身又拿回工作人員手上的資料。

看到魏大師妥協了，戴然露出笑容，心裡也鬆了一口氣。

畢竟魏大師還是魏大師，戴然雖然因為幾個徒弟，在協會站穩了腳跟，但若是魏大師執意要再次換排序，戴然也沒有辦法。現在魏大師不跟他爭這個，自然是好事。

聞音就坐在兩人中間，他知道秦苒的二十號是魏大師吩咐下去的，如今變成了十一號，聞音一看戴然的表情，就知道戴然心裡在想些什麼，不由得搖了搖頭。

魏大師跟戴然不一樣，他把秦苒安排在最後一個，是為了前面學員的得分，畢竟有美洲的人在場，魏大師很顧全大局。要是讓秦苒先表演，聞音有些預料到接下來會慘不忍睹。

知道事實真相的聞音看向舞臺，不再說話。

秦苒是這幾年唯一一位五級的新高級學員，老師們對她的關注比秦語還多。

她今天穿的依舊是休閒風，白色T恤，黑色長褲，簡單又乾淨。

一位老師看到她上臺，不由得看向魏大師：「魏大師，汪子楓跟田瀟瀟都升了一級，秦苒不會也升了一級吧？」

魏大師只笑了笑，並不回答，他看著臺上的秦苒，也有些期待。

看著魏大師的表情，這些人面面相覷……尤其是戴然，也微微瞇眼，不知道心裡在想什麼。

「難道真的到了六級？」

三級到四級、四級到五級，他們都還能理解，可五級到六級……兩個月不到的時間……

「不、不會吧？」

「沒那麼變態……」

「我也猜她下個月到六級……」

這群人心裡覺得不可能，從理智、從現實上分析是不可能，但剛才田瀟瀟跟汪子楓的表現讓他們不由得有些動搖。

一行人看著秦苒。

秦苒也是演奏自己的創作曲目。

舞臺上，一束白色的聚光燈亮起！秦苒倏然睜開眼。

燈光下，她那雙漆黑幽深的瞳孔分毫畢現，嘴邊沒什麼笑，但就這麼站在那裡，也能感覺到一絲乾淨俐落的帥氣。

「是秦苒！我知道她，魏大師的首席大弟子！」

「終於等到她了，好期待！」

「不知道她能得幾分，肯定會比汪子楓高，幾個九十？」

這兩個月，秦苒是魏大師徒弟的事在協會裡傳得很廣，只可惜秦苒向來神出鬼沒，這些人沒有一個能蹲到她。

演奏開始，一開場就是情感分明的急速音調！所有人的心都狠狠震顫了一下。

一開始秦苒就用頓弓演奏出強烈而激昂的氣氛！

雙弦顫音及高位指法接連出現，不只是聽眾，就連七位評分的老師也有些傻住。

一開始就這樣炫技，接下來怎麼辦？

音樂逐漸步入高潮，秦苒的這首曲子刺激強烈，顫音從一開始就快打，演奏到高潮的時候張力更猛！

撥奏！滑奏！

這還是她自己編的曲，技巧運用、曲風掌控，都太嫻熟了吧？一看就不是普通人能做到的，有一種讓人眼花繚亂的效果。

緊張的頓弓之後，一道漂亮的聲音忽然響起——

等等……諸位老師眼前一亮。這是……小提琴中最漂亮的聲音——泛音！

也是魏大師名震美洲的成名技巧。

每個小提琴手按出來的泛音都不一樣，需要經過很多訓練跟本身對小提琴的理解！這幾個都是小提琴上難度極大的技巧，從一開始到現在，幾乎沒有人能嫻熟地運用泛音，因為一旦用得不好就是扣分因素。但這次的泛音用得很漂亮，在高級學員中，都很難見到這麼漂亮的顫音。

太漂亮了！跟前面十一個人完全不是同一種水準。即便是在美洲協會，這種表演也難得一見！

三分半過得非常快，在所有人還意猶未盡的時候，琴聲戛然而止。

無論是觀眾還是第一排的老師們都震驚著，一瞬間陷入安靜。

恩格先生在美洲見慣了大場面，激動又興奮地看向魏大師，「真的是太不可思議了，你這個徒弟給我太大的驚喜了，就算是在美協的青秀名單上，她也能排入前三名！」

魏大師沒有立刻說話，因為他自己也沒想到，只是震驚地看向秦苒。魏大師知道秦苒總有種遊戲人間的態度，一開始他就預料到了秦苒一定會到六級，可是現在……秦苒不聲不響的，無論是技巧還是演奏都確確實實達到了七級！

這些老師議論的聲音也傳到了觀眾們的耳裡。

一群人面面相覷，不知道說什麼。

「老師們是說，秦苒到達……七級了吧？」

「好像是的……」

他們之前猜測秦苒很難從五級到六級，但沒想到秦苒連跨兩級，直接到了七級？

新生剛入會不到一年就到七級，協會史上曾出現過嗎？

秦語在上個月到達六級就讓一群學員大吃一驚了，畢竟協會中，能在二十五歲前到六級的人不多，秦語還這麼年輕……現在跟秦苒這個變態比起來，好像非常不夠看。

最終，還是魏大師開口說話，「好了，評分吧。」

魏大師跟恩格先生兩人都給了本場最高分，九十分。聞音什麼也沒說，直接亮出了一百分。

其他老師都給了九十五分，畢竟還是要照顧一下其他表演者的感受。

但即便這樣，秦苒也是唯一一個全九十分以上的學員！

剩下最後一個戴然，還愣坐在自己的座位上，遲遲沒有開口。

聞音不由得搖了搖頭。秦苒一在中場表演，後面的學生幾乎就沒什麼看點了，評分也會大大不如前面，因為秦苒的表演太過震撼了。

那些學員大部分都是四級左右，秦苒則是七級，這怎麼比？

不過，這也不是聞音關注的事，他只提醒戴然：「戴老師，該評分了。」

比起戴然，更後悔的還是後臺的那群人。一個個臉色都變了，秦苒的表演對他們造成的影響太大了，可以預見就算是同水準的，在這之前表演的人分數一定會比後面十位高。

他們差點瘋掉，老學員一開始讓秦苒和秦語換號碼，就是因為不想被秦語的六級影響，誰知道換來換去，竟然把最猛的秦苒換到了前面！

其他人臉色也有點黑，他們一開始也是為了自己的利益，沒有阻止老學員，現在後悔得要命。

尤其是田弋筠，她就在秦苒後面一個，影響肯定是最大的，工作人員已經在叫她的名字了。

她拿著小提琴，十分忐忑地上臺。最後七個老師評分，她的最高分也只有七十五分。如果在正常情況下，她最少也該有三個八十分的！

其他人也沒比田弋筠好到哪裡去，後面的幾位選手沒有一個達到九十分，幾乎都是七八十分。

想要九十分？秦苒也才九十五分，你要多厲害才能達到九十分？你是七級嗎？還是你是六級？

至於最後表演的六級表演者秦語——本來她排前面的話，應該會是第一個達到全場九十分的，畢竟六級在她這個年紀非常少見，但因為有秦苒在前，恩格先生只給了八十分，魏大師也給了八十分，至於其他人，有人給了九十，有人給了八十九。

到最後，秦語的得分跟汪子楓幾乎差不了多少，可是明明……這兩人差了一個等級。

秦苒不知道最後秦語的得分，因為她演奏完就到了京大，身後跟著慢悠悠的程雋。

八月底，新生要開學了。

第六章　物理系的大寶貝

京大的新生報到時間比其他學校早一點，今天還沒正式報到，但提前兩天來看學校的新生也不少。

秦苒今天過來，也不是為了報到。

頭頂的太陽很大，她走了兩步才看向程雋，指著一個方向：「這邊？」

程雋抬頭看了一眼，笑得散漫：「是。」

「秦小姐，妳來過京大？」程木跟上來。

他拿著一把遮陽傘。原本是為秦苒帶來的，所以當初程管家訂製的時候，還訂製得很少女，外圍有一圈白色的蕾絲邊。然而秦苒只扣了頂鴨舌帽，沒用遮陽傘。程雋將兩手插在口袋裡，那慢條斯理的模樣也沒有要撐傘的意思，程木就僵硬地撐著蕾絲遮陽傘，跟在兩人身後。

他一百八十三公分的硬漢形象，一路上迎來路過的人奇異的目光。

當然，目光看得最多的還是秦苒跟程雋兩人。

秦苒抬頭看了一眼前方的路，順便壓了一下鴨舌帽，淡定地回答：「我昨晚查了一下京大的地圖。」

程木張了張嘴，有點想說妳昨晚不是一直瘋狂練習小提琴嗎？

當然，他不敢說出來。

秦苒今天是來解決輔修的。她報考志願時，填的是自動化工程，就是能讓機器人代替人工的設備，或是一系列的智慧系統。這個科系，秦苒就只是報個名，畢竟該學的，她從九歲就在陸知行那裡看過不少書，陸知行也教過她很多內容，因為他當初也是京大自動化工程的學生，感覺到秦苒在這方面的天賦後很用心地教過她。

她自己也自學了不少內容，所以在這方面，秦苒不擔心，她只需要自動化工程的畢業證書。

基本上，所有院校要在第二年才會開放輔修，可是秦苒不想浪費一年的時間，就直接來找物理系的院長。

口袋裡的手機響了一聲，秦苒低下頭，是秦陵的訊息：『**姊姊，我們到了。**』

「妳弟弟他們？」程雋低垂著眼眸，半遮住眸光。

秦苒點頭，指尖漫不經心地轉著手機，不緊不慢地回：「在校門外。」

程雋笑起，朝程木抬抬下巴：「你去接。」

物理系辦公室內——

這幾天還在放假，學校裡的學生沒有很多，因此物理系院長正在整理新生的資料，對面還坐著一個中年男人。

外面有人敲門，院長抬起頭，「進來。」

程雋打開門，讓秦苒先進去。

有點反光，院長沒有看清楚秦苒的臉，等秦苒跟程雋都進來的時候，他才看清，「程少？」

又轉向秦苒，他略微思索一下，也認出來了，「妳是秦苒？」

秦苒的資料，京大早就拿到了。當時知道秦苒選了物理系的自動化工程，院長還被其他幾個系的院長圍攻過。全國狀元，還是個長得非常好看的女生，物理系的大寶貝，他自然認得秦苒。

院長手撐著桌子，笑道，「兩位快坐。」

心裡也很驚訝這兩人的關係。

「這位是江院長。」程雋為秦苒介紹了一下。

秦苒很有禮貌地跟江院長打招呼，「江院長，你好。」

「對了，」江院長坐了回去，笑咪咪地看向秦苒。對於物理系新上任的大寶貝，他絲毫不吝嗇地露出笑容，又指著對面的中年男人道：「這是你們自動化工程的周郢博士。」

一行人說了幾句之後，秦苒就說了來意。

「等等。」周郢聽完，沉默了一下，然後看著秦苒開口，「妳說妳現在想輔修什麼科系？」

「核子工程。」秦苒重複了一遍。

周郢沉默了一下，沒有再說話，只是下意識皺了一下眉頭。

江院長也很吃驚，好一會兒才開口：「我們大二才能開始輔修，而且……秦苒同學，我建議妳專注於一個專業。」

畢竟貪多嚼不爛，才剛開始就分心，在哪個領域上都走不到最高點。秦苒是學校關注的焦點，現在她突然做了這個決定，著實讓江院長感到難為。他知道大多數天才都很自負，可能是因為前面的路途太順，讓她太有自信了。

江院長說完，還看了一眼程雋。程雋只隨意坐在椅子上，慢條斯理地喝茶，江院長看過來的時候，他只是挑了挑眉，不發表什麼意見。

周郢的眉頭依舊擰著。

「大一就開始修兩個科系，那妳準備怎麼分配時間？」江院長坐直身體，聲音嚴肅。

秦苒是周山好不容易從A大那裡搶過來的，也是物理系今後培養的一個人才，江院長實在不願意看她走入歧途。

秦苒依舊是剛剛那個模樣，特別理直氣壯地回：「專心學核子工程。」

江院長：「……？？」那妳為什麼要選自動化？

就是這時候，程木帶著秦陵跟秦漢秋進來了。

江院長認識程木，但不認識秦漢秋，看到程木站到程雋身後，他沒有多問什麼，現在最關心的還是秦苒的事。

「江院長，自動化工程的每年期中考、期末考我都會參加，」秦苒想了想，開口，「如果哪一次我沒考第一，我就退出自動化工程，專心學核子工程。」

周郢：「……」妳為什麼選了自動化工程，又想退出？

這句話滿自大的，周郢聽了一會兒，就被秦苒氣笑了。他恨不得拿戒尺把秦苒敲醒：「秦苒同學，妳以為我們自動化工程很好學嗎？不上課也能考滿分？」

秦苒摸了摸鼻子，心想：是啊。但她沒說出口。

今天要是秦苒一個人來，江院長會直接關上門，不理會她的胡鬧，可是偏偏，旁邊坐著一個喝茶的程雋。

程公子在京城的名聲太盛。

不過江院長也有對策，他想了想，看向周郢：「周博士，你們上學期期末的考卷還有嗎？」

京大每年的期末、期中考都非常難，畢竟是全國數一數二的大學，最近幾年也排到了國際前五十名，沒一點專業水準也不敢去申請。

聽江院長一說，周郢就知道江院長的意思。他拿出手機，讓手下的一個輔導員傳來去年期末的考卷，直接用江院長辦公室的印表機列印出來。

江院長這才看向秦苒：「這是自動化工程今年大一期末的考卷，妳能考到及格，我就准許妳輔修。」

秦苒沉默了一下：「……你確定？」

江院長緩了一口氣：「當然。」

等待的過程中，秦漢秋一開始很拘謹，後來發現周郢有點生氣，不由得小聲詢問程木，語氣裡有些焦急。程木知道今天秦苒是來幹嘛的，不過他也知道秦苒是雲光財團人工智慧的內部人士，所以特別淡定地小聲跟秦漢秋解釋了一句。

秦漢秋一聽，就沒程木那麼淡定了，他焦急地回：「那怎麼辦？苒苒會不會讓她老師留下不好的印象？」

程木搖頭，小聲道：「您放心。」

沒多久，周郢就給了四張考卷，都是大一的考題。

周郢知道秦苒的高考數學考了滿分，所以不敢拿出高等數學的期末考考卷，怕到時候數學系的院長不死心。其他雜七雜八的基礎課程也沒列印，最後列印出來的是四門核心課程——

大學物理、電力系統工程、智慧控制、電腦程式。

周郢把四張考卷交給秦苒，秦苒就接過來，看了一眼。

江院長已經走到一旁，把辦公桌讓出來給秦苒寫考卷。

周郢看了一眼秦苒。他知道秦苒的理綜很好，預計秦苒寫大學物理的考卷也不會太差，畢竟高中物理也有延伸內容，大學也有不少高中的內容。但其他三門課程，尤其是電腦程式，要到大一下學期才會學到，高中還沒有提到任何內容。大部分剛接觸到電腦的自動化工程學生，一點程式碼就能讓他們禿頭。

最重要的是，知道京大的期末考題有多難嗎？都是各大教授用心出的考題！

而這是他特別找來，當掉最多學生的四門課程考卷！

周郢也端了一杯茶，心裡輕哼一聲，小朋友！

「筆給妳。」江院長把手中的筆遞給秦苒。

秦苒接過筆看了一眼，拉開椅子坐好。她沒有立刻寫，只是低頭翻了翻這四張考卷，都是大一的專業課程，秦苒手頓了一下。

「當然，這最後一張考卷對沒有學過的人來說，會摸不著頭緒。」周郢看出了秦苒的遲疑，「所以說，大一的課程並不是妳……」

「不是，」秦苒抬手，指尖敲著筆，認真地問：「最後一張考卷需要上機操作，裡面有程式。」

江院長拿著茶杯，笑咪咪地站在一旁，好脾氣地開口：「用我的電腦，用我的。」
秦苒點點頭，道謝：「好。」
這種需要上機操作的考卷，每年京大考試的時候都會特地空出電腦室，大部分都是做了一半的系統程式，剩下的給考生完成。隨便用一臺電腦，連做好一半的程式題目都沒有，要怎麼做？
周郢站在一旁，本來想跟秦苒說可以去電腦室做，但看到秦苒這麼乾脆俐落地說「好」，他就忍下來，也不提醒了，老神在在地捧著茶杯。
——誰要妳小看自動化工程！
一旁的秦漢秋看得膽戰心驚，再三追問程木要不要緊。
倒是秦陵，淡定地坐在程雋身側玩手機遊戲。
程木安慰了秦漢秋一句，就低頭看秦陵玩的遊戲。
是一個跳格子的遊戲，方方正正的，看起來很有趣。
程木覺得很適合他，就低聲問：「你這是什麼遊戲？在哪裡下載？」
秦陵面無表情地看了程木一眼，頓了頓，又把目光放在他手上的蕾絲傘上，不知道該用什麼語氣開口：「下載不到，是姊姊寫的程式。」
程木：「……喔。」
他抹了把臉，又轉回頭。
兩人說話的聲音很小，秦漢秋聽不到他們的對話，只低頭看向秦陵。他怎麼就不擔心他姊姊？來京城的時候，最開心的不就是秦陵嗎？

秦苒寫考卷的時候，周郢、江院長就在一旁跟程雋聊天。

秦苒是按照考卷的順序寫的。一開始寫的是大學物理，大一的內容還沒有特別深奧，但出題人確實很刁鑽，哪個學生沒有認真聽課、認真研究這門學問，很容易掉入陷阱，但秦苒看過陸知行的書，寫得很流暢。

大學考卷跟高中不一樣，題目沒高中那麼多，只是四個大題的占分比例很高。

秦苒寫完大學物理，只花了半個小時。

電力系統工程跟智慧控制沒有大學物理那麼刁鑽，尤其是電力系統，一大張電力圖，一看就很清楚，兩張考卷寫完也不過四十分鐘。

過了一個小時多一點，她把三張考卷寫完就打開桌上的電腦，「江院長，借用一下你的電腦。」

江院長有些傻眼，「妳把三張考卷寫完了？」這才過了多久？

秦苒瞇著眼睛，先輸入一串代碼，分析電腦資料，聞言「嗯」了一聲，就開始在電腦上操作。

江院長的電腦上只有辦公軟體，她直接打開編輯器。

電腦上沒有題目，她就按照題目上的提示弄了一個半成型的程式。

這一邊，周郢放下手中的茶杯，走到秦苒這邊收回三張考卷，上面都寫滿了。

他沒時間研究題目，直接找大一的輔導員要答案。

輔導員頭痛得要命，好不容易拿到了考卷，又要在資料庫找答案，沒過兩分鐘就傳給了周郢。

周郢坐好，把手機放到一旁，沒拿筆，只對照著答案跟考卷。他的表情很淡定，看著看著，本來淡定的臉漸漸崩裂，漫不經心的態度也變了，漸漸坐直了身體。

江院長觀察到周郢的態度，不由得看了他一眼，「周博士？」

周博士沒有理他，迅速拿起下一張考卷，幾乎眨也不眨地對照著答案。

整個人變得十分嚴肅，又迅速從嚴肅變成了目瞪口呆。

他一下站起來，又連續對照了其他張考卷。周博士深吸了一口氣，然後拿起手機，傳了一句話給輔導員：『**你確定你拿的是當掉最多學生的考卷？**』

手機那頭的輔導員很年輕，是周博士之前的徒弟，還以為是自己犯什麼錯了，就戰戰兢兢地回了一句：『**是啊，您對題目的難度不滿意嗎？那我跟各位老師說一下，今年加強考試難度。**』

周郢拿起大學物理看了一遍，只看最後幾道大題，確實不是什麼淺顯的題目，出題的老師很認真地在為考生挖陷阱。京大就算沒有集結全國最優秀的學子，但每個學生放在人群中，也是出類拔萃的，能讓他們被當的考卷難度不會太低，可是……

周郢半晌都沒有動作，只是張了張嘴，然後再度看了一遍秦苒的考卷。

她沒有寫錯一道題目……

他都開始懷疑秦苒是不是什麼時候偷走了京大期末考的答案。

想起秦苒說要輔修的話，周郢默默轉頭看向秦苒，心裡稍稍安慰了一下。至少還有電腦……

這四門課中，秦苒最擅長的就是電腦程式。

大一學的程式基本上都是給新生入門的，對秦苒來說就是手速問題。

周郢詢問答案、對照答案用了將近二十分鐘，這時秦苒已經完整在電腦上還原出題目，還寫完了。

她隨手把滑鼠放到一旁，撐著桌子站起來，看向周郢：「周博士，我做完了。」

周郢一愣，「程式也做、做完了？」

秦苒頷首，伸手拉開椅子，往旁邊讓出一步，讓周郢過來看。

周郢放下考卷跟手機，走到秦苒這邊一看，一眼就看到完整的系統……

都是有辦公室的人，周郢怎麼可能不知道辦公室是沒有這些系統的！

看到這一幕，他沉默了一下。他完全沒想到事情會發展成這樣，也沒有想到秦苒竟然連電腦程式都會，最重要的是，看起來還不是一般的程度……

周郢表情莫測，秦苒靠著桌子，雙手環胸，挑眉想了想，側眸開口：「這樣吧，你覺得還不夠，就把其他門課的考卷給我……」

「不！」周郢突然清醒，「夠了，完全夠了！妳不用再寫其他考卷了！」

他神色嚴肅地看向秦苒：「妳要學核子工程是吧？好，可以，這個課程我准許妳去上，開學的時候到我這裡來拿報告，但是自動化工程的一系列活動，妳都要參加。」

「這是當然。」秦苒懶散地笑了笑。

「妳走吧，」周郢不知道說什麼，只擺了擺手，「記得過幾天準時來學校報到。」

程雋見事情結束了，這才放下手中的杯子，起身有禮貌地跟江院長告別：「那您忙，我們就先走了。」

江院長不知道周郢怎麼突然改變了態度，不過他想，秦苒可能考得不錯。

他站起來，等秦苒跟程雋等人離開了才往自己的辦公桌走，一邊走一邊詢問周郢：「怎麼回事？她考得怎麼樣？」

電腦頁面還開著，正是電腦程式的頁面。

江院長是隸屬物理系的，沒學過程式，他看了一眼，「電腦程式也做完了？我等等讓電腦系的老師看看……」

物理學院沒有電腦老師，大部分任課的電腦老師都是電腦系的教授，所以江院長才會這麼說。

周郢站在原地，本來不知道在想什麼，聽到江院長的話，他突然清醒，反應特別大：「別，不要傳給他們看！」

江院長被他嚇了一跳，手中的杯子差點掉下來，他問：「為、為什麼？」

為什麼？周郢一言難盡地看向江院長，「您不知道您的電腦上，是沒有考試系統的嗎？」

江院長點頭，這個他自然知道。

「那您沒有發現她把教務處的電腦考試系統，挪到您的電腦上了？」

周郢指了一下電腦頁面，面無表情地開口。

他剛剛看了考卷，知道電腦程式的題目有一半是需要出題老師寫好程式的，而秦苒的……很完整。這才大一，還沒入學啊……就不動聲色地把教務處的考試程式複製到江院長的電腦上了，這要是被電腦系的那群人知道，那他們學院就真的不得安寧了！除了要防數學系，還要防電腦系！

聽完周郢的話，江院長：「……」我？？

他沒再說話，只是義正辭嚴又十分冷酷地把秦苒考試的頁面刪掉。

至於這張考卷考了多少分……一個能駭進京大教務系統的人，還需要改她的考卷嗎？

第六章　物理系的大寶貝

周郢面無表情地把三張考卷收起來。

這一邊，秦苒跟程雋等人走出校門。

時值下午，也正好是吃飯時間，一行人就先去吃飯。

程木訂好了飯店，一行人坐在包廂內，程木把遮陽傘放到一旁。

秦陵則拿著手機，目光跟著程木的手，一直到他把陽傘放下。

「你有什麼需要的嗎？」程木感覺到秦陵的目光，詢問道。

秦陵收回了目光，冷酷地搖頭。

「叔叔這次來京城，是要長期定居下去？」程雋幫秦漢秋倒了一杯茶，低垂著眼睫，十分有禮貌地問。

秦漢秋對他的印象非常好，也不把他當外人，思索了一下才開口：「好像是……我的家人找到我了。」

「叔叔的家人？」程雋抬眸。

「我是小時候被拐到寧海鎮的，」秦漢秋也不隱瞞程雋，拿著茶杯，沉吟了一下才開口，「兩個月前，有人找到了寧海鎮。」

其他事情，秦漢秋知道的也不多，那些人只讓他先來京城。

他看了一眼秦苒，嘴角囁嚅了一下，然後小聲開口：「苒苒，妳願不願意……」

「不了。」秦苒一手撐著下巴，一手翻轉著手機，不等秦漢秋把話說完就開口拒絕。

秦漢秋就知道會是這個結果。小時候秦苒就跟他不親，他最關注的也是秦語，但是現在……

秦漢秋在心底暗嘆了一聲，沒有再說什麼。

「叔叔，你們現在住在哪裡？」程雋感覺得出來秦苒對秦漢秋的態度很冷淡，不過她對那個臭弟弟的態度很好。

秦漢秋回過神來，「不知道，等等秦叔才會連繫我。」

程雋點點頭，他斜靠著椅背，手放在扶手上，看了眼秦苒，然後笑道：「等確定了地址，您再傳給我。」

秦漢秋拿著筷子，「我知道。」

他跟秦漢秋早就互相加了好友。

秦漢秋跟程雋相處起來比較自然，兩人這一頓飯又喝了一點酒，叨叨絮絮地說了很多，大部分都是秦漢秋在說，程雋在聽。

秦苒這一次記取了上次的教訓，沒讓兩人喝太多。

吃完飯，秦漢秋口中的「秦叔」還沒連繫他。

秦苒敲著桌子，等到有些不耐煩了，就轉頭問秦陵：「你們那個秦叔是怎麼回事？」

「不知道。」秦陵低頭玩著手機上的小遊戲，聽到秦苒問話才抬頭。

秦苒還想說什麼，秦漢秋的手機終於響了。他口中的「秦叔」終於打了電話給他。

電話裡的秦叔詢問他的地址，秦漢秋不知道這個飯店的地址，就下意識看向程雋，程雋只說了一個名字。

等掛斷電話，秦漢秋才站起來，對程雋道：「不用陪我等了，秦叔馬上就來了。」

程雋看了一眼秦苒，對方等得不耐煩了，低頭慢吞吞地剝開一根棒棒糖。

一行人到了樓下，天色還沒完全變黑，但路燈已經漸次亮起。

秦漢秋站在一個路燈下，朝秦苒等人揮手：「你們先走吧，路邊蚊子多。」

「好，叔叔您自己小心，」程雋禮貌地跟秦漢秋告別，「我們先回去了。」

確認秦漢秋的那位秦叔會到飯店來接他後，程雋跟秦苒兩人就先離開了。

秦漢秋站在路燈下，低頭看了一眼秦陵，秦陵還在玩遊戲。

他抿了抿唇，開口：「小陵，你以後要是有錢了，要記得你姊姊。」

秦陵玩遊戲，沒抬頭，「喔。」

「我知道你小時候經常蹺課，去你姊姊的學校。」秦漢秋伸手拍拍秦陵的腦袋，嘆息一聲，不再說話。

秦陵的手頓了一下。從他很小的時候，他就聽到周邊有人說他跟他那個姊姊一樣，所以他經常會蹺課，沒事就去寧海國中看別人說的「他的姊姊」……

兩人說話時，一輛車緩緩停在兩人身邊。

「就是他們？」

副駕駛座上，一個頭髮略顯花白的老人瞇著一雙眼睛打量秦漢秋兩人，聲音十分冷淡。

駕駛座上的中年男人點頭。

老人淡淡地收回目光，十分失望：「沒老太爺的半點風範。讓他們上車吧，先不回老宅，開到雲錦社區。」

中年男人開口：「聽說二爺還有兩個女兒……」

「別找了，」老人擺擺手，語氣依舊很淡，也沒什麼表情，「不用。」

中年男人沒有再多說，只打開車門，去找秦漢秋兩人。

*

此時，秦語也回到了沈家。

她今天整個人都不在狀態上，失魂落魄的，不知道在想什麼。

沈老爺等人都在等秦語吃飯，一看到她，臉上止不住笑容，語氣溫和地詢問：「語兒，今天表演賽怎麼樣？」

「還可以。」秦語握緊了筷子，低著眼眸，不讓林婉他們看到她眸底的神色。

「我就知道。」林婉聞言，笑了一下：「語兒可是唯一一位六級的小提琴手，她肯定是這次的第一名。」

秦語捏著筷子的手更緊了。

她用盡全力爭取這次前往美洲的名額，甚至為了讓恩格先生留下印象，不顧魏大師對她的印象把號碼牌換掉。她原本以為自己考到了協會六級，就能把秦苒踩在腳下，在這次的表演中一鳴驚人，誰能想到，秦苒竟然不聲不響地達到了七級！

她在這場表演賽中輸得一敗塗地，最後成績跟汪子楓差不多！

七級都能在協會申請老師資格、收徒弟了……從六級到七級就是一道坎，秦語就算再有自信，也不認為自己能在一年內考到七級，這差距不是用時間就能彌補的。

想到自己曾經對秦苒說過的話，秦語不知道該用什麼詞來形容自己現在的心情。

林婉沒看出秦語的表情不對，依舊笑著，「語兒，妳的微博是不是該貼影片了？妳已經快半個月沒貼影片了，粉絲都在催呢。」

秦語一直有經營微博，平常都會讓人拍她練習的影片，因為她長得好看還有才華，吸引了一大波粉絲。高考後，她又曬了一下高考成績，粉絲數量早就超過一千萬了，現在逼近一千兩百萬，成了一個知名網紅，每天都有各種廣告商來連繫她。

只是秦語並不看重那些廣告，從來沒有理會過，並在微博上寫了一句：『**只關注音樂，不接廣告。**』

因為這一句話，她也吸引了不少粉絲。

「我知道了，馬上去樓上貼。」秦語點頭，她沒什麼胃口，只扒了幾口飯就起身，「我上去練琴了。」

樓上，秦語回到自己的房間後，翻了翻自己的庫存，從裡面挑出了一個影片上傳。

沒過一會兒，各種消息接踵而至。秦語點開留言頁面，就看到點讚數最多的一則留言。

『**木小魚魚：啊啊啊！神仙博主！竟然會泛音！**』

手機的另一邊，木小魚魚點開秦語的影片看了好幾遍，才依依不捨地放下手機。

沒多久，她的好友就傳了另一則貼文給她：

『妳看看，這個小姊姊是不是比妳喜歡的那個博主還要厲害？』

木小魚魚疑惑地點開連結，也是拉小提琴的影片，影片裡的女生她沒看過。不過開場的急促音調就打中了她，接著顫音、各種技巧接踵而至，聽得人酣暢淋漓，只是……

聽到一半，木小魚魚關掉影片，看到微博上的描述：原創。

她瞇了瞇眼，並氣憤地留言：

『木小魚魚：請問，為什麼這個人的原創音樂跟@秦語早期一個影片很像？』

木小魚魚是一個在校大學生，去年因為一個熱門小提琴影片，關注了秦語。她是學音樂的，很少會有秦語這種等級的小提琴大師出來當網紅，還會分享學習小提琴的各種技巧。

長得好看、小提琴拉得好，還即將成為京大的學生，哪一個不是吸粉的要點？

木小魚魚就是其中一個特別忠心的粉絲，去年秦語的小提琴表演是她的入坑曲，自然記得特別清楚。然而，她的留言被埋葬在很多留言之下，沒有激起一絲水花。

她本來想轉發，但她每次基本上都能搶到秦語的熱門留言，也算秦語的大粉，不能在沒有證據的情況下為秦語招黑。想了想，木小魚魚就把這個小提琴影片儲存下來，然後開始做對比證據。

＊

秦苒回到亭瀾，就直接去樓上接起潘明月的視訊通話。

她、潘明月、喬聲、林思然四個人都考到了京大，衡川一中還為他們四人取了個「京大四霸」的外號。林思然在一個月前就來了，潘明月跟喬聲則是明天過來，後天報到。

而秦苒的小提琴現在可以暫時放下了，就跟他們確定明天到達的時間。

『我明天會跟封叔叔他們一起去，下午四點多到。』四個人開了群組視訊，潘明月依舊戴著黑框眼鏡。她按著眼鏡，聲音很小。

從雲城到京城的飛機，每天只有那幾班。

喬聲似乎在樓下的沙發上，他摸著腦袋，湊近鏡頭，『我明天中午就到。』

『我去接你們啊。』林思然發現她有三張神牌之後就得意忘形，每天除了打遊戲還是打遊戲，她興奮地開口，『來啊，我們面對面開黑啊！』

知道他們明天都會到，秦苒的心情也很好，她坐在桌旁，背靠著椅背，順便打開電腦，電腦頁面上依舊沒有任何圖示。她隨手按了幾個鍵，就出現了一個資料夾，她找出上次常寧給她的文件。

調查她的幾個勢力，主要是歐陽家跟京城研究一院。秦苒的指尖敲著桌面，目光放在京城研究一院上，微微瞇眼。

得找個時間去一趟一二九總部了。

樓下，程木正準備把那一盆草抱到樓上時，門鈴響了一聲，他就放下花盆去開門。

會來亭瀾這邊的客人一向很多，程老爺三天兩頭就會來喝杯茶，程溫如沒事也會過來……還有今天晚上，程金說差不多會在這個時間回來。

程木開門，以為是程金他們回來了，沒想到打開門來，會是一張完全不認識的臉。

對方身材高挑，穿著一身鬆軟的休閒服，手裡還拿著精緻的袋子。看到程木，他微微一笑，猶如朗月，清雅出塵：「請問，秦苒睡了嗎？」

第一，叫的不是秦苒小姐。

第二，只問秦苒睡了嗎，很確信秦苒是住在這裡。

程木接收到這兩個訊號，腦子裡的警報響起，「秦小姐在樓上練琴。」

「我知道了，」對方也沒說什麼，只是笑了笑，冰雪之色似有融化。他伸手把手中的袋子遞給程木，「那你幫我把這個給她好嗎？」

沒有要說進去找秦苒，語氣舒緩。程木覺得這男人比雋爺那賊兮兮的態度好多了。

「那您是……」程木接過袋子，畢竟是秦苒的東西，他不敢不拿。

「不用，她知道我是誰。」男人說完就直接轉身離開，進了電梯。

等他的身影完全消失在眼前，程木才拿著袋子，疑惑地往屋內走，一眼就看到了從樓上下來的程雋。

「雋爺。」程木站直。

「嗯。」程雋晚上喝了酒，沒喝醉，只是身上有些酒氣，洗了個澡才下來。

他身上穿著棉質的居家睡衣，不像以往那麼鋒銳，「誰來過？」

他從廚房倒了杯水出來，注意到程木手上精緻的小袋子。

袋子上很空，只有左下角有一個不是特別明顯，類似於某朵花的Logo。

他就靠在樓梯旁，微微挑眉。

程木神經很大條，「就是一個先生，我問他是誰，他也不回答，就說秦小姐看到東西就知道他是誰了，應該是秦小姐很熟的人。」

跟在秦苒身邊這麼久，程木越來越淡定了。畢竟見過的人太多，更何況還有程雋這個重量級人物。

他說完，沒聽見程雋回話，氣氛似乎陷入極其詭異的寂靜。

程木摸了一下頭，「雋……爺？」

「東西給我。」程雋慢吞吞地伸手。

程木立刻把手中的袋子遞給程雋。

程雋接過來看了一眼，袋子裡應該有些東西，不是很重，大概就是一個小茶杯的重量。

他沒打開來看，就是低頭看了一眼，然後喝了一口水才不緊不慢地往樓上走。

之後停在秦苒門外，敲門。

秦苒剛跟喬聲等人結束視訊，要去拿背包裡的東西，順道過來開門。

程雋斜靠著門框，修長如玉的手裡把玩著一個袋子，姿態有些懶洋洋。

秦苒一看到袋子就知道那是什麼了，她轉身繼續去拿自己的黑色背包，然後坐到電腦面前，不太在意。

「妳都不好奇這是什麼禮物？」

程雋往裡面走，心情似乎又好了一點，還掂了掂袋子，遞給她，一手漫不經心地撐在她身側的桌子上。

秦苒拿出背包裡的筆記型電腦，抬頭看了他一眼就伸手去接袋子。她知道裡面是什麼東西，並不好奇。

手剛伸出去，程雋又面不改色地把手抬高。

秦苒本來就坐在椅子上，就算程雋靠著桌子也不比他高，他一抬手，秦苒再多長一隻手都搆不到。

她點點頭：「好，大爺，送你了。」

她還不能不要了？

「誰是妳大爺？」程雋垂眸，聽她這麼說，他也猜到了是什麼，就低頭看了看，袋子裡放著一支黑色手機。

「啊。」秦苒關掉電腦上的文件，又按了幾個鍵打開社群軟體，敷衍地開口，「哥，兄弟，送你了，好嗎？」

程雋垂眸看她，她眉眼清然，話說得漫不經心。

程雋忽然笑了，「不對，等等，妳剛剛叫我什麼？」

「兄弟？」秦苒頭也沒抬。

「前面一個。」他那雙好看的眉眼低著。

秦苒想了想，歪頭，撐著下巴：「哥？」

程雋低聲笑了笑，眸底也有些隱祕的笑。他把那個小袋子遞給秦苒：「拿去吧。」

「你不要了？」秦苒接過來，「這手機挺好用的。」

「不用。」程雋站直，「我聽到程金他們的聲音，先下樓了。」

樓下，程木抱著一盆花，求生欲讓他不敢再跟程雋一起去樓上，只依舊抱著花盆，坐在樓下的沙發上，先傳訊息給林思然，報告了一下這盆花的狀態，然後又傳給老園丁。

以往，老園丁都很冷漠地「嗯」一聲，今天忽然回了一句：『我發現你很有種花的潛力。』

程木盯著這句話看了半晌，不太懂他的意思。

門鈴響了一聲，這次真的是程金回來了，他一邊脫下西裝外套一邊往樓上走：「雋爺呢？」

身後還跟著程溫如。

「應該去找秦小姐了。」程木提醒了一句。

程溫如立刻停下腳步，不敢繼續走。她坐到程木對面，把公文袋隨手放到桌上，腿微微翹著。

程木看了一眼程溫如的公文袋，左下角也有一個花型Logo。那個花型很奇特，程木一向不在意程金他們的事，但最近這半年都跟花工作，對花比較在意，而且他覺得袋子上的花很眼熟。

「這朵花，我剛剛看過。」他伸手指著程溫如的文件袋說。

聞言，程溫如低頭看了一眼文件袋，雙手環胸，挑眉：「在哪裡看到的？」

語氣顯然不太相信。

這是雲光財團發放的文件袋，今天雲光財團的投標會，不少大大小小的企業都去了。雲光財團第一次涉及電子產品，卻沒有人擔心這個計畫會不會失敗。

這 Logo 也是雲光財團剛註冊完沒多久的，沒有在市場上公開。

樓上傳來腳步聲，程雋正順著樓梯慢條斯理地往下走。程木的餘光瞥到，嚇得一顫，立刻閉上嘴，不敢再說一句話，也不想再調皮，抱著花盆就往樓上走，去找秦苒，速度很快，如同一陣風。

程金一愣，這速度……不太正常。

「找我幹嘛？」程雋坐到沙發上，低頭整理睡衣的袖子，靠著沙發背，語氣又散又慢。

程溫如的目光還定在程木的後背，不知道在想什麼。

聽到程雋的話，她收回目光，伸手把桌上的文件袋扔給程雋，「你看看。」

程雋接過來，一眼就看到了文件袋上的 Logo，挑了挑眉，「妳今天去投標了？」

「連這都知道？」程溫如嘖了一聲，不過程雋的消息向來比她多又靈通，她也沒太糾結，「確實是，畢竟是一塊肥肉，不知道多少人盯著呢。」

雲光財團畢竟是亞洲這一方的大集團，在經濟命脈上能與其抗衡的，只有另外四位。他們這是第一次入駐京城，別說程溫如等人了，就連京城的幾方勢力都希望雲光財團能成功入駐，畢竟這能帶動京城經濟的增長。有這個機會，程溫如不想放過。

「我之前不太涉及這方面，聽說是雲光財團的一個核心大人物參與的智慧系統，主要是人工智慧跟手機吧。」程溫如手撐在桌子上，詢問程雋，「分析一下，我機會大不大？」

「零。」程雋隨手翻了幾頁就把文件放回去，毫不客氣地開口。

「我也覺得不大，」程溫如也不惱怒，微微瞇眼，「不過雲光財團這次的動靜有點大啊。」

手機ＩＴ市場會迎來巨大的轉變。

畢竟她的公司也才興起，要錢的話比不過京城的那些家族，要技術也沒技術，也不是專門從事電子產品的公司，這方面還不如一個專門從事ＩＴ行業的小集團，除非是從天上掉下餡餅。

「雲光有大動靜？」一直坐在一旁的程金等兩人說完了，才看向程溫如。

「肯定會。」程溫如說得很確定，「就我所知，好像是ＩＴ界的大人物……」

今天去招標的時候，大部分的ＩＴ企業都在討論那幾個核心人物。她不關注ＩＴ界，但也從那群人的熱情中感覺到那幾個大人物不簡單。

程金點頭，略微思索了一下，沒再說話。

半晌，程溫如有些意興闌珊，想要去找秦苒：「苒苒還在樓上練琴嗎？」

「沒，在忙其他事。」程雋對程溫如沒什麼表情，語氣也是隨意敷衍。

「那好吧，」她遺憾地看了一眼樓上，開口，「我就不打擾她了。」

樓上，秦苒把程木搬進來的花草放在窗臺上，然後登入電腦上的帳號，隨手按了幾個鍵，就轉到了視訊頁面。雖然是晚上，但對方依舊很快就接起。

螢幕上是一張中年男人的臉，他應該正在書房裡，捧著茶杯好整以暇地看她：『大姊，我排到隊了？』

秦苒伸手把桌旁的袋子拿過來，笑道：「對，沒錯。」

對面，正是常寧。

『妳認真的？』常寧坐直身體。被秦苒晾著兩個月，他已經佛系了。

秦苒翻了翻小袋子，把裡面的黑色手機拿出來，頭也沒抬：「我會跟你開玩笑？」

『好。』常寧撐著桌子站起來，『說，明天在哪裡見面？我訂時間、地點還是妳訂？』

「不用，」秦苒按了開機鍵，等它自己載入系統，這才抬頭看常寧，「我明天直接去總部大樓，順便查點資料。」

『怎麼樣都好。』常寧也不在意她是不是順便來看他的，有排到隊就好。

「就跟你說一聲，」秦苒餘光看著手機，系統顯示載入完成了，不緊不慢地說：「先掛了。」

她伸手掛斷了視訊，這才看向新的黑色手機。

這是她從美洲回來前給雲光財團的一個策畫，內容有些複雜，雲光財團用了兩個月才做出一臺概念機。機身很薄，拿在手裡幾乎沒有感覺。

秦苒又拿出紙袋裡的一張紙。那是一張Ａ４紙，完全的白紙，上面只寫了一行字，大概內容就是這款手機沒有名字，只有一個罌粟花的Logo，如果真的要有個名字，那就是Poppy。並且，雲光財團要發展一條罌粟花Logo的產線，除了手機，之後還有ＥＡ系列的機器人。只是機器人的成本高，技術又繁雜，雲光財團並沒有公開販售，還在研發階段，最新拋出來的是手機。

秦苒笑了笑，把紙折起來，隨手放到抽屜裡，試用新款手機。

『請進行瞳孔認證。』依舊是機械的虛擬音。

秦苒認證，然後連上網，隨手打開一個網頁，兩隻手隨手一滑，網頁如同鋪開一層資訊網，在她面前投下了一層虛擬投影，主題色調是藍色的。

打開的網頁是雲光財團的智慧資訊網。

秦苒靠在椅背上，撐著下巴看著虛擬投影，然後想了想，拿出背包裡的黑色厚重手機，扔到桌上，「看看，你弟弟。」

黑色的手機沒有亮，只嗡嗡響了兩聲，像在抗議。

秦苒瞥了一眼，也不管它，把手機放到一旁就拿著睡衣去浴室洗澡。

她關上浴室的門。

兩分鐘之後，黑色厚重的手機亮了一下。

與此同時，常寧家——

他住在市中心，買下了最高的一層樓。這個時間站在落地窗前，能看到城市的繁華喧囂。

不過他這個時候顯然沒什麼興趣。

他走出書房，倒了一杯冷水，喝了一口才坐到沙發上冷靜一下。不知道想起了什麼，他又傳了一條訊息給秦苒：『**可以告訴其他人嗎？**』

他說的其他人自然是一二九的核心創始人，沒幾個人。他跟何晨早就知道秦苒了，但沒告訴那些人，畢竟秦苒的年紀實在太小。

沒一會兒，就得到了秦苒的一個字：『**好。**』

常寧立刻切換社群帳號，點進一個群組：

常寧：明天孤狼來總部，有誰在附近？

渣龍：老大你沒說錯名字？？

渣龍：孤狼！！？？

渣龍：WTF！？

渣龍：！！？

渣龍：震驚.JPG

不能怪渣龍震驚，一二九最出名的就是元老五人，其中孤狼更以沒有任何敗績的成績成功登上神壇最頂端——上次連國際刑警馬修都點名要找孤狼接單，由此就能看出他們之間的排名順序。

當然，最直接的原因是因為只有孤狼是駭客。

其他四個人都私底下見過面，彼此很熟，而孤狼除了接單，別說露面了，大家連他的姓氏大名都不知道。現在這個人突然說要去一二九俱樂部，渣龍覺得訊息量爆炸了！

常寧：再洗版就禁言。

晨鳥：我在外地跟個採訪節目，明天下午能回去。

巨鱷：孤狼？我兄弟他在京城？他竟然沒說一聲，我在邊境，他真的要來嗎？

渣龍：我也不在京城，不過可以晚上趕過來，不說了，我！去！開！車！

渣龍說完就下線了。

另一邊的巨鱷有點難受：一二九好熱鬧，我也想去見我兄弟。

晨鳥：……

幾個元老都知道，三年前，巨鱷在邊境進行一場恐怖交易，差點被馬修抓到，要不是孤狼，常寧跟巨鱷的手下可能就要去國際監獄救他了。
從那之後，孤狼就是巨鱷單方面的兄弟了。
常寧：你別來了，你一來，其他幾個大人物肯定會知道，到時候動靜太大。
巨鱷：……
常寧：你自己做什麼生意的，你心裡不清楚？還想要孤狼再救你一命？（微笑）
何晨看了一眼群組，笑了笑。
晨鳥：據我所知，掌管水陸空三大出「行」的大人物就在京城，信不信你剛坐上私人飛機，還沒飛過邊境就會被人打下來？
何晨最近有接觸這方面的事情，查到了水陸空這位大人物手下的一系列資訊，知道對方最近幾年都在京城活動。她敢肯定這位大人物是京城人士，就是不知道是哪一位，藏得跟他們家孤狼一樣深。
巨鱷覺得還是小命要緊。
巨鱷：我覺得改天再請我兄弟來邊境。
何晨看了一眼，輕笑一聲。巨鱷在網路上跟真人幾乎是個極端，她放下了手機。
「何姊，我們收工了？」身邊的一個女生看了她一眼。
何晨點頭，重新拿好背包：「可以，還有最後一個報導，你們跑一趟，我有事要回京城。」
她拿了車鑰匙，直接離開。
她走後不久，一位身高腿長的男人從大門走出來，一群記者連忙圍上去：「瞿總……」

瞿子簫一雙漆黑的眼眸往人群一掃，沒有在人群中看到熟悉的人影，不由得皺起眉。

跟開發商應付完一些記者之後，瞿子簫坐上自己的車子。

「瞿總，有電話——」副駕駛座上的祕書拿著手機。

瞿子簫皺眉：「不接。」

祕書壓低聲音：「是歐陽小姐。」

瞿子簫頓了頓，伸手接過電話，表情變得和緩。

*

翌日，程老爺一早就來到了亭瀾，坐在桌旁跟秦苒等人一起吃早飯，神色、狀態看起來都非常不錯，程雋則剛晨跑完回來。

「秦小姐，」程木咬著一塊麵包問秦苒：「妳為什麼每天不訓練，還能這麼厲害？」

他就從來沒有看到秦苒晨跑過。

秦苒拿起手邊的牛奶，語氣散漫：「誰知道。」

程木：「……」

程雋洗完澡下來，秦苒已經吃完了，靠在椅子上懶洋洋地玩手機。

秦陵手機上的小遊戲已經三天過不了關，秦苒在錄破關過程給他，用的是她的新手機，很薄。

程雋拉開她身側的椅子坐下，看了她的手機一眼，才懶洋洋地伸手拿了塊麵包。放在一旁的手機響起，他直接接起來。

聽完一句，他看了秦苒一眼：「是魏大師，問妳要不要去進修？」

「進修什麼？」秦苒沒抬頭，還在錄影片。

程老爺也坐在一旁，他吃完了，正在喝茶。聽到程雋這麼說，他也豎起了耳朵。

「美洲小提琴協會。」程雋開口。

「不去，」秦苒知道有這件事，她大概是得了第一，但是依舊沒抬頭，「名額讓給汪子楓。」

程雋有禮貌地跟魏大師轉告了一下，之後掛斷電話。

程老爺聽到美洲的時候，拿著茶杯的手就頓住。他沒看程雋，只看向秦苒：「苒苒，為什麼不去美洲？其實美洲的發展不錯，妳在美洲協會的話，肯定會去美大……」

身後站著的程管家點頭，像小雞在啄米一樣，而坐在程管家對面的程木看了程管家一眼。

程管家咬牙：又來了！

秦苒已經破關了，錄完影片就傳給秦陵。她這才看向程老爺，下意識坐直：「美洲太小了。」

程老爺本來還想繼續跟秦苒解釋去美洲發展對她的好處，猛地聽到這句，他以為自己聽錯了：

「妳說什麼？」

「美洲還沒有一個雲城大，大小了。」秦苒繼續解釋。

美洲是國際勢力的金融發展中心，有幾大勢力駐紮著，繁華又動盪。又因為不屬於任何一方，所以擴展地區並不大，但這「不大」也不是一般城市能相比的，繁華程度也極高……

至今，老爺都沒有聽別人用「小」來形容美洲過。

他神情恍惚地看向秦苒，「確……確實不大……」

程管家看了秦苒一眼，突然感覺秦苒跟他們家三少一樣有賊兮兮的氣質。畢竟縱古貫今，誰敢說美洲小？

吃完飯，程老爺跟在程雋身後，帶秦苒去逛了賣場，幫她買開學需要的東西。

京大的不成文規定是大一上學期，每個人都必須住宿。以前程溫如跟程雋的東西都是由程家僕人準備的，程老爺還是第一次做這種事，更沒來過大賣場。而程雋看那樣子，就不像是會逛賣場的人。至於秦苒……賣場裡人很多，她寧願跟何晨一樣去路邊攤買衣服。

最後還是程管家出面，解決了滿場尷尬。買完所有東西後，程管家讓程家司機把東西送回亭瀾公寓，秦苒跟程雋等人則去樓上餐廳吃午飯。

吃完午飯，秦苒就準備去一二九看常寧。

「見朋友？」程老爺關心了她一句，「在哪裡？一個人去安全嗎？」

秦苒說了個大概的地址，程老爺點點頭，「那讓司機送妳去。」

等秦苒走後，程老爺才瞇起眼。他在京城待了幾十年，自然知道京城的局勢，秦苒說的那條不就是黑街嗎？幾乎不受任何勢力掌控。

「苒苒一個人去，不要緊吧？」程老爺看了程雋一眼，忽然十分生氣，「你怎麼不陪她去？」

二十多年了，程家老爺第一次對他年邁時才得來的小兒子發火。

程雋：「……」

程木坐在一旁默默喝水，沒有說話，只在心裡幫程雋默哀。家庭地位堪憂啊。

＊

京城，黑街——

秦苒下了車，讓程家司機離開。

她把頭上的鴨舌帽壓低，又拿出口罩戴上，一邊傳訊息給常寧，一邊朝一二九的基地走去。

微信上，正好收到汪子楓傳來的「跪謝」貼圖。

常寧一直捧著手機等著秦苒的消息，看到秦苒傳來訊息，他連忙從椅子上站起來，一邊撥通秦苒的電話，一邊往外面走。

「常所長？」樓下的人第一次看到鐵面無私、冷酷無情的常所長這樣的表情，意外地開口。

常寧朝他們點點頭就走出玻璃門，站在大門口張望。

沒多久，就看到一道穿著白色T恤的身影，對方把鴨舌帽沿壓得很低，還戴著口罩，看不清楚長相，但身上的氣質怎麼樣也掩蓋不掉。

不太融入人群的冷酷，又帶著一點懶散，跟常寧想像中的差別不大，他招手：「這邊。」

他帶著秦苒上樓，幫她開門又幫她按電梯，這個態度驚呆了一樓的普通會員們。

等電梯門關上，一樓的會員們才面面相覷：「剛剛那是常所長吧？」

他們這些普通會員是見不到常寧等人的，只有在一二九的內部網站上看過他的照片。

「是他。」歐陽薇收回目光，深吸了一口氣。

「真的是常所長！」一群新人十分激動，「他身邊的女人是誰？感覺常所長對她很有禮貌？」

歐陽薇在這群普通會員中威信比較高，大家都下意識看向她。

「應該是核心成員……晨鳥吧？沒想到她這麼年輕。」歐陽薇放下手機，笑了一聲。

其他人都點點頭，「應該是她。」

一二九的核心會員中，屬孤狼跟巨鱷最神祕。巨鱷大家都知道是個男的，孤狼卻連是男是女都不知道，只有晨鳥的資訊比較多一點。

一群新人還在激烈地討論，歐陽薇卻再次把目光看向電梯。

通往高層……

樓上，秦苒進了辦公室後扯下口罩，又隨手把鴨舌帽取下來，放到一旁。

目光在辦公室裡掃了一圈，最後停在電腦上，「我用一下你的電腦。」

縱然跟秦苒視訊過不只一次，可真的看到秦苒那張臉，常寧還是受到很大的衝擊。

他站在門口停了一下，手機又響起。

低頭看了看，常寧關掉手機，然後看向秦苒：「妳隨便用，我下去再接個人。」

秦苒知道應該是那幾個人，而何晨肯定是不用接的。

她隨意拉開椅子坐下，抬眸很好奇：「誰？」

常寧神祕地一笑，沒直接告訴秦苒，「等他上來妳就知道了。」

他說完就開門出去，並關上了門。

常寧出去後，秦苒打開了一二九網站。那都是內部資料，不能轉存，需要高級會員的許可權。

常寧的帳號是自動登入的，只是查個資料，秦苒也沒有特別登入自己的帳號，直接在搜尋欄輸入一行字：京城第一研究院。

一二九的資料非常齊全，從基本介紹到進入第一研究院的人，再到裡面掌握的幾個工程。

京城的四大勢力中，研究院就是其中一個，這些勢力幾乎站在這個圈子的頂端，被四大家族掌控著。第一研究院背後是徐家人，主要研究的是核子動力工程與核能，裡面的分支很多，各種核子技術的實驗研究、機械設計……

京大、A大名下的物理系都是第一研究院底下的，每年兩個院校之間都會有人才輸送，競爭十分激烈。想讓學校在世界排名上再往前一名，研究院的資源分配跟支持非常重要。

京大跟A大物理系大部分出名的教授，都是在研究院負責專案的人，研究院也會派出更有資歷的教授去兩間院校教各方面的人才。

秦苒慢慢往下看，一眼就看到了京城第一研究院的院長——方震博。

她看著這個名字，放在滑鼠上的手緊了緊。

半晌，她跳過了年限，去查看幾十年前的事情。只是幾十年前，網路還沒有現在這麼發達，研究院的資料大多數都是寫在紙本檔案上，第一研究院裡應該有一個龐大的資料庫。而一二九成立不到十年，最多也只能追溯到二十年前京城一院的事，再往前就沒有了。

樓下，常寧剛走到大門外沒多久，一輛紅色的跑車就從街口轉角呼嘯而來。

嘰——與地面的摩擦聲很刺耳。

駕駛座上的人取下墨鏡，沒打開車門，只是手撐著車窗，直接從車窗翻出來。他穿著紋著骷髏頭的T恤，下身是破洞牛仔褲。

渣龍不是第一次來一二九，也不是第一次見到常寧，一眼就看到了站在大門口的常寧。他隨手把墨鏡夾在領口，朝常寧揮手，笑得毫無攻擊力：「老大。」

常寧對他就不像對孤狼那麼溫和又禮貌了，直接瞥了他一眼：「進來。」

冷酷又無情。

渣龍拖著一雙破板鞋，懶洋洋地跟著常寧身後。

現在一樓有幾個新會員還沒走，渣龍的目光東張西望，看到一樓新會員，尤其其中還有一個美女，他眼前一亮，伸手跟他們打了個招呼，「嗨。」

常寧沒有看他，側身按電梯。

渣龍現在急著去見孤狼，對這些新學員也沒什麼好奇心，他見到常寧進了電梯要按關門鍵，連忙閃身進去。

一樓的新學員們自然也沒有見過渣龍，不過能跟常寧走在一起，不說那幾個核心成員，最少也是高級會員。

「不說高級會員，我什麼時候能升到中級會員就滿足了。」一個普通會員羨慕地開口。

「歐陽小姐，妳是不是快要升級了？」有人詢問歐陽薇。

電梯內——

「老大，孤狼到了沒？是在你辦公室嗎？」渣龍雙手插進口袋，側眸看著常寧。他話多，也停不下來，「他今年多大，應該比我大吧？不過他那麼冷酷，肯定比你小，大概三四十？」

「他本人跟巨鱷一樣冷漠又無趣嗎？」

「會不會很可怕？」

「老大？你怎麼不說話？」

一二九的這五個元老大多數都很沉穩，秦苒的年紀小也沉得住，當然……暴躁時另當別論。何晨就不說了，大概是因為生長環境，她是最穩的一個；巨鱷雖然在網路上話多，但本人比較冷。只有渣龍……常寧至今都不知道，為什麼其他人眼裡的大神……話能這！麼！多！比麻雀還煩。

叮——電梯門打開，常寧走出去，感覺空氣清新了不少。

「老大，我覺得你的表情讓我有點害怕。」

「老大，你為什麼不回我？」

「……」

常寧加快步伐，走到辦公室前便打開大門。

渣龍跟在他身後。他來過常寧的辦公室幾次，也不陌生，一眼就看到沙發上是空的：「老大，孤狼——」

他說到一半，看到坐在常寧辦公桌後面的人忽然停下來。

常寧關上門，也不管他，看向秦苒問：「資料找到沒？」

「還差一點，」秦苒靠在老闆椅上，隨意翹著腿，一手放在腦後，聲音不緊不慢，「第一研究院的資料十年前就有斷層。」

「差不多。」常寧也不意外，一二九能查清它十年的底細已經很不容易了。其他的，就算是另外三大家族，也不知道第一研究院這十年的底細。

常寧一邊說一邊倒了兩杯水，自己喝了一杯，另外一杯遞給秦苒，然後幫秦苒介紹：「渣龍。」

渣龍是話多，但作為一二九的人，他智商並不低。看到秦苒坐在老闆椅上的時候，他大概就猜出了她是誰。

他看著那張過分年輕，像是剛高考完的臉，終於找回了自己的聲音：「……孤狼？」

秦苒撐著下巴，看著對方一身骷髏上衣配破洞褲、板鞋，跟她想像中沒差多少。

她好看的眉眼微微挑著，冷酷十足地「嗯」了一聲。

「妳多大？」

「二十。」秦苒把水喝完，語氣漫不經心。

渣龍傻住了，人生中第一次，他竟然不知道要說什麼。

這態度，確實是孤狼沒錯，但……是女的就算了，為什麼還這麼年輕、這麼好看？

一二九元老等級的人物不到二十？妳讓今年新加入的普通會員情何以堪！

渣龍撓了撓頭，又從口袋裡摸出一根菸，思考人生。半晌又低頭，覺得自己今天穿錯衣服了。

二十分鐘後，辦公室內，渣龍幽幽地在何晨耳邊念著，「誰能想到，孤狼今年才剛上大一，是個女的……」

何晨把背包往沙發上一扔，聽完只瞥他一眼，點頭：「孤狼大概也沒想到，渣龍是個話癆。」
幾個人都是在網路上神交已久，但正式見面就跟秦苒第一次見到何晨一樣，沒什麼尷尬。
四個人坐在辦公室裡聊了幾個小時，何晨才要把秦苒送回去。
渣龍非要跟著她們，最後渣龍坐在副駕駛座，秦苒坐在後座，何晨問了地址就開始導航。
京城很大，何晨一直待在邊境，也是最近一年才回來，還經常出差，對京城不太熟。
「孤狼，妳怎麼會突然見我們？」
「妳竟然才二十歲！」
「孤狼……巨鱷一直叫妳兄弟……」
「孤狼……」
後座，秦苒終於取下耳機，開口：「停車，我到了。」
渣龍望向窗外，這邊是商業區，沒有看到居民住宅，疑惑：「這麼快就到了？」
何晨看了眼後視鏡，在路邊停車，秦苒就拿著鴨舌帽下車。
就是這個時候，何晨的導航傳出好聽的女聲：『前方三百公尺處路口左轉。』
渣龍立刻轉頭，他以為秦苒看錯了：「還沒到，孤狼妳還沒到，快上……」
「閉嘴。」秦苒把帽子往頭上一扣，眉眼一掃，又冷又不耐煩：「我說到了就到了！」
她轉身往路邊走。
今天巨鱷雖然沒來，但常寧接待了三個人的事情也被京城一部分的勢力攔截到了。
渣龍本來只是想來看看孤狼，但看到何晨跟秦苒都常駐在京城不走了，他就回到一二九，讓常寧幫他安排住所。

默默地，京城裡的大人物越來越多。

與此同時，京城機場內，寧晴剛到達。

京大明天正式報到。

整個暑假，寧晴都在雲城接待客人。秦語要開學的時候，她也來到京城，照顧秦語的學業。

寧晴這次來京城，沈家人非常客氣地派了人來接待她，來的人還是沈老爺身邊的一把手，跟她第一次來京城的時候態度不一樣，有禮貌又熱情，甚至熱情過頭，比去年秦語被戴然收為徒弟還超過。

寧晴訝異。

「舅夫人，我們順路去小提琴協會接表小姐。」對方十分尊敬地開口。

沈家的車開往小提琴協會。

第七章　大人物雲集

小提琴協會——

秦語還坐在電腦前看著頁面上的排名，直到手機響了，沈家打來電話她才回過神。

她煩亂地關掉了排名頁面，站起來往門外走。最近這兩天，小提琴協會的人討論的大多都是表演賽的事情，大出風頭的是秦苒那三人，尤其是秦苒。

秦語實在不想再聽他們三個人的任何一件事，因為她知道第一名會去美洲協會……

剛下電梯，還沒走出大樓，就看到大門前圍著一群人，吵吵嚷嚷的，似乎很熱鬧。

秦語對這些不太關心，但是她看到在路邊的汪子楓跟恩格先生那群人。

「他們在看什麼？」她疑惑地問了一句。

戴然向她介紹過恩格先生，秦語自然知道他在美洲是什麼身分，只是汪子楓為什麼跟恩格先生在一起？若是秦苒，她還能理解，但汪子楓不過是五級學員啊！

「師姊，」身旁的田弋筠搖了搖頭，不太清楚：「他們好像是在說什麼名額的事情……」

田弋筠很晚入會，並不知道美洲的這些事。

秦語卻像被戳中了什麼，整個心臟都要從胸口跳出來了。她聲音一緊，連自己都沒有發現聲音還帶著一些顫抖，「名額？秦苒？」

身旁有老學員認出了秦語等人，聽到她們也感興趣，立刻興沖沖地回頭，「不是秦苒，是汪子楓！去美洲的名額本來是秦苒的，不過聽魏大師說秦苒要專心於學業，她就把名額讓給汪子楓了！」

他一臉羨慕地看著汪子楓，「對了，妳們知道美洲協會是什麼地方嗎？它在國際上的地位，就如同我們京協在國內的地位一樣，是無法撼動的權威！」

田弋筠不知道美洲是什麼地方，可是聽老學員形容就知道不是什麼普通地方。她一臉嚮往，不知道是羨慕還是嫉妒地看向汪子楓。

而秦語的腳步踉蹌地往後退了一步。

美洲是什麼地方，她怎麼可能不知道？去過美洲的秦語，知道的甚至比老學員多很多，那裡就是權勢的化身，她為之努力了一年也不能去的地方，秦苒就這麼隨意讓給了陌生人？

秦語還在瘋狂地想著，身側的老學員又開口：

「對了，不僅僅是美洲名額，聽說魏大師還收了田瀟瀟跟汪子楓為記名徒弟。汪子楓跟田瀟的運氣可真好，秦苒把名額讓給他就算了，魏大師竟然還收他們為記名徒弟……還有，」老學員說著，又看向田弋筠，「聽說魏大師收徒，是因為汪子楓他們兩人是秦苒的組員。你們這一屆真幸運，早知道我也晚兩年入會，說不定也能當秦苒的組員。不說去美洲的名額，我至少也能當魏大師的記名弟子……」

這句話一出，別說秦語，田弋筠身旁本來就後悔莫及的李雪心上又被狠狠插了一刀。

接下來的話，秦語一句也不想聽了，她拿著自己的包包，失魂落魄地走出大門，腦子裡還在回想老學員的話。

兩個普通隊員就能讓秦苒這樣……

「語兒，妳沒事吧？」

在沈家的車裡，寧晴遠遠就看到了秦語，立刻從車子上下來。看到秦語的臉色有些白，她抓著秦語的手臂，緊張地上下看了一番。

八月底，天氣依舊十分燥熱，秦語卻覺得心都是涼的。她搖了搖頭，直接坐上後座，一行人回到了沈家。

一路上秦語都沒有說話，她只是看著窗外，也不知道在想什麼。

寧晴不知道秦語怎麼了，也不敢打擾她，只是默默跟在秦語身後。

到了沈家，沈老爺等人都在等秦語跟寧晴回來吃飯。

「你們回來啦。」

林婉面對寧晴的時候，一直高高在上，有種目空一切的意味，此時卻親切地跟寧晴打招呼，讓寧晴感到詫異的同時又極其不習慣。

沈家這些人究竟是怎麼回事？她不在京城的這段時間，秦語又做了什麼嗎？

秦語今晚沒有胃口，直接搖頭，「你們先吃吧，我去樓上練琴。」

寧晴在沈家人的熱情招待下吃完了一頓飯，然後敲開秦語房間的門進去。秦語的房間比上次她來沈家的時候好多了。

「妳沒事吧？」她把秦語的飯端到秦語房間，放在桌上後看向她。

秦語剛洗完澡，正坐在椅子上用毛巾擦頭髮。聞言，她搖頭，「沒事。」

她的抗壓性很高，表面上已經看不出來任何異樣。寧晴看了她半晌，確定沒事了才吐出一口氣。現在她的人生只剩下秦語一個指望了，寧晴對她的關心程度可想而知。

「語兒，我覺得今天妳小姑他們的態度不對勁……」寧晴坐在她的床邊，疑惑地開口。

態度不對勁？還不是因為看到秦苒被魏大師收徒了。

秦語拿著毛巾的手一緊，低頭，另一隻手的指尖幾乎要戳破掌心。

她幾乎能想像到如果秦苒現在要回來，沈家跟林家會有多麼普天同慶。

＊

兩天過去，木小魚魚已經把秦苒的小提琴譜寫出來了。

木小魚魚先聽出框架，把秦苒的小提琴高潮分界位置都標出來。聽第一遍的時候，她沒有用心去記，很明顯沉浸到那種狀態中了。之後聽了好幾遍才記下大概的框架，然後繼續聽各種片段。

聽越多次，木小魚魚對秦苒的這首曲譜就越驚豔。

秦語一年前的樂譜，木小魚魚早就聽出來了，對比過後，她很輕易地發現確實有好幾個片段很像。但秦苒的明顯更大氣，格局也更大，而秦語一年前的那場演奏與其對比起來，簡直毫無特色。如果中間不是隔著「疑似抄襲」這件事，木小魚魚覺得自己很容易變心。

她看著兩張曲譜，還有對比的巧合程度，已經不能只用巧合來說明了。

木小魚魚內心的糾結可想而知。秦語是她第一個喜歡上的網紅，秦苒……則是她在這過程中無意喜歡上的人……

半晌，木小魚魚才看著京協的官方帳號，打開了私訊系統問：

『請問，你們最新上傳的小提琴手的曲譜，是什麼時間創作的？』

京協一直沒有回覆。

木小魚魚的眼睛盯著私訊系統，想了半晌，最後還是點開秦語的私訊，問她琴譜的事情……

＊

秦苒並不知道這一連串的事。

她走下何晨的車後，重新攔了一臺計程車。這次的司機是個中年男人，話很少，一路上只說過兩句話。秦苒擰著的眉頭放鬆下來，看了一眼群組，喬聲跟潘明月等人已經到京城了。

林思然剛接到喬聲，正在群組裡呼叫班長，晚上要上星。

亭瀾——

程老爺沒有回程家，只是坐在沙發上，端著一杯茶，眉眼很嚴肅，不知道在思考什麼。身旁還坐著程溫如。她靠著沙發坐著，腰背挺得很直，「苒苒去見朋友了？什麼朋友？」

程老爺剛想回答他沒問，秦苒就推門進來了。

聽到程溫如的話，她隨手拿下頭頂的鴨舌帽，放到一旁，「幾個以前認識的網友。」

「去見網友？」程老爺坐直身體，聲音嚴肅，「現在網路上騙子那麼多，一個女孩子去見網友不安全，下次去見網友，身邊要帶個人。」

程木去廚房幫她端來一杯茶，放到程老爺對面的茶几上。

秦苒坐好，端起茶來，語氣與以往沒什麼兩樣：「沒事，大家都很熟，有一個女記者之前在雲城見過了。」

程木坐在沙發的另一邊，也打開一瓶冰啤酒。剛喝下一口，聽到秦苒的話，他差點噴出來。

就是那個隨便拿出一管藥都一百萬的女戰地記者？

他想起了那些年被「普通朋友」支配的恐懼。

程老爺跟程溫如都沒有關注程木的臉色，兩人還在教導秦苒不要隨便出去見網友，秦苒就安靜地聽著。

說了十分鐘之後，等程雋跟程金也從外面回來了，兩人才打住話題，去飯桌旁吃飯。

吃飯的時候，程老爺的手機響了一聲。他接完，表情有了些變化。

程管家詢問：「出事了？」

程老爺放下筷子，拿著手機思索了半晌，本來張口想說什麼，但看到秦苒，他又收回了口中的話，搖頭：「沒多大的事，你們別擔心。」

程老爺說完，神色如常，繼續拿起筷子吃飯。

以往吃完飯，程老爺都會找藉口留下來，今天卻急著離開。

程溫如本來有事要跟程雋商量，看到老爺這樣，也擰著眉，拿著公事包追了出去。

「爸，出什麼事了？」程溫如走進電梯，按了地下一樓，側頭詢問程老爺。

程老爺抬頭，看著電梯上方紅色的樓層數字，「今天一二九那邊有異動……最近一年，京城是越來越不太平了。」

雲光財團的入駐、一二九的異動……

「一二九異動？」程溫如詫異地抬眸。

一二九跟其他組織不同，太過神祕，資料也很少，但情報網幾乎遍布全球，誰也不清楚他手裡有沒有捏著幾個家族的命脈。

電梯門打開，程老爺往外面走，「聽說有兩個核心人員來到京城，歐陽薇看到了。」

「不會是巨鱷吧？」程溫如擰眉，喃喃開口，「怎麼會把這麼危險的人物放到京城？」

「我先回去看看情況，」程老爺停在車旁，手放在車門上，沒立刻上車，「那歐陽薇，聽說會成為一二九的中級成員，秦家……更毫無勝算。」

程溫如多多少少知道一二九元老的一些資訊。一二九之所以能掌控這麼多情報，卻沒人敢惹，有一個原因是一二九的勢力，另一個原因則是一二九的幾個元老成員特別恐怖。

關於巨鱷的事情，京城四大家族都聽過，那是邊境的一個武器大商。

歐陽薇要是真的打入了內部，別說早就沒落的秦家毫無勝算，其他幾個家族都要忌憚歐陽家。

*

雲錦社區——

秦陵把秦苒傳來的影片看了一遍又一遍，盤腿坐在沙發上，繼續破爬格子的遊戲，耳裡更塞著耳機，隔絕雜音。

不遠處的飯桌旁，秦漢秋正在跟那位秦叔說話。

秦叔把一個資料夾遞給秦漢秋，「學校我已經找好了，國際小學，秦陵以後去上小學，你跟著我學一些東西。」

秦漢秋接過文件袋，訕訕地點頭，然後翻開來看，裡面是一堆繁雜的文字，他看得頭痛。

秦叔看他這樣，心底嘆了一聲，手撐著桌子站起來。

「他在幹嘛？」秦叔在大廳裡晃了一圈，目光放在秦陵身上。

他身側的中年男人這幾天都跟在秦漢秋他們身後，怕他們惹事。

聞言，秦漢秋低聲回答，「是在玩遊戲，好像是他姊姊給他的。」

「他姊姊？」秦叔聽到這裡，不由得按了一下眉心。

中年男人聽出了秦叔十分失望，不敢再說什麼，只低下頭，心裡也嘆息了一聲。

秦叔花了好大的代價，才把秦家正統的二爺找回來，誰知道……

畢竟是從小走失，沒有家族的培養，算是趕鴨子上架。

秦叔在這裡停留了一會兒，就回去秦家，中年男人把他送出門。

他走之後，秦漢秋才不逼自己去看那些數字，而是走到秦陵身邊，蹲下來小聲道：「小陵，明天你姊姊開學，我們去看你姊姊好不好？」

秦陵的手指在螢幕上滑著，終於過了這一關。

他伸手取下耳機，聽到秦漢秋的這句話，眼睛亮了亮，「好。」

中年男人很快就回來了，聽到他們明天要去看秦陵的姊姊，他也沒阻止，只嚴肅地囑咐：「二爺，不要告訴她你們現在的情況。」

秦漢秋早就跟秦苒說了，不過他沒有跟中年男人解釋，只憨憨地點頭，「我知道。」

「明天我送你們去。」中年男人看了秦漢秋一眼，覺得他應該不會亂說。

秦陵已經低頭拿起手機，連繫秦苒。

*

翌日，京大第一天開學。

秦苒很早到，新生接待處的人還沒有特別多。程雋拿著她的行李箱站在路邊，等她去新生接待處。

秦苒眼睛一掃，就走到最近的一個新生接待處，她長得顯眼，幾乎吸引了所有人的目光。幾個學長們立刻圍上來，因為她沒有行李，他們都想要自告奮勇帶她去辦手續。

「好了，我來吧。」一個氣質略顯溫潤的男生接待了秦苒，「學妹，妳沒有行李嗎？」

頭頂的太陽太大，秦苒壓了壓頭頂的帽子，「有，在那裡。」

她伸手指向程雋。

程雋單手插著口袋，因為她去太久了，他就懶洋洋地坐在行李箱上。大夏天的，他依舊穿著黑色的T恤，映得鎖骨一片瑩白，懶洋洋地晃著腿，引起了來往學生的注意。

「那我就輕鬆了。」男生一愣，然後笑著帶秦苒去辦手續，心底嘖了一聲。長得這麼好看，果然不是單身狗，「我是夏瑨，大二法律系，妳有興趣加入學生會的話，記得找我。」

兩人離開新生接待處，一群學生會的人不由得面面相覷。

「新生是不是來錯學校了？我們不是影視大學啊……」

「不知道是哪個學院的？」

「長得這麼好看，應該是藝術學院吧？」

「不管是哪個學院的，肯定不是那四大學院。」

「看來校花榜要多加一個人了吧？今年新生不錯。」

「什麼叫校花榜多加一個人？她明明是要傲視群雄啊！」

因為人不多，秦苒也沒有排什麼隊，不到一個小時手續就辦好了。

她分到的寢室是舊教學大樓三〇一室。因為很早來，寢室裡還沒有人。

寢室有四張床，每張床上都貼了名字。秦苒的床鋪靠近窗邊，她跟程雋隨手把東西整理好就下樓，沒留在寢室。

新生報到一共三天，報到完不一定要住校，有些學生會趁這三天跟父母好好玩。

與此同時，一輛黑色的車也停在熱鬧的商業街門口。

駕駛座上坐的是中年男人，他停好車，看向秦漢秋，詫異道，「他姊姊考到了京城的大學？」

這一塊是京城的大學城，集結著所有知名大學，能考到這裡的都不簡單。

秦漢秋臉上的笑容毫不掩飾，「是啊，今年剛高考完。」

中年男人確實很驚訝。

他找到秦漢秋的時候，才知道為什麼他的資料會那麼難找，因為秦漢秋在寧海鎮，表面上是一個扶貧地點，實際上是幾個大家族的實驗基地。說是扶貧，不過是讓更少人去那裡發展。

也因此，寧海鎮的資料有專人把關。想要調用特別難，像中年男人到現在都還沒弄清楚秦漢秋最近幾年的事情。

他跟秦漢秋接觸過，自然知道他之前一直在工地搬磚，教育程度不高。不過畢竟是秦家二爺，總不能一輩子都在寧海鎮過。好在秦陵還小，現在培養還來得及。

至於對方的兩個女兒，他也聽說了。秦家局勢險惡，要找回秦漢秋跟秦陵都冒著很大的風險，只是這兩人跟他們想像的不一樣，所以對另外兩個女兒沒什麼期待，卻不知道她竟然考到了京大。

中年男人有點驚訝，不過也沒多問，只再次囑咐了一句，讓秦漢秋別多說。說完之後又覺得自己太刻意，就隨口問了一句秦苒是學什麼的。

秦漢秋不太清楚秦苒學什麼，只興奮地開口：「她的小提琴拉得很好。」

秦苒曾經傳了一個影片給秦陵。

說到這裡，秦漢秋拿出手機給中年男人看：「你看看……」

中年男人是一個粗人，不太有耐心，只敷衍了兩聲。

秦苒現在剛從寢室出來，秦漢秋跟秦陵就沒有去京大裡面，只在一個路口等了兩分鐘。

＊

秦語本來是打算去美洲的，但現在名額給了汪子楓，所以開學日，她還是跟寧晴一起去京大報到。

沈家的車開往京大。

在路口，秦語無意識地看著窗外，一眼就看到了站在路口的秦漢秋，她的手一緊，不可思議：「媽，他們怎麼會在京城？」

秦語知道秦漢秋現在的生活情況。以往每次去雲城一趟，都是因為工廠要送貨，手裡的每一分錢都要精打細算。雲城到京城的路途很遠，別說是機票，就算是火車票都不便宜，更別說來到京城之後的生活費、住宿費……

秦漢秋就算有錢來京城，又哪有錢能在這裡住宿？

寧晴順著目光看過去，一眼就看到了站在路口的秦漢秋跟秦陵。秦漢秋長得確實超出常人，但他身上沒有絲毫氣質，粗鄙又市儈，放到菁英人士裡，瞬間就淪落為司機保鏢之流。

聽到兩人的聲音，司機放緩了車速，看著後視鏡，「夫人、表小姐，是看到朋友了嗎？需要我停下來嗎？」

「不用。」寧晴回過神來，沉著臉開口，「你快點開。」

她好不容易從那個小鎮逃出來，再者……若是被林婉跟沈家人知道秦漢秋，就算是他們表面上不顯，內心也肯定會嘲笑。

秦語也從後視鏡收回目光，沒有說話。現在馬上就要去京大了，要是停下車子，秦漢秋肯定會跟自己一起去，他那個形象……今天剛開學，秦語也不想讓人知道她的親生爸爸是這樣的。

沈家的車很快就開走，在一個轉角的時候，秦語又往後看了一眼，路口處已經沒有了秦漢秋跟秦陵的身影。

秦語重重鬆了一口氣。

這一邊，秦漢秋已經跟秦苒兩人坐到咖啡店裡了。

秦陵把手機上的遊戲頁面拿給秦苒看，秦苒接過來瞥了一眼，微微一愣。

秦陵過關了。

她很小的時候，陸知行在電腦上給她玩過這個爬格子遊戲，普通的爬格子過關遊戲需要很強的邏輯思維，正因為如此，陸知行才發現了她的電腦天賦。

後來有了智慧型手機，秦苒就把這個小遊戲加強難度，放在手機上。

給秦陵遊戲的時候，秦苒只是隨便打包了一堆遊戲給他，這個也在裡面。但秦苒沒有想到秦陵會玩到這款遊戲，還差點破關。她錄的影片也只能說是想給他一點啟發，沒想到昨晚剛傳給他，他今天就破關了。

秦苒一直沒動靜，正在跟秦漢秋聊天的程雋注意到，就看了她一眼，又把奶茶放到她身邊，壓低聲音：「怎麼了？」

她拿過奶茶，一手撐著下巴，骨節微微泛白，懶洋洋地道：「沒事。」

秦苒看著秦陵，略顯驚訝。她一直以為，她的高智商，包括電腦上的天賦是來自她外公，現在看來，其他方面或許是來自於她外公，而電腦這方面……或許不是。

她小時候有陸知行啟蒙，但秦陵沒有，以至於到現在秦苒才發現秦陵在這條路上，有著得天獨厚的條件。

「你們住哪裡？」秦苒往椅背上一靠，指尖漫不經心地敲著杯子，雪白的手指映著杯沿，緩慢又有節奏。

秦漢秋也一直關注著秦苒，不過他知道秦苒大概不怎麼喜歡他，所以沒說話，只在秦苒問話的時候立刻回答：「雲錦社區一區二……二一……」

說到這裡的時候，秦漢秋卡住了。

雲錦社區的地址，中年男人跟他說過一遍，但秦漢秋記得不是很清楚……

秦陵淡淡地看了秦漢秋一眼，語氣沒什麼變化：「雲錦社區一區二十六棟八〇一號。」

秦漢秋訕訕地笑了一聲，他端起杯子，低眸喝了一口咖啡，「好、好像是這樣，小陵，你記憶力真好。對了，」秦漢秋想起一件事，看向秦苒，「要是秦叔派人來找妳怎麼辦？」

秦苒漫不經心：「他們查不到我的資料。」

中午吃完飯之後，程雋先把秦漢秋送回去。程金打了電話給他，他把秦苒送回亭瀾才出門。

程木今天去跟林思然交接新的花了，秦苒在樓上練了一會琴，想了半晌也拿著手機出門。

她把鴨舌帽扣在頭上，一邊按著電梯，一邊傳了訊息給陸知行。

半個小時後，京城金融中心——

這邊都是高樓大廈，京城幾乎所有的集團總部都在這一塊。

車停在雲光財團總部的樓下。秦苒剛到，雲光財團的大門沒有人看守，因為這幾天還在招標，來來往往的人絡繹不絕。

大廳中央是藍色的透明4D投影，引起不少人佇足關注。秦苒往四周看了一眼，直接朝一部電梯走去。

工作人員看到，立刻往前走：「抱歉，小姐，這部電梯……」是內部人員專用。

他一句話還沒說完，秦苒就拿著黑色的薄型手機往感應器上靠，電梯門瞬間打開。

她走進電梯，稍微抬頭看向工作人員。因為鴨舌帽壓得很低，只能看到她精緻白皙的下頷，聲音又輕又冷：「電梯有事？」

工作人員反應過來，「沒事，您請！」

電梯門關上，工作人員還站在電梯口看著電梯一層層往上攀升，直至停在二十一樓。

工作人員內心更加震驚……

二十、二十一樓都是IT部，尤其二十一樓是IT部菁英核心的樓層，楊總特地單獨空出了一層樓。整個公司，每一層樓都很熱鬧，幾乎都有一百人，然而在二十一樓工作的人不到二十人，十分安靜，連清掃人員都只能在規定的時間內進去，是雲光財團最神祕的一個部門。

工作人員也只是雲光財團的新人，從來沒有見過二十一層樓的核心人物……

大門口處，也有人停頓了一下。

「沒事吧？」封辭看了林錦軒一眼，眸色微頓。

電梯門關上，林錦軒才收回目光，按了一下太陽穴，側眸：「沒事，可能是太累，看錯了。」

秦苒怎麼可能會出現在這裡？

下午五點半，雲光財團下班的時候，秦苒才從二十一樓下來。

她拿著手機，程雋剛傳了訊息問她在哪裡，她就站在路口回覆。剛回完訊息，身側有一輛黑車停下來。

車窗降下，露出了後座上程溫如的那張臉：「苒苒，妳怎麼在這裡？快上來，外面那麼熱。」

秦苒坐上了後座，扯下鴨舌帽，面不改色地跟程溫如說：「我來逛街。」

駕駛座上，李祕書往後視鏡看了一眼，心底疑惑著：商業街跟金融中心隔了一條街吧？

然而，秦苒就是程溫如心裡的小可愛，她關心地詢問：「妳買了什麼？東西很多嗎？會送回家嗎？」

「就買了一臺電腦。」秦苒想了想，開口。

「電腦啊。」程溫如點頭，「妳喜歡打遊戲吧？過幾天，我幫妳弄一臺雲光財團的電腦，他們家電腦好。」

秦苒：「……謝謝。」

晚上七點，雲錦社區。

秦叔照舊來看秦漢秋的情況，有人在這時敲門，秦叔就去開了門，門外是一個戴著紅色鴨舌帽的人。他把手中的一個包裝盒遞給秦叔，話說得言簡意賅：「您好，這是秦陵的電腦。」說完，也不等對方回話，直接按了電梯離開。

中年男人有些疑惑地把電腦拿給秦陵，「小少爺，你買了電腦？」

秦陵低頭拆開包裝，一眼就看到了黑色電腦，跟他在秦苒那裡看過的一模一樣。

他眼裡迸發出微亮的光芒，聲音也帶著些許波動，抬頭，「不是，我姊姊給我的。」是給他的，不是買給他的，只是這個意思鮮少有人懂。

他打開電腦。電腦開機速度很快，螢幕上是一片荒蕪的沙漠，上面全是遊戲的圖示。

秦陵直接拿著電腦去了臥室。

「他姊姊怎麼跟他連繫了？」秦叔看了中年男人一眼，「你去看看。」

中年男人去房間看了一眼秦陵，三分鐘後回來，恭敬地回答：「小少爺在玩遊戲，他姊姊……他姊姊幫他下載了幾十個遊戲。」

「幾十個遊戲？」秦叔微微擰眉，進去秦陵房間看了一眼。

秦陵果然在玩遊戲。

他今天心情好，看到秦叔他們進來，也不生氣，反而禮貌地詢問：「你們要玩遊戲嗎？」

「不了，」秦叔站在他身後，看了一眼電腦上亂七八糟的遊戲，眉頭擰得更緊了。

＊

京大女宿舍——

秦語洗完澡出來，她桌上的電腦是開著的，顯示著她的微博頁面，有一千兩百萬的粉絲。

她大大方方地開著，也沒關上。

有兩個室友羨慕地在一旁討論，看到她出來，不由得開口，「秦語，這是妳的微博嗎？好厲害，都抵得上二線明星的流量了。」

秦語笑得隨意，不太放在心上。她把頭髮擦乾，把毛巾放到一旁，不小心碰到了滑鼠，點開一條私訊。

是木小魚魚的訊息。

「過兩天學生會會招人，妳們兩個要去嗎？」秦語隔壁的短髮室友想到學生會，躍躍欲試。

另一個室友搖頭，「我是想去，不過我不是四大學院的，也長得不好看，人家不一定要我啊。不過秦語一定能進去，秦語，妳以後可能就是我們寢室的救星了！」

大學學生會，就相當於一個獨立於學校的組織，有相當的發言權。

「對啊，秦語妳長得這麼好看，一定能進去。」短髮室友手托著下巴看秦語。

學生會選人無非那麼一點條件，長得好看、擅長交際或者有一技之長的人，基本上都會被挑中。

秦語微頓，不動聲色地開口：「四大學院？」

她來到京城這麼久，一直都覺得自己會去美洲，從來沒有注意過京大這邊的事，所以聽室友說起來，她才會這麼陌生。

「學校論壇有，就是我們學校大大小小有二十幾個系，全校最厲害的系別只有四個，政法系、物理系、醫學系、數學系，簡稱四大學院，這四大學院的學生都很厲害。我也想去政法，可惜我分數不夠，只能填經濟系。」短髮女生靠著椅背，搖搖頭開口。

不過，她顯然對四大學院也不夠了解。

秦語若有所思地收回了目光，看到點開的私訊頁面，伸手就要關上，可看到上面顯示的內容，她的手忽然頓住。

木小魚魚的訊息很簡單，傳了兩份對比樂譜的簡圖，又把京協官網的影片傳給秦語。

『秦語前輩，這個人的曲譜跟妳的很像。』

秦語眯了眯眼，拿起耳機，又點開木小魚魚傳來的影片，一眼就看出那是秦苒在最後表演賽上的影片。

當時她沒有很認真聽，畢竟一聽到是秦苒的表演曲目，她就又差點心肌梗塞。此時全都聽完，秦語的心陡然亂了一圈，幾乎快從胸口跳出來，拿著耳機的手都在微微顫抖。

她忽然想起了魏大師一年前說的「抄襲」……

那張樂譜她是在林家撿到的，又是陳淑蘭行李中掉出來的，現在跟秦苒的樂譜撞上，一切都太過巧合，秦語幾乎已經理出那條線了……

心裡一個不可思議的想法躍出來——那張樂譜可能是秦苒的！

她關掉了木小魚魚的私訊，怔怔地坐在自己的位子上，連室友說的學生會跟四大學院都沒有心思關注了。

不對……秦語靠著椅背，又想起一件事。

那張樂譜的手稿……在她手裡。

與此同時，常寧家——

渣龍從冰箱裡拿出一瓶冰啤酒，嘴裡一邊不停跟常寧說話，一邊撥通巨鱷的視訊電話。

電話沒響一會就被巨鱷接起，問得乾脆俐落，『什麼事？』

看他那邊漆黑的背景，幾乎連臉都看不清楚，應該是在室外。

「沒什麼，就是想知道你為什麼一點也不好奇孤狼的事。」渣龍喝了一口啤酒，神祕兮兮地開口。

『我當然好奇我兄弟，』巨鱷把菸咬進嘴裡，聲音平穩，眉頭卻擰著：『最近這兩天有點事。』

「遇到麻煩了？」渣龍喝完啤酒，把罐子一捏，直接扔進垃圾桶，「跟我說說，什麼麻煩。」

巨鱷本來很感動，想要回答時，渣龍又開口了：「說出來讓我開心一下。」

「別理他，」常寧伸手拿過渣龍的手機，「最近邊境不太平？」

『有點。』巨鱷那邊有車開來，後面的燈開著，照出他的眉眼。三十歲左右，有股異域風情的俊美。半晌，他擰起眉，『有個勢力確實有點麻煩，正好想連繫你幫我查查。』

「哪個勢力？」常寧一笑。

能被巨鱷忌憚的人不多。

『美洲的，地下聯盟同級勢力，什麼土的，裡面還有一個人是駭客聯盟的人。』巨鱷掐滅菸，隨手扔到了窗外。

「隨手扔垃圾不對。」常寧看了他一眼，說完之後才皺眉，「美洲？地下聯盟同級勢力……這件事可不好查。」

『好查的話，我還會來找你？』巨鱷比了個手勢，吩咐手下開車。

常寧把手機還給渣龍，自己去倒了一杯茶，「能查美洲的人，只能有孤狼。你也要下單嗎？排隊嗎？」

不僅僅是查那個勢力，更重要的是，孤狼同時也是駭客，巨鱷現在就缺一個駭客跟對方槓。

『我兄弟會讓我排隊？』巨鱷抬了抬下巴，非常自信。

渣龍忍了半天忍不住了，他開口，「一天到晚兄弟，誰是你兄弟？」

巨鱷本人看起來比網路上高冷，他透過鏡頭淡淡看了渣龍一眼，『你話這麼多，孤狼是不是特別嫌棄你？』

渣龍：「……」

想起兩天前的事情，心口忽然被插了一刀。

與此同時，亭瀾，書房——

程金正把一堆文件遞給程雋，「程土那邊傳過來的消息。」

「他去邊境了？」程雋翻開來看了看，就放到桌上。

程金點頭，又搖搖頭，「問題不大，他在跟程火商量……」

程雋抬眸，略加思索。

兩人正說著，門外的程木就叫他們下去吃飯。程金止住了話，跟在程雋身後出去。

程木以前總以為程金是在處理程家的事情，可這次回京城，就再也沒有這種天真的想法了。剛才他隱約聽到程金說到程土，開口詢問：「程土現在在幹什麼？」

金木水火土中，程水、程火在美洲莊園，程木已經知道了，而他哥哥看起來是在做生意。只有程土，程木只能在群組裡看到他的身影，程水跟程火也對程土閉口不談，程木至今都不知道程土在經營什麼。

「他？」程金看了程木一眼，把手機塞回口袋，「他常年駐紮美洲，下次見面你不妨問問他。」

樓下，程溫如還在跟秦苒說話，詢問她今天報名的事情。

「物理系不錯。」程溫如拿著筷子，笑道，「京大的話，如果能進學生會就儘量進去，對妳之後去研究院有好處，要是……」

她一點都不覺得秦苒以後不能進研究院，畢竟秦苒是兩個院校的院長都搶著要的。

「算了，妳還沒進研究院，這件事說起來太遙遠。」不知道想起什麼，程溫如又嘆息一聲，止住了到嘴邊的話。

秦苒看了程溫如一眼，覺得她話裡有其他意思，不過也沒有多問。

「我記得……京大的傳統好像是最少住宿一學期吧？」程溫如夾了一根青菜，說到這裡，看了一眼正拉開椅子坐下的程雋，笑了。

程雋不太高興地看了程溫如一眼，不鹹不淡地問：「程金，最近我們是不是很缺資金？」

程金把「不缺」兩個字吞下肚，板著一張臉開口，「很缺。」

程溫如立刻收回笑，「別！財神，我跟你開玩笑的！」

程雋雖然退出了公司，但公司資金一旦周轉不過來，銀行貸款的程序太繁雜，又涉及到大部分的資金，程溫如都是找程雋借的。

程雋很有禮貌地看了程溫如一眼，抱歉地開口：「我沒開玩笑，真的缺錢。」

秦苒吃晚飯，默默放下了筷子，她拿好手機，「我先上樓洗澡。」

手機上，正好顯示出常寧的訊息：『有個新單，巨鱷的。』

秦苒按了一下額頭。

能讓巨鱷來求她的，都不是什麼簡單的事，希望開學前能夠忙完。

秦苒忙著巨鱷的事情，自然不知道一篇關於她的貼文正在迅速蔓延。

京協的帳號有不少人關注，秦苒跟秦語又都是比較出名的學員，因此木小魚魚的對比圖在秦語的粉絲群組傳開。

那是幾個片段幾乎一模一樣的樂譜，一個是今年發的，一個是去年發的，秦語的粉絲一個個都忍不住了，一則貼文橫空而出——

『@京協笑死我了，還小提琴界未來的新星，這麼明顯的抄襲看不出來嗎？秦語的這個影片都快一年了，這麼久了，她還敢發出來，當我們粉絲沒有耳朵？』

一則貼文似嘲似諷，還放了幾張圖片，正是木小魚魚做的對比圖，上面還有非常專業的分析。

這則貼文被秦語的粉絲買了熱度，秦語本身又是一個極有熱度的網紅，不到一個小時就有了一萬條留言。

這麼大的動靜，京協官方的人自然也看到了。

「我看了，好像確實是抄襲……」負責京協官方帳號的幾個人面面相覷，就是不知道誰才是抄襲的那個，「現在怎麼辦？」

「我記得，去年魏大師好像就說過秦語抄襲，所以沒有收她做徒弟吧？」另一人腦子裡靈光一閃，忽然想起這件事。

這件事事關魏大師跟他的徒弟，負責管理帳號的這些人不過就是普通成員，而且這件事的影響太大了，幾個人不敢擅自做主，只能去連繫魏大師。

京協裡，眼紅秦苒的人不少，尤其是對方成了魏大師的首席大弟子，無數人想把這件事鬧大，落井下石的人也不在少數，因此很快就傳到了戴然耳裡。

上次表演賽之後，戴然在小提琴協會的地位一落千丈，他最近這兩天心情都不太好，直至今天晚上的驚爆消息傳出來。

「戴老師，這件事確實太過巧合……」身邊的人思索了一下，低聲開口，「不過秦語比秦苒先發表一年，這是事實。」

戴然笑了一聲，眸光很冷：「秦苒要是一年前就能作出這樣的曲子，何必到今天才來京協？」

這句話一出，戴然一黨的人都不停點頭。

這麼出色的音樂，一般人做出來之後，都會恨不得天下皆知吧，哪有藏著一年才慢悠悠地放出來的道理？戴然顯然也是這樣想的，這件事如果是真的，對魏大師的信譽和跟地位顯然都是很沉重的打擊。

他直接撥通秦語的電話。

這件事發酵了幾個小時，秦語一直盯著，惶恐不安。

電話鈴聲響起的時候，她差點跳起來，不過還是按捺住自己，去陽臺接電話：「喂，老師。」

『網路上的事，妳知道了吧？不用害怕，妳只要告訴老師，樂譜是不是妳一年前寫的，有沒有什麼證據？』戴然的聲音很平穩。

顯然是相信她的，這一句話為一直很不安的秦語打了一針強心針。

她深吸了一口氣，看著樓下走動的學生，堅定地開口：「是我，我還有手稿。」

手稿看得出來是舊物，是最好不過的證據。

*

魏家——

魏大師剛回來，最近汪子楓要去美洲，魏大師在幫忙疏通管道，最近這兩天都是到九點、十點才回來。

「孫少爺今天的進度怎麼樣？」回到家，魏大師脫下外套，接過海叔遞來的茶杯。

「今天不錯，已經在試圖管理一些小生意了。」提到魏子杭，海叔的表情也緩和很多。

魏子杭在暑假的時候突然改過自新，說要回來接受家族培訓。在那之後一直閉關到現在，基本上都是海叔陪著他，也因此，這兩個月海叔沒有跟在魏大師身邊。

魏大師略微點頭，坐到餐桌旁吃飯，京協的電話就在這個時候打過來。

海叔去沙發旁接起，本來笑咪咪的表情一頓。

魏大師按了一下太陽穴，端起湯慢慢喝著。此時感覺到海叔的表情不對，他不由得抬頭，瞇起眼：「怎麼回事？」

他放下了碗。

「老爺，確實有件事……」海叔皺了皺眉頭，簡單地解釋了一遍網路上的事。

魏大師聽完，「啪」地一聲把手中的筷子甩下。

他讓人把秦語粉絲的貼文找出來，一眼就看到了下面的留言。

『竟然還是京協的高級學員？一人血書，求京協將她除名！』

『二人血書！』

『京協是瘋了吧？這種人也收？簡直就是小提琴界的恥辱，心疼秦語小姊姊。』

『因為她是魏大師的徒弟，她就能無所畏懼、光明正大地抄襲了？』

『聽說還是@魏大師的徒弟，魏大師您出來說幾句？』

事情發酵了一整晚，越演越烈。

魏大師氣得連飯也吃不下去了，那樂譜是誰的，他會不知道？

「老爺，我們去找秦小姐？」海叔低聲開口，「讓她把她的手稿貼出來就行了。」

「她哪有手稿。」魏大師按了一下太陽穴。

秦苒以前根本不知道她那些手稿的價值，因為她太輕易成功了，這也是她的一個缺點。

「那些手稿她幾乎都隨手亂丟，達不到完美，就隨手丟了。」

因為……她大概沒想到自己當成垃圾的東西，別人是如獲至寶。

海叔一愣，他完全沒有想到會是這樣，神色也嚴肅起來：「她那手稿……該不會是被秦語撿走了吧？」

藝術界的這種事，最講求證據。誰先發表，得先拿出證據來。

秦苒一沒手稿，二沒影片，而秦語那裡有可能有手稿，最重要的是……她一年前拉小提琴的影片還在。

這是最直接的證據，秦苒這邊只有最近幾天的影片，在網路上很容易被帶風向。

魏大師一年前就知道秦語的這首曲子，但那時候他也拿不出什麼實質證據，只能稍微提一句，當時要是真的鬧大，最後網路上的人還說不定會說他硬逼秦語承認抄襲。

現在網路上的輿論壓力太大，很多人都會下意識偏向弱者，跟現在的情況差不多。

有一部分的網友三觀很奇葩，俗稱你弱你有理，隨便一個行銷帳號就能帶動輿論，這方面魏大師也不敢小覷，畢竟事關到秦苒的未來。

他一邊朝樓上走，一邊低頭打電話給程雋。

至於秦苒那邊……她那火爆的脾氣，魏大師不敢跟她提，怕她直接提刀就去找秦語，畢竟這種事，幾年前也不是沒發生過。

＊

一夜過去，魏大師那邊沒有動靜，秦苒那邊也沒有動靜，秦語從床上起來，心思也越發活絡。

她對秦苒那個人十分了解，這麼長時間都不說話，說明她可能沒有證據！

秦語的心跳得很快。

她看著自己一個晚上多了好幾千條的貼文留言，都是安慰她的，沒有一個人覺得有可能是她抄襲秦苒。目前漲了十萬粉絲，現在還在漲。

京協會要一個有抄襲前科的人嗎？

如果沒了秦苒，她不就是第一名了？

秦語打開發文編輯器，發出了一則貼文，表示她是一年前在學校創作出了這首樂曲，學校裡很多人都能證明這一點。為此，她還標註了在學校時的幾個跟班。

那一段時間，她確實是在衡川一中的藝術大樓練習小提琴，知道這件事的人不少。

今天是開學報到的第二天，不需要留在學校，秦語還特地回到沈家翻出自己的行李，把那張小提琴譜拿出來，拍照傳到網路上。

『**這是我花一個月才寫出來的。**』

亭瀾——

秦苒還在房間內，窗簾沒有拉開，她就坐在電腦前，冷白的手指在鍵盤上跳躍。

一行行代碼跳出來。

半晌後，她按了一下「Enter」鍵，跳動的代碼轉化成一個ＩＰ位址，有些眼熟，秦苒瞇起眼。

不過她沒有在意，只是戴上耳機跟常寧說了一句，「解決了，你讓巨鱷走吧。」

常寧那邊回應一聲『好。』就掛斷電話，迅速去連繫巨鱷了。

秦苒也沒關上電腦，只是拿著茶杯下樓。

樓下，程雋站在大廳裡似乎在跟誰講電話，看到她下來，立刻掛斷了電話。

「去吃飯。」他指了一下飯桌，然後坐到另一邊，手上漫不經心地轉著手機，神情有點莫名的冷。

他的目光幾乎毫不掩飾。

秦苒吃了一口飯，實在忍不住，「有事求我？」

「誰求……」程雋看她一眼，話說到一半中途轉彎，就是語氣不像在求人，「不是，大神，確實有事求妳，聽說妳有個生日成長記錄，借我看看？」

「生日成長記錄？」秦苒拿著筷子，目光若有所思，「你怎麼知道這個？」

程雋垂著眼眸，睫毛微低，想了半晌後抬頭看著秦苒，很不講道理：「我就是知道。」

秦苒：「……」

好。

「程木，我的東西在哪裡？」秦苒不看他，只將目光轉向程木。

秦苒剛下來，程木也剛去樓上把秦苒的花盆搬下來照護。這盆花嬌貴得要命，光是護理工具就一大堆。

聽到秦苒的話，他把花盆搬到窗邊，「在樓下收藏庫。」

秦苒有一個行李箱裝滿了寶貝，既多又雜。這一箱是她當初從衡川一中帶過來的，程木問過她這是什麼，她就說是寶貝，其他什麼也沒說。

程木就把她的寶貝保存好，還放在樓下的祕密基地。他觀察過秦苒的箱子，看不出有什麼特別的，但說是「寶貝」，她又那麼不在意地隨手交給他管理，尤其是到京城兩個月了都不管，到現在才想起來……

程雋微挑著眼眸，看著秦苒，笑得漫不經心：「快吃，吃完去樓下。」

幾分鐘後，秦苒吃完才跟著程木一起去樓下。

程雋微微落後一步，不緊不慢地跟著她。

「你怎麼忽然想看生日紀錄？」秦苒順著樓梯往下走，稍微側身，聲音又清又冷。

「好奇。」程雋低聲笑了笑，他手插在口袋裡，漫不經心地跟在她身後，微微低頭俯身靠近，笑得輕緩，「好奇妳以前的生活。」

「啊，」秦苒不動聲色地避開了目光，語氣懶洋洋，「也就是打架蹺課、打遊戲。」

「是嗎？」程雋直起身來，挑眉，「看來秦同學在學校就很厲害。」

來到樓下，沒走兩分鐘就到了，程木拿著鑰匙開門。

程雋落後秦苒一步，看著她的背影，嘴邊的笑容斂了斂。

昨天晚上魏大師就跟程雋說了那件事，這讓程雋忽然想起來，陳淑蘭曾跟他說過的生日錄影。

當時陳淑蘭說得很碎，大略就是秦苒的周歲生日宴上很熱鬧，有很多人。雖然她脾氣不好，可是那時候要求她拉小提琴，她也不會拒絕。

程雋的記性很好，當時陳淑蘭跟他說過的話跟表情他都記得，當陳淑蘭說到這一段的時候，表情略有異樣。昨天魏大師跟他說了秦語的事，程雋瞬間就想起來了。

縱使有過好奇，但他也不願意讓她撕開過去，只是這一次……

程雋垂眸，眸底寒意凜冽。

程木打開房門，秦苒跟在他身後進去，滿房間一掃過去，都是程木小時候玩的東西，沒見到她的黑色大箱子。

她手揹在身後，「我的箱子呢？」

程木立刻開口，「秦小姐，您別急。」

說著，他就打開一個暗格，從一個明顯是訂製的大型保險櫃裡拿出秦苒的黑色大行李箱。

真的是超大一個行李箱，對普通人來說有點重，但程木拎起來沒有特別費勁，小心翼翼地放在秦苒面前。

秦苒：「……」

她蹲下來，拉開黑色行李箱的拉鍊。

程雋也在她身邊蹲下，跟她一起看滿箱的寶貝。

程木很好奇秦苒的寶貝，他最近有些得意了，就舉手問：「秦、秦小姐，我可以看寶貝嗎？」

秦苒頭也沒抬，不太在意：「也沒什麼，你看吧。」

程雋就抬頭掃了程木一眼。

秦苒打開箱子，裡面亂七八糟的東西很多，也亂七八糟地擺著，沒什麼次序，秦苒隨手翻了一下，映入眼簾的是一個金色喇叭形狀的獎盃。這東西秦苒之前曾寄回去給言昔，但言昔拒收，又原路回到秦苒手上，秦苒就隨手放到了箱子裡。

最角落裡的是一個造型古樸的木盒，盒子上還有幾乎生鏽的鎖，還有些亂七八糟的書。

秦苒在這一邊沒翻到，就走到另一邊，終於翻到了潘明月在拜師宴上送給她的禮物。

她隨手抽出來，顧西遲送給她的粉鑽就從錄影帶上滾到箱子的角落裡。

看著這一幕的程木：「……」

不管其他東西，就憑這顆粉鑽，也值得他用專門的保險櫃裝著。

程木蹲在距離兩人最遠的箱子一角，收回了放在粉鑽上的目光，看向其他物品。畢竟他在顧西遲家看過更大的鑽石，而且，杜堂主他們做一趟生意就是一箱鑽石。

程木把目光放在粉鑽旁邊的一本書上，看封面不像是書……倒像是漫畫。

沒有拆封，看起來像過了不少時間。這讓程木不由得想起在雲城時，陸照影跟他說過的話。

秦苒曾經在學校畫過一期牆壁海報，她就是在那個時候第一次封霸的……

程雋看到從九歲到十九歲之間少了一年，加起來有九個錄影帶。

時隔一年，秦苒再次看到這堆錄影帶，心裡也沒有去年那麼感慨了。

潘明月的媽媽喜歡錄影，每年過年或者她跟潘明月的生日，潘明月的媽媽總會錄影，以至於魏子杭跟宋律庭還曾經問過潘明月的媽媽，是不是對男生有意見，因為他們沒有，潘明月的媽媽還很大方地說對……

秦苒將頭往後仰，不再想這些事。

她把東西收好，把箱子關上，又讓程木再把箱子放到保險櫃。

拿到了錄影帶，程雋就一個人回到房間看了。

＊

與此同時，邊境——

一個絡腮鬍站在程火身後，甕聲甕氣地說，挑眉：「程火，你到底行不行？都快一個小時了。」

「靠！我當然行！」程火手忙腳亂地按著鍵盤，然而鍵盤上還是兩個明顯的字母——

KO。

明顯很囂張！十足挑釁！

「你行？」絡腮鬍有一雙琥珀色的眼睛，十分好看，只是此時一臉鄙夷，「然後呢？」

程火咬了咬牙，放下鍵盤上的手，開始承認：「對方不簡單……」

「巨鱷能找到什麼不簡單的人？夠了，你也配自封駭客聯盟前十名？」絡腮鬍像趕蒼蠅一樣，十分敷衍，「快走，不需要你！」

「誰跟你開玩笑了？」程火的火爆脾氣忍不住，「靠，你懂什麼，這個人的水準幾乎快比上我們會長了，現在只有靠大嫂……」

絡腮鬍不動聲色，語氣卻還是嫌棄，「什麼大嫂，你看她理你嗎？」

「為什麼不理我？我跟她關係可要好了！」程火跳起來，拿出手機就打了一個國際電話。

沒接通，絡腮鬍冷笑一聲。

程火頓了頓，握緊手機：「……大嫂肯定在打遊戲，你再等一下！」

再打一遍，依舊沒接通。

絡腮鬍雙手環胸，挑著眉眼看程火，再次呵呵。

程火咬牙：「……大嫂今天肯定在上學！你等等！」

第三遍，程火終於打通了，他挑眉看了絡腮鬍一眼，然後語氣立刻變了：「秦小姐，救命！」

秦苒現在剛換完衣服出來，將手機放在耳邊。

程火的嗓門很大，聽到這聲音，她不由自主地將手機拿遠十公分。

「什麼事？」她隨手關了電腦，問得漫不經心。

程火知道秦苒沒什麼耐性，就看著電腦，把事情言簡意賅地說了一遍，『秦小姐，只有您能救我了！』

秦苒的電腦剛關上，聞言，也很好奇。她沒走，就靠在電腦桌旁，「那個人的電腦技術比得上你們會長？」

『當然。』程火瘋狂點頭，想想秦苒看不到，他又肯定地說了好幾遍。

對於駭客技術類的判斷，程火自然有自己的自信，不會有錯。

聽他這麼說，秦苒有了一點興趣。

她把收起來的電腦又放到桌上，拉開椅子坐下，語氣不急不緩，十分淡定：「資料傳給我。」

她一邊說著，一邊重新啟動電腦。

程火那邊忙不迭地登入自己的帳號，把一堆亂七八糟的東西傳給秦苒。

秦苒接收到程火的記錄，打開來隨意看了眼，就啟動命令視窗。

程火傳來的代碼跟定位都很齊全，主要是查幾個定位跟背景資料。秦苒輸入位址之後，立刻就鎖定了一個區域。

這個區域……是在邊境？

有一點點眼熟。

秦苒在編碼這方面有得天獨厚的天賦。資料庫系統何其龐大，但她一眼看過去，大概就能看出相似點。

秦苒按在鍵盤上的手頓了頓，不過還是繼續查了下去。

一堆代碼敲完，秦苒看著頁面上的代碼，然後伸出右手的一根手指，按下了「Enter」鍵。

系統資料變化繁雜，一串串「零」跟「一」在跳躍，螢幕上的數字明明滅滅地翻滾著。

綠色的進度條還在百分之二十。

時間還有三分鐘，秦苒手撐著桌子，去幫自己倒了一杯水。之後也沒有坐到椅子上，就靠著椅子一邊慢悠悠地喝水，一邊看著電腦頁面。

三分鐘後，繁雜的編碼消失，進度條百分之百，幾番跳動之後，一行行資料出現，黑底白字，然而中間的一個ＩＰ位址異常顯眼——

熟悉的一九二開頭，熟悉的功能變數名稱。

秦苒咳了一聲，轉手緩緩把玻璃杯放在桌上，重新運行引擎。

又三分鐘後，再度出現熟悉的功能變數名稱。

秦苒微微仰頭，把手放在額頭上，半晌之後有點服氣地說：「靠。」

美洲這邊，程火大馬金刀地坐在電腦旁的椅子上，手裡捏著一根菸，直接點燃，眉眼囂張：「程土，我跟你說，不到半個小時，大嫂一定能解決這個麻煩！」

程土看了他一眼，伸手接過手下遞來的文件，抽空看了程火一眼，「你對秦小姐很有自信？」

他是金木水火土中唯一沒有見過秦苒的，五行群組裡，他們四個人在討論秦小姐的時候，他只能偷偷看著。

雖然剛剛在損程火，程火的駭客技術有多強，程土很清楚。畢竟程土國中時歷史成績不好，常常拜託程火駭入教學系統改成績、騙他自己。

能進入駭客聯盟，還能跟會長那麼熟，程火的電腦技術自然不弱，所以程土才千里迢迢找了程火過來。

「當然，我都跟你說了，她的電腦技術比得上我們會長。」程火吐出一道煙圈，自信又張揚。

他不是那麼沒分寸、會胡說八道的人，程土也略微放下心。

半個小時過去，程火說半個小時就能有結果的秦苒還沒有傳訊息過來。

程土看了程火一眼，程火尷尬地咳了一聲，「應該是遇到了什麼問題，我們再等十分鐘。」

十分鐘之後，還是沒有動靜。

程土把文件遞給手下，一雙琥珀色的眼睛看向程火。

這跟程火預料的不太一樣，他立刻坐直身體，拿出手機又撥了一通國際電話給秦苒。

電話接通，程火就開口：「大……秦小姐，妳查出來了沒有？」

秦苒這邊已經關上電腦，把電腦裝進了背包，面不改色地開口：『沒有。』

「嗯？」程火一愣，又抓抓腦袋，不敢置信，「怎麼可能，你們的技術應該相當，怎麼可能查不出來……」

『沒有，』秦苒將背包拉鍊拉上，直接打斷程火，聲音微微拔高，『我說查不到。』

「喔喔，我知道了，您沒有查到，沒有查到。」程火嚇了一跳，連忙回她，「那您忙。」

秦苒「啪」地一聲直接掛斷電話，又急又躁。

程火有些傻眼地看著「通話結束」的字眼，呆呆地坐在椅子上：「不可能，她不可能查不到啊……」

程土也坐直身體，眉頭微擰。他嘴裡咬著菸，思考了一會兒才問：「你確定她查得到？」

「廢話，她能在我眼皮底下攻入莊園系統。」程火沒好氣地看程土一眼，思索了半晌，猶疑地開口：「……難道兩個人的技術相當？」

程土站起來，眉心沒鬆開，事情陷入困境：「巨鱷究竟找了誰？」

京城，亭瀾公寓——

程金拿著一個文件袋進來，看到拿著鏟子的程木，他默默移開了目光：「雋爺呢？」

「樓上房間。」程木的目光沒動。

程金點點頭，直接去樓上找程雋。

程雋的房門沒鎖，半掩著，隱約有些煙霧。窗簾拉起，有些昏暗，程金面不改色地推門進去。

「事情如何了？」程雋拿著遙控器關掉電視，又走到桌旁把菸熄滅，拉開了窗簾，房間瞬間變得敞亮起來。

他一邊說著一邊走到電視旁，把機器裡的錄影帶拿出來。

程金看了一眼那個錄影帶，不過沒看清楚是什麼，聽到程雋的話，他擰眉：「您看看。」沒多說，只是打開手機，翻出一則貼文。

那則貼文是秦語的——『這是我花一個月才寫出來的。』

底下的留言基本上都是對秦苒的譤　，然後安慰秦語。

熱門第一是戴然的貼文，他表示自己會不畏強權，堅持為徒弟找回公道。這則貼文下面都是心疼他們並力挺他們的。

『心疼小姊姊！抄襲者去死吧！』

『小提琴協會怎麼還沒有聲音？都上熱門了吧？為什麼還要維護那所謂的「新星」？』

當然，也有不同的聲音——

『其實聽聽兩個人的小提琴曲，只有我覺得另一個人的感情表達比秦語好嗎？更燃更炸，還有一種說不清楚的壓抑，學音樂的人表示絕了！』

然而，這條留言的讚數不過六千，比起戴然的十二萬，簡直能忽略不計，但下面有七千多條回覆都是辱　樓主的。

『不聽，打死不聽抄襲者的音樂！』

『抄襲者比秦語拉的好聽？你耳朵是聾了？你有沒有問過秦語小姊姊一千五百萬的粉絲？』

程金在一旁戰戰兢兢地看著。原本他以為程雋看完會發火，然而沒有，程雋只是表情變冷，周身的氣息嚇人了一點……

「我讓人買下這些行銷帳號跟網紅的帳號吧？」程金詢問程雋。

他是程雋手下的得力幹將，擅長攻於心計，這件事若慢慢交給他操控，他自然能把黑的行銷成白的，不過需要花時間。

如果拿不出實在的證據，這樣兩個月之後熱度自然會消失。

「不用，」程雋拿起錄影帶，又拿了筆記型電腦跟隨身碟，低垂著眉眼，聲音冷冽：「去小提琴協會。」

程金看了一眼程雋手上的錄影帶，若有所思地拿起車鑰匙，跟程雋一起去小提琴協會。

與此同時，沈家——

寧晴在房間裡收拾行李。秦語住校，林家在大學城周邊買了一套小公寓，方便寧晴照顧秦語。為了她，林家也花了大錢。只是在收拾行李時，寧晴偶爾還是會想起秦苒跟莫名其妙出現在京城的秦漢秋。

當然，寧晴絕對不會認為秦漢秋來京城是投奔秦苒的。畢竟是自己親生的，寧晴也了解秦苒，秦漢秋以前對秦苒的態度跟她差不多，現在就算有所緩和，也好不到哪裡去。

就算退一萬步，秦苒原諒了秦漢秋，秦漢秋也沒這個臉留在秦苒那裡，他更不會是來京城發展的，他那個人軟弱無能，沒人比寧晴更清楚。

寧晴想著，眉頭微蹙，想不通這一點。之後打開衣櫃，拿出裡面的衣服開始折。

門被敲了兩聲，林婉從門外進來，在房間內環視了一圈，「嫂子，妳東西整理好了？」

寧晴還不習慣林婉的態度，拿著衣服的手微頓，「還差一點。」

林婉比寧晴自然，站在房間內看了寧晴半晌，才拿著手機問：「網路上的事，妳知道了嗎？」

「什麼？」寧晴這兩天忙著秦語開學，無心去管其他事。

「就是妳兩個女兒抄襲的事情。」林婉注意著寧晴的表情，慢聲道：「現在網路上都在說秦苒幾天前原創的小提琴曲，是抄襲語兒的。」

第八章　驚天逆轉

啪——寧晴手中的衣服落在了地上。

林婉注意到寧晴的表情，微微一笑：「我只是要跟妳說一聲，打個電話關心一下語兒。」

寧晴胡亂地點頭，然後僵硬地去床頭拿手機。

打開秦語的微博，底下的留言基本上都是討伐秦苒、力挺秦語的，那些辱　的話不堪入目。

寧晴失神地坐在床上，手裡捏著手機，一愣一愣的……

她跟其他人不一樣，陳淑蘭之前跟她提過秦苒的事，強調過秦苒的曲譜。那時候，她就意識到了秦語忽然風格大變的原因……

現在又出現了抄襲這件事，看著網路上謾　秦苒的語句，寧晴遲疑了，因為她是知道真相的。作為秦語最親的媽媽，她能預想到如果她說出這件事，對秦語會是多大的打擊，無論是事業還是學業。

寧晴坐在床邊想了半晌，最終還是關掉微博，打了一通電話給秦語，安慰她了一陣子，任由網路上的言論發酵。

秦語畢竟是在她身邊長大的，秦語跟秦苒之間，寧晴要選擇一個，並不難。

與此同時，小提琴協會，魏大師的辦公室——

「程少，您先坐，我先去一趟會議室。」魏大師拿著手機，神色疲憊。

程雋剛到這裡，也只點頭沒多說，直接把錄影帶跟電腦放在辦公桌上，又朝程金抬起下巴：「你跟魏大師一起去。」

程金點頭。

兩人離開，程雋才打開電腦，複製下錄影帶上的影片。

他側著臉，陽光透過窗戶落在他身上，眉眼分明。

影片他都已經看過了，每段都是一個小時多一點，不時有人說話的聲音。程雋直接拉到半小時的地方，有一個眉眼俊秀的男孩把小提琴遞給秦苒。

程雋看了那男孩一眼，注意到影片裡的魏子杭叫他「宋律庭」。不過他沒多說，只是打開影片編輯程式，單獨剪下秦苒拉小提琴的畫面。

他學過攝影，也學過剪輯，他沒想過要跟那些剪輯大師、攝影大師比，只是學來當作興趣，現在正好派上用場。

剪輯的畫面正是四年前，秦苒演奏那段原創曲的片段。

程雋低著眉眼，戴上耳機剪輯完之後，又把影片上秦苒的畫面單獨截下來，放在另外一個資料夾。

影片裡，秦苒站在中間，一隻腳不羈地踩著椅子。跟現在不一樣，眉眼看得出青澀，頭髮也還不是長髮，而是齊耳的短髮。額前的黑髮長過眉骨，看得出恣意瀟脫，鮮活又孤野。

會議室裡，小提琴協會的一群高層聚集在一起。

戴然坐在最前面的位子上，看向門外：「魏大師還沒來嗎？」

其他人搖了搖頭。

網路上的事情還在發酵，已經有人在質疑京協的公正性了，這件事如果不好好處理，對小提琴協會的公信力會造成極大的影響。

秦語那邊已經拿出了手稿，還有一年前的影片在前，基本上坐實了這個事實。

小提琴協會也需要往前走，名聲不能毀。現在說是商議，不過就是想要撇清秦苒跟小提琴協會的關係。只是這件事的中間還有一個魏大師，小提琴協會不能無視他。

戴然又等了幾分鐘，等得不耐煩了就站起來，看著小提琴協會的主任跟老師們：「影片你們也看到了，高級學員涉及抄襲，不逐出京協，後果你們也很清楚。」

一群人面面相覷之間，魏大師從外面進來，身後還跟著神態從容的程金。不過程家沒人關注小提琴協會，所以會議室內沒人認出他，自然也沒人關注他。

所有人的目光都轉向魏大師。

魏大師的臉色深沉，眼下一片青黑色，應該是一夜沒有睡好，「等等，這件事還沒查清楚。」

「難道查得還不夠清楚？」戴然根本不聽魏大師的話，手撐著桌子站起來，眸光閃爍，「魏大師，你袒護你的徒弟，我也得維護我的徒弟。我徒弟拿出了證據，你也可以拿出證據。當然，如果你跟你的徒弟早點發一篇貼文道歉，並且把美洲的名額讓出來，這件事我會讓語兒原諒秦苒，就當作沒有發生。」

戴然朝魏大師笑了笑，彬彬有禮。

魏大師聲音一沉，看了一眼辦公室的人，「你們先出去。」

會議室裡的其他人都不敢多看，遲疑了一下，一個接一個離開了會議室。

程金直接走到會議桌旁，拉開一張椅子坐下，沒出去。

大部分的人走光後，魏大師才轉頭，聲音冷漠：「戴然，去年我就說過秦語的原曲是抄襲的，那是因為我很早之前就聽過秦苒的原版。秦語這一年在小提琴協會，有過其他的原創嗎？我不信你自己不清楚。」

「魏大師，」戴然眼眸一瞇，端起會議桌上的茶杯抿了一口，聲音也變淡，似笑非笑的，「飯可以亂吃，話可不能亂說，這一點魏大師您應該比我明白。」

看著戴然這樣，程金手指點著桌子，心裡總算明白不管事實如何，對戴然來說根本不重要。

或許戴然從貼文發出來的時候起，就很清楚那首原創曲是誰做的。此時，是因為戴然已經看出魏大師拿不出一點證據，才敢肆意妄為，甚至想透過這件事徹底掌控小提琴協會。

「你這樣，無異於毀了秦苒以後的前途！她的靈氣跟天賦……」魏大師撐著桌子，眸色凜冽。

「她怎麼樣與我無關。我說了，只要你們發文道歉，並讓出美洲協會學員的位置，一切好說。」

戴然淡定地喝著茶，不急不緩。

魏大師心下更沉，「如果……」

魏大師雙手握拳，砸了一下桌子，還想說話卻被坐在一旁的程金攔住。

「魏大師，」程金終於站起身，看了一眼戴然，然後手扶住魏大師的左臂，「我們家少爺還在等您回去。」

魏大師看了戴然，欲言又止，他不想走。

程金在路上就已經知道生日錄影的事了，因此聲音很淡定，「少爺在等你。」

他力氣大，連拖帶拎地把魏大師帶走，止住了魏大師接下來的話。

兩人走後，會議室外有一人進來，走到戴然身邊，微微擰眉：「魏大師沒有答應，他手裡會不會有什麼證據？」

「怎麼可能，他要是有證據，昨天晚上就放出來了，怎麼會縱容網路上的網友罵他的徒弟罵到現在？」戴然眸色譏誚，兩人交手這麼多年，戴然把魏大師的性格摸得非常清楚。

身側的人微微放心，然後詢問：「現在怎麼辦？」

「怎麼辦？」戴然摸出一根菸，不太在意地說，「既然魏琳死鴨子嘴硬，就繼續鬧大。」

魏大師辦公室裡，程雋已經收起了電腦。魏大師進來時，他正要把電腦闔上，右手還捏著一根菸，左手的打火機摩擦出幽藍色的火苗。

他看著窗外，神情漠然。

「程少，這件事你強硬地處理吧。」魏大師走進來坐到他對面，聲音深沉，聽得出很抑鬱。

程雋回頭看向程金，伸手撣了撣菸灰，煙霧繞著白玉般的手散開：「他們說什麼？」

他們指的是戴然等人。

程金伸手，先從口袋裡掏出一支錄音筆給程雋，然後言簡意賅地複述了一遍。

程雋接過錄音筆，在手裡把玩著，輕聲笑了笑。

坐在他對面的魏大師能看出程雋的眸底沒什麼笑意，又寒又冷。

就是此時，辦公室外面的海叔進來，十分慌張：「老爺，戴然又發文了。」

魏大師拿出手機，低頭看自己的微博。他被戴然標記了，戴然表示的意思很明顯，他不屑與這樣的人為伍，將自己的清高表現得淋漓盡致。

魏大師啪地一聲摔了手機！

程雋笑了笑，俯身撿起魏大師的手機，自顧自地加了魏大師的好友，並且傳了一個影片給他，又找到貼文編輯器，發送成功，接著把手機還給魏大師。

貼文一發出去，手機就響個不停，魏大師驚愕地看著他。

程雋站起來拍拍自己的衣袖，示意程金把電腦拿好才轉頭看向魏大師，咬著菸徐徐開口：「這兩天麻煩魏大師了。」

程金跟在程雋身後，默默為一行人默哀。

魏大師也反應過來了。這位可是京城雋爺，秦苒確實沒耐心，魏大師自己也向來都打直球，而戴然自以為看穿了一切、掌控了一切，卻不知道程雋最擅長的就是玩弄人心！連京城四大家族的人都不願意跟他槓上。

程雋就轉身離開小提琴協會。

程金把電腦隨手放在副駕駛座上，程雋則坐在後座，一手放在車門上，一手隨意把玩著之前程金遞給他的錄音筆。不知想到了什麼，程雋又拿出手機，傳了一張圖片給魏大師。

程金發動車子，漸漸駛出大路。與此同時，他放在車上的手機響了一聲，打開藍牙耳機，是程土。

「雋爺，程土他們遇到麻煩了。」程金往後視鏡看了一眼。

程雋按了一下錄音筆的開關，魏大師跟戴然交談的聲音傳出來。他神情淡漠，語氣散漫：「你說。」

*

小提琴協會，魏大師辦公室——

因為之前有程雋在，魏大師就算再好奇也壓抑住自己的手，沒有去看手機。但手機一直響個不停，都快要當機了。

等程雋走後，魏大師才迅速看向海叔：「海叔，關門！」

海叔去關上辦公室的大門，魏大師這才坐在辦公室內的沙發上，打開貼文看了一眼。

系統有點卡，魏大師點進去，第一次被踢出來，第二次情況才好一點，然後就是鋪天蓋地的標記、留言跟點讚通知湧出來。

魏大師的貼文很簡單，沒有說任何一個字，只放上了一個影片。

這幾天這個話題太熱門，網友們從秦語那裡轉到戴然那裡，到處八卦，只有魏大師一直沒有說話，更讓網友認為是心虛，所以上傳影片之後，有一部分的人看也不看，上來就罵！

『你當初說秦語抄襲，不收秦語，現在自己的徒弟抄襲別人，打不打臉？』

『請你去向秦語道歉！』

這些留言被點讚回覆，暫時上了熱門。然而五分鐘後，漸漸有新回覆出現。

『那個，大家等等，好像我們站錯隊了，大家先看看影片……』

這個人給了秦苒高度讚賞，還向魏大師道歉，隨即有很多新的道歉留言冒出來，剛才要魏大師向秦語道歉的熱門留言樓主，甚至在他自己的留言下面回了一條謾　秦語跟戴然的話！

圍觀的群眾不明所以，點開了影片。

影片只有五分鐘，看得出來有些年代，畫質遠沒有現在的清晰，但拍攝者應該有專門學過，各方面都拿捏得非常好。

去年，秦語表演賽結束後，因為她的那首小提琴曲被戴然稱讚「有靈氣」，收作徒弟。接著秦語的表演影片很快就在網路上走紅，秦語也成為一個小提琴方面的網紅，積累了不少粉絲。

秦語大部分的粉絲都是從第一首曲子入坑，後面秦語就不作曲了，專攻小提琴技巧。陷入抄襲風波的時候，大部分的人都沒有去聽秦苒的演奏，有一小部分的人聽了，說秦苒拉得比秦語好，都被罵得體無完膚，以至於再也沒有人敢說秦苒拉得比較好聽，敢這麼說的都說是秦苒的水軍。

直至今天。

秦苒早期的小提琴沒什麼技巧可言，但第一版的曲子情感豐沛，彷彿在黑夜中跳動的火苗，跟秦語改編的輕鬆感完全不一樣。

秦語之前是體會不了這種情感，無法駕馭這種曲風才改編，還融入了幾段曲調，改得有股寒酸氣息。

不進行對比看不出來，可一旦對比，簡直就是公開處刑！就算是圍觀民眾、完全不懂音樂的人也不得不承認這一點。

最重要的是，所有人都能看到影片裡的背景是電視，電視被關了靜音，正在直播一場運動會。赫然是四年前的國際運動會。

就算沒有背景的電視，所有人都能看出來影片裡的人是誰。十五六歲的青少年本來就在成長期，每天都在變化，十六歲的秦苒是短髮，眉眼青澀。

什麼都可以造假，唯有時光造不了假。

影片放到這裡，秦語說自己一年前一筆一畫，花一個月的時間寫出了那首歌……眾多電腦、手機前的網友們都明白了這件事的真相。

當然，還有人提出疑惑，為什麼秦語那裡會有樂譜手稿？還能貼出來？

這條質疑的留言剛發出來，魏大師的微博又更新了！

『**樂譜手稿？我徒弟有很多啊。**』

貼文後面還有一張圖，那是一堆被揉皺的樂譜，被人隨手放在地上，拍下照片。

跟影片不一樣的是這張圖片很清晰，放大甚至能看清楚上面的字跡。

手稿上字跡凌亂，不羈恣意，跟秦語之前貼出來的樂譜字跡一模一樣。跟秦語不同的是，魏大師這裡有一堆圖，秦語那裡卻只有一張！

不需要別人整理，真相呼之欲出。

影片、照片一出來就被網友炒翻天了。戴然這兩天認定魏大師拿不出證據，有些急功近利，所以買水軍、買熱門，徹底把事情鬧大，所以現在就彷如捅了馬蜂窩，謾罵聲鋪天蓋地。

網友們在魏大師的貼文下罵了一天一夜，現在事情反轉，一個個都去道歉，接著就去戴然的貼文底下留言。

戴然的首頁貼文就是他一個小時前發的貼文，表示他不屑與抄襲的人為伍，清高又剛強，還被他設為置頂，堅定之心由此可知。當時，網友都支持他為他的徒弟捍衛權利，還非常讚揚他的精神，留言鼓勵他，現在一看，簡直就是十足的偽君子，噁心到不行。

戴然這邊，他剛從會議室出來，就去幫二樓的學員們上課。

課上到尾聲，開始有人小聲議論起來，還有人偷偷看他。戴然不明所以，說了一聲「安靜」，然後擰起眉，課也沒上完就離開了。

出門之後，就看到協會內自己這派的人匆匆跑過來。

「怎麼了？那麼匆忙？」戴然拍了拍衣袖。

「不好了，戴老師，你看微博！」另外一人面色慘白，神色慌亂。

看樣子不是件小事，戴然心下一震，立刻打開微博。

系統有點卡，不停有新通知。

戴然雖然是小提琴協會的老師，但也只是在業界內出名，微博的粉絲兩百萬都不到。雖然最近因為秦語，粉絲跟留言變多了，但也不至於這麼瘋狂。

他點開留言，最新一則留言已經不是力挺他的了，反而罵他可恥，說他是偽君子，不配為人師表，還有人問他打不打臉……這究竟怎麼回事？

戴然現在有點慌了，他順著網友們說的話，點進魏大師的帳號，第一眼看到的是那張滿是手稿的圖片，第二眼看到的是四年前的影片。

戴然瞬間猶如五雷轟頂，腦子裡嗡聲一片，眼前一黑。

「戴老師，現在怎麼辦？」

這兩天，有人看出戴老師跟魏大師之間的糾葛，已經開始選邊站了。現在事情發展成這樣，這些站在戴然身邊的人開始後悔那麼早選邊站了。

戴然的腦袋一片空白，「偽君子」、「不配為人師表」……這些他原本以為會冠到魏大師頭上的名稱，此時全都冠在自己頭上，他有些承受不了。

「等等……」戴然拿著手機，慌亂中開始編輯新貼文，試圖挽救。

『我也不知道魏大師明知道他徒弟沒有抄襲，為何一直沒跟我說，任由事情發展到現在，讓我像個跳梁小丑一樣維護自己的徒弟。對於這件事，我對秦苒和魏大師感到很抱歉……』

此時，程雋已經回到了亭瀾。

他也沒上樓，就坐在大廳的沙發上，將雙腿隨意放在茶几上，電腦放在腿上，耳裡塞著耳機，在剪輯剛剛程金的錄音。程雋拿出手機滑了一下戴然的帳號，笑了笑。

剛幫程雋端水來的程木看到他這個笑，不由得抖了一下。

程雋喝了水，然後把剪輯好的錄音存好，打開微博，找到戴然剛剛發的貼文，不緊不慢地貼上錄音連結。

很多人點開了這條錄音連結，是魏大師跟戴然的對話。

『戴然，去年我就說過秦語的原曲是抄襲的，那是因為我很早之前就聽過秦苒的原版。秦語這一年在小提琴協會，有過其他的原創嗎？我不信你自己不清楚。』

『魏大師，飯可以亂吃，話可不能亂說，這一點魏大師您應該比我明白。』

『你這樣，無異於毀了秦苒以後的前途！她的靈氣跟天賦……』

『她怎麼樣與我無關。我說了，只要你們發文道歉，並讓出美洲協會學員的位置，一切好說。』

戴然似嘲似諷、咄咄逼人的語氣，跟他在貼文中的話完全不一樣，無一不彰顯著他其實心裡有數。

這則留言很快就被人回覆點讚，一路扶搖直上，占據熱門第一。

剛開始，戴然發這則貼文的時候，還有人內涵魏大師是不是藉這件事情炒熱度，卻沒想到不到幾分鐘，一個錄音連結出現，從裡面的對話可以聽出說話的人一個是魏大師，一個是戴然。

很快，留言下面又有京協的人爆料：『**戴老師在京協會議室的原話：高級學員涉及抄襲，不逐出京協，後果你們也清楚。**』

這句話徹底引燃了眾多網友的怒火！

再反觀戴然道貌岸然的貼文，圍觀的群眾都替他感到羞恥！

他說得沒錯，他確實就像個跳梁小丑。

「戴老師，你為什麼還要發文？」

戴然辦公室裡，站在他這邊的幾個人呆呆地坐到椅子上。

好像……站錯邊了……

辦公室內，一行人面面相覷，背後冷汗直流。不管是因為得罪了魏大師，還是因為參與了秦苒跟秦語的抄襲風波，他們好不容易爬到京協的位置，在這件事之後，都將分崩離析。

戴然在這之前就不想要替魏大師跟秦苒留後路，卻沒想到，這些反而應驗到他的身上。

被趕出京協還算好的，一個弄不好，他們以後……在小提琴界根本就混不下去。

與此同時，在學校的秦語也好不到哪裡去。

找到那張樂譜的手稿、發完照片之後，秦語就坐等戴然的好消息，順道回去學校。

她去新生接待處逛了一圈，找到昨天接待她的學生會部長，兩人交換了連繫方式，在聊入會的事情。

在這期間內，戴然的好消息一直沒有傳來，秦語十分意外。等回到寢室，她才發現室友看她的目光有些不一樣了。

這讓秦語有點驚訝。

她走到廁所關上門，一通電話打過來，是寧晴打的。

『語兒，妳現在沒事吧？』寧晴的聲音十分慌亂。

「媽，發生什麼事了？」秦語坐在馬桶蓋上，儘量壓低聲音。

手機那頭的寧晴深吸了一口氣，『語兒，妳聽我說，網路上的事我去找妳姊姊，妳別慌，媽這輩子就指望妳了。』

寧晴說完，就掛斷了電話。

聽著手機那頭的機械音，秦語愣了一下，連忙打開微博。

上傳完那張手稿後，她就出門去找學生會的那幾位學長了，完全不知道這一個小時內，網路上已經發生了驚天逆轉。

她點開自己最新的那則貼文，熱門留言早就換成新的。她又順著幾個網友說的關鍵字，手指顫抖著連過去，看完了魏大師上傳的影片，甚至還有一堆手稿的圖片。

啪——秦語手中的手機掉在地上。

她目光呆滯地坐在馬桶蓋上，心裡只有兩個字——完了。

『這是我花一個月才寫出來的。』

這時候，這篇貼文怎麼看怎麼諷刺。

秦語連忙又撿起手機，翻出這篇貼文想刪除，卻怎麼刪也刪不掉，彷彿微博被人控制了一樣。

現在秦語徹底崩潰，她明白了剛才室友看她目光怪異的緣由，三個室友的目光毫不掩飾，明顯是感到噁心。

想到大部分的網友都在用這種目光看她，秦語終於慌了，她開始懊悔為什麼最後要發這一篇貼文！尤其是，林家看到這些會怎樣？沈家看到這些會怎樣！她是不是會被趕出小提琴協會？

秦語慌亂、悔恨又茫然地看著廁所的大門。

甚至……她開始後悔，為什麼一開始要跟秦苒爭？如果沒有，她是不是就跟汪子楓一樣，也能去美洲……也不會發生現在這樣的事情！

這樣的想法一旦出現在腦子裡，根本就揮之不去。

雲錦社區——

秦漢秋接到寧晴的電話。

『語兒也是你的女兒，小時候你對她那麼好，你就一點也不擔心她嗎？』寧晴知道自己連繫不到秦苒，但她知道秦漢秋跟秦苒還有連繫，『網路輿論有多嚴重，你知道嗎？語兒那麼好強，要是因為這件事想不開怎麼辦？』

寧晴的話讓秦漢秋開始擔心。

對於秦語，說實話，秦漢秋從小寵著她，又是自己親生的，他不可能真的不管她，只是涉及到秦苒……

秦漢秋憂心忡忡地去敲開秦陵的房門。

秦陵還在電腦前玩遊戲，螢幕上有一串看不懂的字母。秦漢秋收回目光，然後把這件事跟秦陵說了一遍。

秦漢秋心裡也知道，如果是他打電話給秦苒，秦苒可能聽到「秦語」兩個字就會掛斷電話。

聽完秦漢秋的話，秦陵看著螢幕的目光終於轉過來，按在鍵盤上的手也猛地停下。

他一雙眼眸漆黑，眸光冰冷：「你看微博了嗎？」

「什麼？」秦漢秋一愣，一頭霧水。

秦陵冷笑一聲，直接伸手按了幾個鍵，將遊戲頁面縮小，轉到微博頁面，「昨天這件事就開始發酵了，秦語不但沒有發聲，還雪上加霜……」

他一邊說，一邊滑著留言，聲音平靜：「你去問問你前妻，她現在讓你去求姊姊，昨天晚上她有幫姊姊求秦語嗎？她是不是跟你說，這件事對秦語的傷害有多大？對了，記得轉告她，問問她有沒有想到若是沒有證據，這件事對姊姊的傷害有多大。」

聽完秦陵的話，秦漢秋整個人愣住。寧晴說得不清不楚，秦漢秋確實不知道……背後竟然有這種內情，而且他能肯定，寧晴根本就不會幫秦苒求秦語。

「小陵，我……」秦漢秋有些不敢看秦陵那雙又黑又冷的眼睛。

「不用跟我說對不起，」秦陵收回目光，打開遊戲，淡淡地開口，「畢竟你眼睛也不是一次兩次了，以後記得有什麼事就先跟我說，我不想到最後因為這件事，跟你老死不相往來。」

秦漢秋聽完，羞愧地關上了秦陵的門。

他低頭看了一眼手機，寧晴又迫不及待地打電話來了。

之前在雲城時，秦漢秋封鎖了寧晴的手機，現在寧晴來京城，換了個手機號碼自然能通話。

秦漢秋再度封鎖她的號碼，回到自己的房間，目光怔怔地看向窗外。

＊

現在的秦苒根本不知道網路上發生的事情，在跟常寧通話。

『巨鱷又有問題了，』常寧現在在一二九總部，翹著二郎腿幫巨鱷連繫秦苒，『妳能不能……』

秦苒拿著手機從樓上下來，半瞇著眼睛，聽到這句話，她忽然清醒，「不能。」

常寧一愣。

「沒有為什麼，不要問為什麼。」秦苒手掌貼著額頭，十分頭痛，「讓他們自己去打架。」

常寧那邊掛斷電話，然後打開群組。

常寧：@巨鱷你們自己打架去（齜牙）

語氣還很幸災樂禍。

巨鱷：……？？

秦苒掛斷了電話，然後坐到沙發上。程雋看到她過來，收回雙腿，努力讓自己不露出得意洋洋的傻樣。

然而……秦苒根本就沒有看向他。

程雋隨手把電腦放到桌上，眉眼清然：「妳以前是短髮？」

秦苒靠在沙發上，打開一款遊戲，沒抬頭敷衍地「嗯」了一聲。

「後來怎麼留長了？」

「啊，就……有一年忘了剪，它自己長長了。」秦苒手指按著手機，都沒停頓一下。

程木立刻開口：「秦小姐，妳連這都能忘……」

一句話還沒說完，程木被程雋掃了一眼，立刻閉嘴。

「妳認識宋律庭？這個名字我有點耳熟。」程雋繼續端起茶杯，風輕雲淡地轉了話題。

秦苒挑眉，「當然耳熟，去年的全國狀元，京大物理系。」

程雋喝了一口冷水，不感興趣：「喔。」

「程金，」程雋抬頭看向剛從樓下上來的程金，「你不是有程土的事情要告訴我？」

「是。」程金立刻跟程雋去了樓上書房。

*

翌日，新生報到最後一天。

秦苒只拎著一個黑包包，輕輕鬆鬆地回到自己的宿舍。

她到宿舍的時候，宿舍裡的另外三張床位都整理好了。有兩個室友在聊天，看到有人進來，都停下話來，轉而看向秦苒。大概是被秦苒的顏值嚇了一跳，半晌都沒有回過神來。

回神之後，一個短髮戴著眼鏡的斯文女生站起來介紹自己，說話帶著一點口音：「妳好，我是楊怡，物理系自動化工程……」

「我叫南慧瑤，也是自動化工程的。」說話的女生長得很甜，個子也不高，一頭烏黑的頭髮披在腦後，眼睛很亮。

物理系是京大的招牌四院之一，每年只招兩百人，能進來的人都是天才中的天才，這之中女生更是少之又少，今年不到十個，自動化工程只有三個，被分到同一個寢室。

南慧瑤說完，又指了指秦苒對面的床鋪，笑著開口：「我們另外一個室友是冷佩珊，她不是自動化工程的學生，是電腦系的。她出去跟學生會的人吃飯了，是京城本地人。」

秦苒摘下掛在另一邊耳朵上的耳機，十分禮貌地點頭，「我叫秦苒，自動化工程，雲城人。」

她身上總有一股又野又邪的氣息，一般不熟的人看到她都不敢太大聲說話。

南慧瑤覺得自己滿會裝熟的，但是面對秦苒，還是找不到什麼話題。

秦苒拿著睡衣去浴室洗了澡，再出來的時候，冷佩珊也回宿舍了，她幫其他兩人帶了甜點。

看到秦苒出來，她愣了一下，雖然早已聽兩個室友說過最後一個室友長得很好看，卻沒想到會好看成這樣。

「這是我帶回來的甜點。」冷佩珊有著柳葉眉、杏眼、標準的瓜子臉，她笑了笑，把包裝精緻的盒子放到秦苒的桌子上。

秦苒一手拿著毛巾擦頭髮，腳踢開桌前的椅子坐下，「謝謝。」

她對冷佩珊開口，很有禮貌，就是跟她不熟的人會覺得這作風很跩。

「妳是藝術系的嗎？」冷佩珊也不介意，只是笑了笑。

南慧瑤吃了一口甜點，笑道，「不是，她跟我同系，也是自動化工程。」

自動化工程？冷佩珊一愣，她竟然是四大學院的學生？

她原以為秦苒長得這麼好看，是藝術系的。

「妳高考考了多少分？」冷佩珊看向秦苒。

秦苒依舊不緊不慢地擦著頭髮，語氣漫不經心，「普通。」

「喔。」冷佩珊點頭，終於沒再說話。

會這麼說的人，基本上都是壓線進來的。

南慧瑤咬著糕點，跟秦苒八卦，「佩珊高考七百一十三分，沒有任何加分，純普通科目的分數是京城高考的探花。」

都是考到京大物理系的人，分數不會差到哪裡去，但天才之間也是有差別的。

六百八十分跟七百一十三分差得不多，但差距是千千萬萬。而且今年考試那麼難，能考到七百分以上的，都是神人。

秦苒點點頭，看起來很敷衍。

頭髮還沒擦完，桌上的手機就響了，是程雋。

她就到陽臺上去接電話。

『十天訓練，』程雋跟她說了幾句，拿著菸點燃，『住不慣宿舍的話可以回來，學校那邊我可以搞定。』

秦苒看了寢室內一眼，手撐在陽臺上，「還行，能忍受。」

程雋：『……那好吧，早點休息。』

秦苒一通電話講了十分鐘才回來。

「男朋友？」冷佩珊也不是愛偷聽的人，但她不知道為什麼，總是格外關注秦苒。

她看得出來秦苒講完電話，冷酷的眉眼似乎有些緩和。

聽到這一句，秦苒拿著毛巾的手一頓，看了冷佩珊一眼，沒有回答。

南慧瑤笑出聲來，很感興趣：「是我們學校的嗎？」

「不是。」秦苒坐回椅子上，把黑色背包裡的電腦拿出來，沉默了一下。電腦是很厚重的黑色電腦，沒有標牌，像是二手市場上買回來的玩意。

「那是……對面A大的？」冷佩珊繼續詢問。

京城裡就屬這兩個學校比較出名。

不到一秒，電腦就顯示出頁面，秦苒按著眉心，繼續耐著性子：「不是，他早畢業了。」

「喔。」冷佩珊聽到這一句，點點頭。早就畢業了，那年紀得多大？

她看著秦苒，沒了興趣。

楊怡小口吃著糕點，正在看一本厚重的書，而南慧瑤就坐在秦苒隔壁，好奇地湊過來，「秦苒，妳的電腦開機速度好快？」

「因為它沒關機，」秦苒按了幾個鍵，打開通訊軟體，剛登入就是一堆訊息，輕車熟路地回答：「只是休眠了。」

「喔，」南慧瑤終於明白了，「難怪，妳電腦上怎麼都沒有下載東西，妳玩遊戲嗎？九州遊聽過沒？一起來啊！我教妳啊！」

她是宿舍裡最活躍的人，很自來熟。楊怡明顯是學霸，不玩遊戲，冷佩珊這兩天則一直出去跟學長姊交流，南慧瑤就慫恿秦苒。

秦苒剛點開田瀟瀟的訊息，對方傳了一堆「大快人心」的貼圖，秦苒回了個問號。

聽到南慧瑤的話，她關掉訊息，進了九班班級群組，搖頭，「暫時不玩，早點休息，明天還要早起。」

一個暑假裡，除了小提琴，她就只玩九州遊、帶九班人上榜，徹底玩到吐了。

九班群組裡，大家都陸續開學了，還有人傳自己在訓練期間被曬黑一階的照片。

聽到秦苒的話，南慧瑤也不關注遊戲，瞬間就想起了惡魔般的兩個字——

軍！訓！

為期十天，她瞬間天雷滾滾。

冷佩珊也收回了看秦苒電腦的目光，不太感興趣。

沒有下載東西……她都懷疑秦苒是不是個新手，不會下載東西了……

她拿著毛巾去浴室洗澡。

＊

秦苒跟南慧瑤、楊怡同是自動化工程的，卻不在同一個班。楊怡在二班，秦苒她們則是一班，三個人不在一起訓練。

操場上早就劃分好了學院跟班級。南慧瑤來到學校兩天，早認識了一班的幾個人，眼尖地找到一班的集合地點，就拉著秦苒朝那邊走。

秦苒往下壓了壓頭頂海藍色的帽沿，懶洋洋地跟著南慧瑤後面，像是沒睡醒。

一班的一眾男生早就集合完畢，教官還沒來，他們正在討論班上的新生。

「自動化工程總共三個女生，我們班就占了兩個，褚珩，我們發了！」一個男生坐在地上，手上拿著帽子，口氣興奮。

另一個男生學他坐下，點頭，「南慧瑤我見過，十分可愛的一個妹子，顏值不低，不知道另外一個妹子怎麼樣，怎麼一直沒有動靜？」

總共三個人，他們班就有兩個女生，每個都是寶！運氣好到爆。

叫褚珩的男生手裡拿著手機，敷衍地點點頭。

一群人討論的時候，南慧瑤剛好拉著秦苒到隊伍裡。秦苒的一張臉被帽沿遮去一半，還是能看到精緻的下頷，雪白如玉，兩隻手懶懶散散地放在口袋裡，又冷又酷。無論是氣質還是其他，都極其超群。

一眾男生討論的話語停頓了一瞬，「我靠？」

「這是我們物理系，我們班的？不是隔壁表演系的？」

一群人沉默幾秒之後驚醒過來，壓低聲音討論，不時看向秦苒，有些認識南慧瑤的，已經去裝熟了。

秦苒再度壓低帽子，面無表情。

好在沒過兩分鐘，教官們排列整齊地進來，一群年輕人的聲音戛然而止。京大的訓練很嚴，所有人都知道，大家都迅速排好隊，還把兩個女生隆重地放到第一排，極其顯眼。

教官是個青年，他面容冷厲，稜角分明，眉宇間有一股不好惹的戾氣，極冷，手上還拿著一班的名單。

「我是程青宇，你們的教官。」程青宇言簡意賅，聲音冷酷。

「程教官好！」一群男聲如日中天。

「點名，點到的喊到。」程青宇點點頭，將所有人掃視一遍才拿著名單，開始點名。

「褚珩。」

「到！」

「邢開。」

「到！」

看到這個名字的時候，程青宇頓了頓，一雙冷厲的眼眸朝人群看去，緩緩念出來：「秦苒。」

秦苒懶洋洋地舉手，「到。」

程青宇淡淡地看她一眼，繼續往後念。

點完名之後，他收回名單，「這十天，我會嚴格按照所有規定對你們進行訓練，期間不會對任何一個人放水。不管你是男是女，是什麼身分，既然參加了訓練，就給我老老實實地訓練。現在，所有人繞操場跑兩圈。」

說這番話的時候，他意有所指地看向秦苒那邊。

昨天晚上，程老爺知道他負責帶京大的大一學生，特地找周校長把他安排到自動化一班，讓他優待一個叫秦苒的學生，不要讓太陽曬到她。

程青宇之前一直在接受特訓，剛回國沒有多久。他爸媽也跟他說過這件事，以至於還沒見到秦苒，程青宇對這個女生就沒什麼好印象。

每個來京大的人都一樣，怎麼只有她還沒來就需要特殊待遇？特殊待遇是吧？他就喜歡「特殊對待」手底下的人。

操場的內圈標準都是四百公尺一圈，跑兩圈，八百公尺對這群學生來說不是特別要命，但也會吃一點苦頭。

程青宇的話剛說完，自動化的一群男生就將想問兩名女生是不是可以不參與跑步的話咽下去。

他們也知道，這個教官不太好惹。

跑道上也有其他班級的人在跑，一班的人一開始還聚在一起，但越到後面，差距就越來越大。

秦苒一直跟在南慧瑤身邊跑。南慧瑤一開始還自信滿滿的，跑得很快，還能跟秦苒聊天。

「那個長得最帥的，就是我們的臨時班長褚珩，輔導員昨天在群組裡說的。對了，妳還沒加入班級群組吧？」南慧瑤說到這裡就有點喘了，「他身邊的是邢開……」

她身側的秦苒十分淡定：「妳還是別說話了。」

南慧瑤現在說話已經很吃力了，立刻閉嘴，張著嘴巴吸氣，腳步也開始慢下來。

她一看就知道平常沒有在鍛煉，一下子就跑兩圈，根本受不了，跑到最後連臉色都是白的，幾乎是用走的，秦苒則跟著她的步伐跑。

兩人落在整個班級的最後面，好幾個男生也跟南慧瑤差不了多少，一群人跑在最後面。

程青宇一直站在一班的集合地點看著，秦苒跟南慧瑤落在最後面，他淡淡地收回了目光。

只是大學生的普通訓練，比不上特訓，程青宇對他們用幾分鐘跑完兩圈沒有特別在意，只是落後的這幾個人體能太差了。

「妳怎麼看起來一點都不累？」南慧瑤坐在集合地點，漸漸緩過來，「謝謝妳陪我跑完。」

秦苒坐在她身邊，臉不紅氣不喘地說：「我在家一直有晨跑的習慣。」

「難怪。」南慧瑤接受了這個說法。

不遠處，邢開拿了兩瓶水過來，遞給兩個女生。

南慧瑤恢復了一點力氣，擰開瓶蓋，喝了一口，「謝謝你。」

「哪有什麼。」邢開蹲下來，取下迷彩帽，笑咪咪地看向秦苒，介紹自己，「同學，我是邢開，本地人。」

「秦苒。」頭頂還有太陽，耳邊充斥著喊口令的聲音，秦苒不太耐煩了，不過她還是禮貌地從口袋裡摸出黑色輕薄的手機，跟邢開交換了帳號。

之前她的雙手一直很踐地放在口袋裡，現在能看清拿著手機的手，顯得冷白纖長，骨節分明，在陽光的映照下反射著冷光。

邢開拿到了連繫方式也不打擾兩個女生，把秦苒拉進一班群組，還標註秦苒，對班級的人隆重介紹了她。一瞬間，加秦苒好友的人就變成了十幾個。

「好冷漠，跟南慧瑤簡直不同風格。」邢開走到褚珩身邊，壓低聲音，「秦朝的秦，荏苒的苒，好奇怪，我感覺這名字有點眼熟。」

教官念名字的時候，幾乎所有人都注意到了秦苒的名字。

他們知道秦苒，但並不知道是哪個字，現在邢開一問，才搞清楚名字的字。

「眼熟？」褚珩聽完，朝秦苒那邊看，若有所思，「能不眼熟嗎？全國高考狀元，忘了？」

七百四十七分的妖孽成績，當初在網路上掀起了巨大風浪。大多數人在當時找不到「秦苒」的資料，現在兩個月過去，這些高考生大部分都忘記了考到七百四十七分的名字，只記得有個妖孽考到了這個分數。

現在聽褚珩提醒，邢開猛然想起之前還跟班上同學熱烈討論過的妖孽，「我靠？是她！」

京大……也不全部都是天才。

邢開是本地人，錄取分數比其他省市低，六百零三分就考到了京大，當然，他也知道自己這分數必定是同系中墊底的存在……

當時，七百四十七分還讓他念了好幾天，誰知道這個人最後竟然跟自己同班！

五分鐘休息時間一過，程青宇就拿著口哨，吹了一聲短哨。

他站在人群最前面，站得筆直，穿著海藍色的迷彩服，頭頂的帽子被拿下來，露出平頭。

平頭很考驗一個人的五官，很顯然，程青宇的五官十分精緻。要是在英語系、政法系這些女生多的系所，程青宇一定十分受歡迎。

自動化一班是一群男生，唯有的兩個女生中，秦苒見過不少比程青宇好看的，只不過南慧瑤有一堆小鮮肉「男朋友」、「老公」，手機桌布一個星期換一張，正是現在演藝圈的盛世美顏秦修塵。

「我們教官好帥！妳有沒有發現？」南慧瑤壓低聲音，跟秦苒小聲八卦。

「就……還行。」秦苒低頭，站直了身體，面不改色地開口。

南慧瑤看了她一眼，最後嘆息：「妳沒有看到隔壁系的女生，目光都恨不得黏在我們教官身上嗎？好吧，妳長得好看，妳說什麼都對。」

程青宇雖然是真人，但身側的秦苒過分冷酷，幾乎不跟自己一起八卦，南慧瑤就忍著，等回到宿舍再跟其他人討論。

「第一排第二個女生，妳沒吃飯嗎！」

「第一排第二個女生，站直！」

「第一排第二個女生，出列！」

「第一排第二個女生……」

一整天的訓練都是站軍姿跟踢正步，秦苒沒受過這麼正統的訓練，她就只會打架，往死裡打的那種，要讓她站在原地重複一件事……這在以前根本是天方夜譚。

高一也有一次，不過那時候寧海鎮的管理不嚴，很鬆，教官們都很隨意，秦苒就蹺課逃了一個星期才去報到。

現在秦苒固然不耐煩，但動作都極其標準。她能感覺到程青宇在針對她，而且似乎很不滿。因為她就是第一排第二個女生，南慧瑤是第一排第一個。

整天訓練下來，一班的人都感覺到了，一群男生圍過來問，還有人讓她去找輔導員開請假單。

晚上九點，結束一天的軍訓，南慧瑤坐到自己的電腦椅上，想起這件事，也看向秦苒：「妳是不是得罪程教官了？」

楊怡也剛回來，幫自己倒了一杯水，聞言，忽然開口，「是不是想吸引妳的注意？」

南慧瑤也坐直，「對！沒錯！有這個可能！」

一行人正說著，外面的冷佩珊也拿鑰匙開門進來。她沒有穿迷彩服，穿著一身便服，手裡還拎著一個包包，長髮披在腦後，化著精緻的妝容。

看到寢室的三個人，她把包包放到自己的桌上，「妳們軍訓回來了？」

隨著她進來，一股淡淡的香水味瀰漫開來。

很顯然沒有去參加軍訓，南慧瑤一愣，「剛回來，妳沒去軍訓？」

明明早上是一起穿迷彩服出去的。

「太陽太大了，我打了個電話給外公。」冷佩珊淡淡一笑，彷彿一點也不在意，伸手打開衣櫃拿衣服跟毛巾，「我外公跟電腦系那邊說了一聲，就不用繼續軍訓了。」

說完，她就拿好衣服去浴室洗澡。

她進去之後，南慧瑤等人才反應過來，壓低聲音，「竟然還能這樣。冷佩珊家裡不簡單，應該是京城本地有權勢的豪門。我來時，學長有跟我說過，在學校裡遇到這幾個姓氏的人最好不要惹……」

「我接電話。」秦苒沒繼續聽下去，只不緊不慢地朝她們揚揚手機，走到陽臺。

亭瀾公寓——

程老爺坐在沙發上，「今天太陽這麼大，苒苒訓練習不習慣？我讓程青宇特別關照她……」

說到這裡，程老爺看向程雋，很嫌棄，「你為什麼讓她去軍訓？要是受傷了怎麼辦？」

一邊把水遞給老爺的程木：「……」

程雋隨意拿起手機，漫不經心地按著，嗤笑：「她習慣得很。」

「我上樓了。」他把手機一握，直接離開，也不多說。

程老爺收回目光，看向程木：「你看什麼看！」

程木：「……？？」

亭瀾公寓距離京大不遠，開車十分鐘就能抵達，這個時間點人也沒有特別多。

女生寢室裡，冷佩珊洗完澡出來，宿舍正好有人敲門，是一個穿著T恤的幹練女生。

「陳學姊？」冷佩珊似乎認識這個人，立刻開口。她對這個陳學姊很尊敬，「妳是來……」

陳學姊不認識她，只朝她點點頭，然後目光越過眾人，最後停在剛從陽臺進來的秦苒身上：「秦苒是嗎？樓下有人找妳。」

秦苒聽到這位陳學姊的話，愣了愣：「謝謝。」

陳學姊看了看她，面色雖然嚴肅，但聲音很有禮貌，「沒事，我是醫學系的，陳洪雪，一〇二寢室，以後有事可以找我。」

醫學系？秦苒想起程雋跟陸照影他們都是醫學系的。

「對了，要進學生會的話，記得來一〇二。」陳洪雪朝她揮揮手。

秦苒解開一顆迷彩服的釦子，笑，「謝謝學姊。」

陳洪雪看著秦苒的背影，聽得出來對方沒有進學生會的想法，她遺憾地嘆了一口氣。

嘖，四大家族的人呢……

秦苒跟陳學姊一起下去，猜想過找她的人可能是林思然、喬聲或是宋律庭這些人。直到下樓，她看到站在斜對面樹邊的一道人影。

對方正微微垂著頭，指間有一根點燃的菸，站在陰影處。五官沒有特別清晰，穿著黑色襯衫，袖口整齊地捲起好幾折。即便看不太清楚長相，也從拉長的影子中看出了氣場。

將近十點，這個時候女生宿舍大門還沒關，來來往往路過的學生不少，都會忍不住朝哪個方向看。

「你怎麼來了？」秦苒笑了一聲，手放在腦後，也放鬆下來，懶洋洋地往對面走。

「過來繞繞。」程雋看到她來，掐熄了菸又扔到垃圾桶，垂眸看了她一眼，「看起來很高興？」

小日子過得很舒服。

「還可以。」秦苒左右看了眼，沒看到他的車，「你走過來的？」

「車在大路上。軍訓如何？」程雋的語氣很淡，聽不出來太大的情緒，只低頭看著她，「我爸跟教官有打過招呼。」

聽完，秦苒就知道程教官今天怎麼一直看她不順眼了。

她放下手，不緊不慢地開口，「確實滿優待我的。」

「那就好，」程雋看她很開心，終於還是低聲笑了，「過一段時間還有實地訓練，那裡……」

「怎麼說？」秦苒來了興趣。

「妳肯定喜歡。」提起這個，程雋垂著眉眼，很不高興，語氣散漫，「有點遠。」

他跟秦苒說了幾句就讓她回寢室，「回去吧，明天還要早起。」

秦苒本來想看看他的車停在哪裡，但見到他催促，就轉身先回寢室。

還沒走兩步，手腕就被人抓住，秦苒還來不及轉身，腰部又被一隻手抱住。程雋的下巴抵在她的肩上，一股清洌的氣息幾乎貼近鼻息，秦苒這兩天積攢的不耐跟頹然幾乎消失殆盡。

「宿舍真的有那麼好？」聲音懶洋洋的，手覆上她的手背。

秦苒低頭：「說實話，沒有特別好，但能忍受。」

程雋這才壓著聲音笑了，在不亮的光線中，眼眸裡細細碎碎的都是笑意：「我就知道。」

寢室裡，秦苒跟陳學姊一走，楊怡就去洗澡了，南慧瑤則坐回自己的椅子上，打開電腦，順便問冷佩珊：「妳認識剛剛那個陳學姊？」

「認識，」冷佩珊抓著毛巾擦頭髮，坐回自己的椅子上，眉頭微擰：「她是學生會辦公室的部長。」

冷佩珊認識她，但她不認識冷佩珊。

南慧瑤的社交範圍廣，幾乎跟每個人都相處得很好，自然也聽說過自動化工程的學長姊說過，能進學生會就儘量進去。

她撐著下巴，眉眼帶笑，很激動，「陳學姊似乎對秦苒很好，待會問她能不能帶我進學生會。」

冷佩珊有一下沒一下地擦著頭髮，目光看向陽臺的地方。她們寢室在第二排第三棟，看不到大門外的情況，只能看到前一棟樓。

二十分鐘後，楊怡洗完澡出來，秦苒才回來。

南慧瑤本來也要去洗澡，看到秦苒回來，就拿著毛巾，一臉八卦，「妳下去見誰了？」

秦苒手上拿著手機，似乎在跟人聊天。聞言，頭也沒抬，含糊地開口，「就一個朋友。」

剛認識，南慧瑤也不好意思問「是男的女的？」，又問她有沒有要陳學姊的連繫方式。得知秦苒沒要，南慧瑤差點瘋了。

冷佩珊坐在自己的椅子上沒有說話，但下意識地鬆了一口氣。

「妳沒要？妳竟然沒要！」南慧瑤兩手抓著秦苒的手臂，剛想搖，「她是學生會的部長啊！」

秦苒就抬起眼眸，將手機一握，「不可以？」

南慧瑤的聲音戛然而止，訕訕地拿著毛巾去洗澡，「可以，大姊，您怎麼做都可以！」

秦苒最後一個去洗澡。等秦苒進去，南慧瑤才轉過椅子，一邊擦頭髮，一邊跟對面正在看書的楊怡說她想打醒秦苒。

沒過多久，外面有人敲門。

離門邊最近的南慧瑤拿著毛巾去開門。

外面又是一個高年級的學姊，化著十分精緻的妝容，她朝南慧瑤點點頭，長相大方又有氣質：「妳好，請問秦苒是妳們寢室的嗎？」

「是的，學姊請進，她在洗澡。」南慧瑤立刻讓出一條路，讓人進來，還給學姊一瓶優酪乳。學姊的另一隻手裡拿著筆跟一張紙。

「謝謝。」畢竟有學姊的氣勢在，這個人很高冷，話也不多。

冷佩珊也多看了那位學姊一眼，心底詫異，這麼今晚這麼多學姊來找秦苒？秦苒明明不是本地人啊？

有氣勢強大、明顯不好惹的學姊在，南慧瑤不敢多說話，直到浴室的門喀嚓一聲被打開。

秦苒正在用單手綁睡衣的帶子。睡衣衣領有點大，微微低頭能看到一點緋紅紋身，襯得鎖骨一片雪色。

「秦苒同學！」見過秦苒的照片，學姊一眼就認出了秦苒本人，果然比照片上還好看。學姊直接站起來，一掃剛剛的冷漠，「我是學生會外聯部的部長，想問問看妳有沒有進我們外聯部的想法？當然我們會長說了，妳不想進外聯部沒關係，辦公室、宣傳部這些，妳有想進的部門嗎？妳想進哪個部門就進哪個部門！」

大學有學生會跟系學會，這其中也有區別。每年軍訓的時候，學生會就會開始挖掘新生。

秦苒無疑是這群新生中最優秀的一個，才軍訓第一天，學生會就找到了秦苒的入學資料。但可惜入學資料上沒有秦苒的連繫方式，又怕被其他系學會搶走，所以就讓學姊來當場搶人。

搶到的學生越優秀，對學生會的發展也越好。新生不懂，但學生會的聰明人們知道……七百四十七的分數意味著什麼！看看去年考進來的高考狀元現在如日中天的樣子就知道了！

秦苒將帶子綁好，聽完，她抬起眉眼，面不改色地拒絕，「抱歉，學姊，我不想……」

「不！妳想！」學姊拿出單子，往秦苒的桌子上一拍，聲音又變柔和，「學妹，我連入會單都拿來了，要我幫妳填嗎？」

秦苒的頭髮還沒乾透，她拉開椅子坐下，翹著二郎腿，動作不急不緩地擦起頭髮，歪頭笑道：「學姊，妳去問問我們系的院長，他如果同意，算我輸。」

學姊有點心痛，大概是沒想到這屆的新生王這麼難搞。

她收起紙張，滿臉遺憾，但她非常強硬地跟秦苒交換了電話，要她以後改變了想法就隨時找她。

秦苒送她離開寢室。剛轉身，就看到南慧瑤等人一臉傻眼的樣子。

「苒啊，」南慧瑤能聽到自己的聲音在飄，「剛剛學姊找妳是……」

新生們現在大概都知道進學生會的好處，有些消息來源多的新生甚至知道進去後，畢業時能進入幾個家族企業。但學生會不好進去，要筆試、面試還有培訓。

能考進京大，大家都不會差到哪裡去，每年想要加入學生會的人更是不計其數。但學生會的一群幹部加起來也才剛過百，對於京大的一群天之驕子來說，是比高考還難。

連冷佩珊也只能找到一個學長，拿到學生會的內部面試資料，這已經算很罕見了。

剛剛那個學姊說什麼？隨便進？還要幫秦苒填？特殊待遇？

——下集待續——

高寶書版集團
gobooks.com.tw

CP Capt CP009
神祕主義至上！為女王獻上膝蓋　第二部2

作　　者　一路煩花
插　　畫　Tefco
責任編輯　陳凱筠
封面設計　林楡
內頁排版　彭立瑋
企　　劃　黃子晏

發 行 人　朱凱蕾
出　　版　三日月書版股份有限公司
　　　　　Printed in Taiwan
地　　址　臺北市內湖區洲子街88號3樓
網　　址　www.gobooks.com.tw
電　　話　(02) 27992788
電　　郵　readers@gobooks.com.tw（讀者服務部）
傳　　真　出版部　(02) 27990909　行銷部 (02) 27993088
郵政劃撥　50404557
戶　　名　英屬維京群島商高寶國際有限公司台灣分公司
發　　行　英屬維京群島商高寶國際有限公司台灣分公司
　　　　　Global Group Holdings, Ltd.
初版日期　2023年8月

本著作物由起點中文網科技有限公司授權出版。

國家圖書館出版品預行編目(CIP)資料

神祕主義至上!為女王獻上膝蓋 第二部/一路煩花著.-- 初版. -- 臺北市：英屬維京群島商高寶國際有限公司臺灣分公司, 2023.08-
冊； 公分. --

ISBN 978-626-7152-87-4 (第2冊：平裝)

857.7　　112008847

◎凡本著作任何圖片、文字及其他內容，未經本公司同意授權者，均不得擅自重製、仿製或以其他方法加以侵害，如一經查獲，必定追究到底，絕不寬貸。

◎版權所有　翻印必究◎